Die Braut
Radikal verliebt

Rinke, Claudia:
Die Braut – Radikal verliebt
ISBN 978 3 522 50590 1

Unter Mitarbeit von Claudia Pietschmann
Lektorat: Marion Perko
Umschlaggestaltung und -typografie: formlabor
Innentypografie und Satz: Kadja Gericke
Reproduktion: Digitalprint GmbH, Stuttgart
Druck und Bindung: CPI Books GmbH, Leck

MIX
Papier aus verantwortungsvollen Quellen
FSC® C083411
www.fsc.org

CLAUDIA RINKE

DIE BRAUT

RADIKAL VERLIEBT

PLANET!

I was looking for love
in all the wrong places …

TEIL 1
IM NETZ

DAS FLUGBLATT

Ich liebte dieses Gefühl. Die U-Bahn fuhr mit einem Ruck an und es wirbelte in meinem Magen. Ich hängte mich in die graue Halteschlaufe über meinem Kopf und wartete auf die Beschleunigung, die das Kribbeln verstärken würde. So musste sich eine Astronautin fühlen, die in einer Raumkapsel ins Weltall geschossen wurde.

»Du könntest dich setzen«, riss mich Kaylas Stimme aus meinen Gedanken. Sie zeigte auf den freien Platz neben sich.

»Das weiß ich.«

»Keine Ahnung, warum du so komisch bist.«

»Wenn du draufkommst, gib mir Bescheid und lass mich an deinem Wissen teilhaben, damit ich nicht dumm sterbe.« Das war jetzt schnippischer, als ich geplant hatte, aber Kayla lächelte. Manchmal bewunderte ich meine Freundin für ihre Gelassenheit.

Ein Mann in einem abgetragenen Parka mit Bundeswehr-Aufnäher rempelte mich an und drängte mich so stark in Richtung Tür, dass ich für einen Augenblick die Sicherheit der Halteschlaufe aufgeben musste. Vermutlich wieder einer dieser armen Obdachlosen, von denen Mama immer behauptete, sie wären nur zu faul zum Arbeiten und hätten nichts Besseres zu tun, als dem Staat auf der Tasche zu liegen.

»Haste vielleicht mal ein bisschen Kleingeld, bin gerade ziemlich klamm.«

Noch bevor ich den Kopf schütteln konnte, sprang Kayla von ihrem Sitz hoch und drückte dem Mann eine Münze in die Hand. Mein Blick huschte hektisch über den Bahnhof der Paulsternstraße, der an diesem Tag nur spärlich besucht war. An einem Werbeplakat blieb er hängen. »Life's good«, stand da.

Der abgerissene Kerl schaute in dieselbe Richtung und schnaubte. »Wer das glaubt, der hat …« Dann kämpfte er sich an mir vorbei und presste sich durch die Tür, die bereits begonnen hatte, sich zu schließen.

»Und es gibt keinen, der denen hilft«, sagte Kayla.

»Was meinst du?«, fragte ich verwirrt.

»Na, den Penner da. Hast du gerochen, wie der gestunken hat? Wer weiß, wie lange der schon keine Dusche mehr benutzen konnte. Manchmal kotzt mich diese Stadt so dermaßen an. Kalt, abweisend und die Leute alle hart wie Stahl. Eine verdammte Scheiße ist das.«

Ich nickte nur. Das war Kayla, dafür konnte man sie wirklich nur gernhaben. Aber so ganz unrecht hatte der Typ nicht. Ich stemmte mich gegen den anfahrenden Zug und sah aus dem Augenwinkel das Plakat an mir vorbeifliegen. *Life's good.* Ja, genau. Vielleicht war das Leben toll, aber ich hatte davon noch nicht viel bemerkt. Gut möglich, dass es anderen da anders ging. Aber ich …

Nun ließ ich mich entgegen meiner Gewohnheit doch auf den Kunstledersitz neben Kayla fallen, die das mit einem Grinsen quittierte und in ihrer Einkaufstüte wühlte. Wie ich geahnt hatte, zog sie mit einem verhaltenen Kreischen ihr neuestes Beutestück hervor, einen kurzen roten Rock.

»Ich bin so stolz darauf. Ist er nicht toll? Ich weiß schon jetzt, dass das für die nächsten Wochen mein Lieblingsteil sein wird.«

Ich deutete ein Nicken an, obwohl mich dieses ganze Gerede über Mode überhaupt nicht interessierte. In der Schule wehrte ich mich seit Monaten erfolgreich dagegen – was mir keinen Applaus eingebracht, sondern mich einige Freundschaften gekostet hatte. Im Grunde war nur Kayla geblieben, nachdem ich durch die Sache mit meinem Vater in ein ziemlich tiefes Loch gerutscht war. Aber das war egal, denn eine Kayla war mehr wert als Hunderte von Vanessas, Sophies, Claras und wie sie alle sonst noch hießen. Und wenn Kayla sich einmal was gönnte und Geld wirklich nur für sich allein ausgab, dann war ich die Letzte, die ihr die Freude verderben wollte.

»Ja, ja, ich weiß, was du gleich wieder sagen wirst, und du hast ja recht. Mein Vater hätte es am liebsten, wenn ich mit langen Röcken und Kopftuch rumlaufen würde.« Sie verdrehte entnervt die Augen.

Ich nickte erneut. Mein Kopf tat schon ganz weh davon. »Wann willst du ihn anziehen? Ich schätze, er wird dich in dem Ding nicht aus dem Haus lassen. Oder?«

»Ihm wird gar nicht auffallen, wie kurz der Rock ist.«

Ich lächelte ihr zu. Das war wohl eher Wunschdenken, denn es war nicht zu übersehen, dass das Teil nicht viel mehr war als ein breiter Gürtel.

»Du kennst doch meinen schwarzen Rock, in dem meine Beine so toll zur Geltung kommen, der mit den Schlitzen.«

Ich wusste genau, was sie meinte. Kayla hatte in einen normalen schwarzen Rock seitlich Reißverschlüsse genäht. Wenn sie Jungs den Kopf verdrehen wollte, öffnete sie die Zipper und zeigte ihre langen Beine. Ansonsten blieben sie geschlossen und das Teil bestand ohne Probleme die strenge Sittenkontrolle ihrer Familie.

»Da bin ich gespannt, was du mit dem neuen anstellen wirst«, sagte ich und lachte. »Der Designer wird wahrscheinlich neidisch werden. Deine Sachen sehen immer klasse aus.«

Kayla grinste. »Finde ich auch. Wer weiß, vielleicht werde ich mal so bekannt wie Philipp Plein. Seinen Stil finde ich cool. Wenn wir mal wieder in der Nähe vom Ku'damm sind, gehen wir bei seinem Laden vorbei. Vielleicht ist er ja da.« Sie guckte so verträumt, dass ich sie lieber nicht darum bat, mit dieser ganzen Modesache aufzuhören.

»Das können wir machen.« Ich meinte das tatsächlich ehrlich, konnte aber einen gelangweilten Blick nicht unterdrücken. Zum Glück merkte Kayla davon nichts, denn sie hatte den Kopf schon wieder in der Tüte vergraben.

Wenn ich etwas wirklich hasste, dann waren es diese elenden oberflächlichen Gespräche über Mode, Schminktrends und Frisuren. Wen interessierte es, ob der neueste Nagellack nun eine oder zwei Wochen hielt und wie schnell er trocknete? Mich jedenfalls nicht. So etwas tolerierte ich echt nur bei Kayla und nur deshalb opferte ich mich und begleitete sie auf ihren seltenen Shoppingtouren. Weil es mit ihr lustig war, weil wir Spaß hatten. Weil es selten vorkam und weil es eben Kayla war, die ich begleitete. Die Kayla, auf die ich mich in jeder Lebenslage verlassen konnte. Und heute war es ausnahmsweise sogar sie gewesen, die darauf gedrängt hatte, den Heimweg anzutreten. Sie musste vor Einbruch der Dunkelheit zu Hause sein. Ihr Vater kannte dabei keinen Spaß.

Als die U-Bahn erneut anfuhr, fiel mir ein, dass mir ein Abend mit meiner Mutter bevorstand, und ich spürte einen Stich in der Magengegend. Kurz überlegte ich, ob ich Kayla nicht zum Abendessen einladen sollte. Dann wäre es daheim nur halb so schlimm.

In diesem Moment stupste sie mich mit dem Ellbogen an und wies mit dem Kopf in Richtung Tür. Sieben junge Männer standen dort, die selbst für Berliner Verhältnisse auffällig waren, wo man sich hier doch eigentlich über nichts wunderte. Weder über Leute, die am ganzen Körper tätowiert waren, noch solche, die in knappsten Hotpants oder voll verschleiert herumliefen. Diese Typen jedoch waren alle mit dunklen, bodenlangen Mänteln bekleidet, trugen Vollbärte und kleine weiße Häkelkäppis auf dem Kopf. Von ihnen ging eine tiefe Ruhe aus, eine Besonnenheit, und es schien, als warteten sie auf irgendetwas. Auch ich hatte das Gefühl, als würde gleich etwas passieren.

Gespannt setzte ich mich aufrecht hin, drückte den Rücken durch und beobachtete die Gruppe. Kayla neben mir wippte nervös mit den Beinen und auch andere Fahrgäste sahen sich nach den Männern um. Dann nickte einer von ihnen mit dem Kopf, stimmte einen Ton an und die anderen Bärtigen fielen mit ein.

Das Lied war rhythmisch und gleichzeitig melodiös. Die Klänge erfüllten das gesamte Abteil, hingen in der Luft, und es war, als würden sie mich umwerben. Die Melodie schmiegte sich sanft an mich, streichelte mich, war tröstlich und kämpferisch zugleich.

Die Männer hatten warme Stimmen. Ich konnte den Text zwar nicht verstehen, trotzdem klangen einige Worte vertraut. Es ging eindeutig um »Allah« und »Mohammed«. Aber auch ein paar andere Wörter kamen mir von meinen Besuchen bei Kayla zu Hause, wo arabisch gesprochen wurde, bekannt vor. Ich wollte Kayla danach fragen, doch sie kam mir zuvor.

»Das ist ein Kampf-Nasheed«, flüsterte sie.

»Kampf was?«

»Schhh«, machte Kayla und wedelte mit der Hand. »Ich erkläre es dir später.«

Wir hörten weiter zu, während andere Fahrgäste unruhig wurden, flüsterten und sich Blicke zuwarfen. Dann verstummte der Gesang, es entstand eine kurze Pause, und ich fühlte mich für einen kurzen Moment, als hätte ich etwas sehr Wertvolles verloren.

Einer aus dem Chor griff in seinen Mantel und ging auf den Mann zu, der uns gegenübersaß. Er zog mehrere grüne Blätter aus seiner Tasche und drückte dem Fahrgast eines davon in die Hand. Der guckte zwar etwas irritiert, nahm es aber mit einem Schulterzucken entgegen. Der bärtige Mann schritt die Reihen entlang und gab jedem einen Zettel. Es dauerte nicht lange und er stand vor mir. Als er seinen Blick auf mich senkte, ruckte die

Bahn kurz, und der Stapel rutschte aus seiner Hand. Ich bückte mich schnell und hob die heruntergefallenen Papiere auf. Unsere Blicke kreuzten sich erneut, er hatte warme grünbraune Augen. Irgendwie war er süß. Fast hoffte ich, dass er etwas zu mir sagen würde. Er nickte mir jedoch nur mit einem Lächeln zu, bei dem sich kleine Grübchen in seinen Wangen bildeten, und ging weiter zum nächsten Fahrgast.

Der Zettel schien irgendwelcher Werbekrempel zu sein, vielleicht auch ein Flugblatt. Ich konnte nicht gleich erkennen, ob es um ein Produkt, eine Veranstaltung oder eine politische Gruppierung ging. So abgefahren, wie die Typen ausgesehen und geklungen hatten, war alles möglich. Die Schriftzeichen schienen arabisch zu sein, viele kleine Punkte und Kringel, als wären Insekten mit Tinte an den Füßchen hektisch über das Papier gekrabbelt. Dann entdeckte ich, dass da auch etwas auf Deutsch stand, kam aber nicht zum Lesen, denn plötzlich redeten die anderen Fahrgäste durcheinander, klangen unruhig und ein wenig ängstlich. Ohne dass ich etwas dagegen tun konnte, erfasste auch mich Unbehagen. Was waren das für Männer? Was wollten sie? Sobald sie ausgestiegen waren, musste ich Kayla danach fragen.

An der nächsten Haltestelle verließ die Gruppe den Wagen und die Frau neben Kayla stieß die Luft aus und entspannte sich sichtlich. Plötzlich redeten mehrere Leute durcheinander, und ein Mann mit hochrotem Kopf stieß die Faust in die Luft und sagte: »Nicht mal in der U-Bahn lassen die einen in Ruhe!«

Ich hatte keine Ahnung, was er meinte. Mir hatte das Lied eigentlich ganz gut gefallen. Richtig gut sogar, irgendwie hatte es mein Herz erwärmt und meine Seele, auch wenn ich dafür keine Erklärung hatte. Mich interessierte, was Kayla darüber dachte. Ich tippte sie an, aber sie starrte auf ihre Fußspitzen und reagierte nicht.

Dafür redeten noch immer alle anderen durcheinander. Eine ältere Dame mit dicken dunklen Wollstrumpfhosen und einem Gehstock sagte: »Wir hätten die Polizei rufen sollen!«

»Bald werden wir hier alle Kopftuch tragen!«

Bei diesem Stichwort wurde mir klar, dass es nur um den Islam gehen konnte. Mein Blick fiel auf Kayla, und ich merkte sofort, wie wütend sie war. Logisch, sie trug zwar selbst kein Kopftuch, war aber gläubige Muslima. Was sollte ich tun? Partei ergreifen? Laut sagen, dass die Männer doch nichts Böses getan hatten und das Lied wirklich schön gewesen war? Dass Religion Privatsache war und jeder für sich die Entscheidung treffen durfte? Die Klappe halten und schweigen?

Da war es wieder, dieses Gefühl der Unsicherheit, das mich voll im Griff hielt. Meine Gedanken rasten und ich fühlte mich fehl am Platz. Jetzt war ich froh, dass ich mich hingesetzt hatte, weil meine Knie zitterten. Als auch Kayla nichts sagte, entschied ich mich für die gleiche Strategie. Auf keinen Fall wollte ich riskieren, dass sich die Stimmung gegen uns beide richtete. Es waren nur noch wenige Stationen, dann konnten wir aussteigen, und ich würde Kayla auf jeden Fall ausfragen, was es mit diesen Männern auf sich hatte. Falls das Ganze tatsächlich etwas mit dem Islam zu tun hatte, wusste sie bestimmt, worum es ging. Schließlich waren ihre Eltern sehr gläubig und ihr Vater ging mehrmals in der Woche in die Moschee. Vielleicht hatten die anderen Fahrgäste etwas falsch verstanden und die Männer waren gar keine Muslime. Und selbst wenn, sie hatten doch nur gesungen. In der U-Bahn waren ständig Musiker unterwegs. Einige sangen, andere spielten Gitarre und wieder andere hatten eine Musikanlage mit Mikrofon und Verstärker dabei. Manche schienen sogar ganz erfolgreich zu sein und nahmen richtig viel Geld bei ihren Auftritten ein. Die Männer mit den Käppis hatten aber gar nicht nach Geld gefragt, wenn ich mich richtig erinnerte.

Ich merkte, dass ich immer aufgeregter wurde und es gar nicht abwarten konnte, Kayla mit meinen Fragen zu löchern.

Am Bahnhof Rathaus Spandau lief Kayla mit schnellen Schritten in Richtung Bushaltestelle. Ich kam kaum hinterher und fragte mich, was los war. So schroff kannte ich sie gar nicht. Hatte ihr die Situation eben so zugesetzt?

»Wollen wir nicht lieber zu Fuß gehen?« Die Aussicht auf einen Abend mit meiner Mutter war nicht gerade verlockend, lieber wollte ich noch etwas Zeit mit Kayla verbringen. Und nach den bärtigen Männern musste ich sie sowieso noch fragen.

»Mir ist kalt. Ich will so schnell wie möglich nach Hause«, antwortete Kayla knapp, wühlte in ihrem Rucksack und zerrte einen Pullover raus. Dabei fiel das Flugblatt herunter, das ihr der bärtige Mann gegeben hatte. Sie hob es auf, zerknüllte es und warf es mit einer ärgerlichen Bewegung in den Mülleimer. Dabei machte sie den Eindruck, als hätte sie am liebsten noch mit dem Fuß nachgetreten.

»Ich bin es wirklich leid, wegen solcher Idioten immer wieder Schwierigkeiten zu haben«, murmelte sie.

»Wieso Schwierigkeiten? Kanntest du die Männer?«

»Die Leute in unserem Abteil hatten recht. Diese Typen waren auf nichts Gutes aus. Das Lied, das sie gesungen haben, handelte vom heiligen Krieg.«

»Heiliger Krieg?«, fragte ich und schmeckte dem Wort auf der Zunge nach. »Was soll das denn sein? Sind wir etwa in eine Folge von ›Die Tribute von Panem‹ geraten? Die haben ja schon einen Teil in Berlin gedreht. Vielleicht ist das die Fortsetzung. Eigenartig genug sahen diese bärtigen Männer ja aus.« Ich hatte kaum zu Ende geredet, da merkte ich selbst, dass das wohl eher Wunschdenken war.

»Das ist überhaupt nicht witzig!«, fuhr Kayla mich prompt an. »Diese Typen sind echt krass! Die wollen, dass wir wieder wie im Mittelalter leben. Notfalls führen sie dafür Krieg. Das ist der ›heilige‹ Krieg, um den es in dem Lied ging. Der Koran erlaube das, sagen sie.«

»Echt?«, fragte ich und konnte den entsetzten Tonfall nicht unterdrücken. Krieg – vor meinem inneren Auge türmten sich Rauchwolken über zerstörten Häusern, Berge von Leichen und weinende Kinder. »Glauben das alle Muslime, du auch?«

»Natürlich nicht«, antwortete sie. »Du kennst doch meine Familie. Mein Vater nervt mich zwar, weil er mir vorschreibt, was ich anziehen soll und wohin ich gehen darf. Aber so weit geht das nicht. Er akzeptiert sogar, dass ich ohne Kopftuch rumlaufe. Das ist für einen muslimischen Vater schon ziemlich fortschrittlich. Meine Eltern finden diese Leute mit ihren vorsintflutlichen Vorstellungen total abwegig. Sie sagen, dass dadurch alle Muslime in ein schlechtes Licht geraten. Du hast ja in der Bahn gesehen, wie die Leute reagiert haben.« Kaylas Stimme klang auf einmal traurig.

Ich kannte ihren Vater und mochte ihn sogar. Aber so richtig verstanden hatte ich ihn noch nie.

Wenn mir meine Mutter zu allem Überfluss auch noch vorschreiben wollte, welche Klamotten ich anziehen und welche Clubs ich besuchen darf, hätte ich ein noch größeres Problem als jetzt schon.

Besorgt sah ich Kayla von der Seite an.

Als der Bus vor uns hielt, stiegen wir schnell ein und setzten uns auf unsere Lieblingsplätze im hinteren Teil des Busses. Kayla zitterte ein wenig und schien wirklich froh zu sein, endlich ins Warme zu kommen.

»Von denen lassen wir uns diesen schönen Tag nicht vermiesen!«, sagte sie jetzt gefasster. Offenbar ließ die Sache sie auch immer noch nicht los.

»Mir ist noch ganz mulmig von der ganzen Aufregung, aber

der eine von denen, der mit den Flugblättern, war süß, fandest du nicht?«

Kayla wandte sich zu mir und verdrehte die Augen. »Seit wann interessierst du dich für Jungs?«

»Tue ich ja gar nicht. Ich habe nur festgestellt, dass er ...«

»Vergiss die am besten schnell wieder!«, sagte sie und zuckte mit den Schultern. »Die meisten Typen, die vom ›heiligen Krieg‹ quatschen, machen nur einen auf dicke Hose. Wie heißt das Sprichwort? Hunde, die bellen, beißen nicht, oder?«

Ich nickte und kaute auf meiner Lippe rum.

»Eben. Man darf sich von denen nicht verrückt machen lassen. Wir haben wichtigere Probleme, die Mathearbeit am Montag zum Beispiel. Hast du eine Ahnung, was drankommen könnte? Ich wünschte, ich wäre auch so ein Mathegenie wie du.« Sie seufzte und guckte dabei auf die Anzeige, die die nächsten Stationen ankündigte. Dann stand sie auf. »Drück mal auf den Knopf, ich muss raus«, sagte sie eilig.

Ich hatte gar nicht gemerkt, wie weit wir schon gefahren waren. Schnell umarmte ich Kayla und schaute ihr hinterher, dann schloss sich die Bustür wieder. Jetzt hatte ich sie nicht mehr fragen können, ob wir den Abend zusammen verbringen wollten.

KAPUZENPULLI UND KOPFTUCH

Zehn Minuten später schloss ich die Wohnungstür auf und lauschte. Mit ein bisschen Glück war meine Mutter noch nicht zu Hause. Es kam zwar nur noch selten vor, aber hin und wieder besuchte sie am Wochenende eine Freundin.

»Anna, bist du endlich da? Schön, dass du auch mal nach

Hause kommst«, hörte ich ihre Stimme aus dem Wohnzimmer. Schlagartig lösten sich meine Hoffnungen in Luft auf und meine Laune sank auf den Nullpunkt. Ich ahnte bereits, was jetzt kommen würde, weil wir diese Situation schon oft gehabt hatten.

Wenn sie in dieser Stimmung war, schien Mama nur darauf zu warten, mir Vorwürfe machen zu können. Darüber, wie gut es mir angeblich ging und wie schlecht sie sich selbst fühlte. Fast war es, als ob sie neidisch darauf wäre, dass ich etwas mit Kayla unternahm, während sie selbst allein in der Wohnung saß.

Keiner zwingt dich dazu, nach Papas Tod kaum noch aus dem Haus zu gehen, dachte ich verzweifelt, dabei wusste ich genau, dass ich mich die meiste Zeit ähnlich verhielt. Aber war das nicht normal, wenn das Liebste, was man auf der Welt hatte, einfach so gestorben war?

Warum hast du mich alleingelassen, Papa?, schoss die Frage durch meinen Kopf, die mich wie ein Mantra in jeder Minute des Tages verfolgte. Für einen Moment wurde mir schwindelig, und ich stützte mich an der Flurgarderobe ab, an der Mamas Kittel hing.

War das nicht eigentlich verboten, die Schwesternkleidung mit nach Hause zu nehmen? Ein schwacher Geruch nach Desinfektionsmitteln ging davon aus und ich trat einen Schritt näher. Auch wenn Mama immer über das »stinkende Zeug« schimpfte, fühlte ich mich auf seltsame Art davon getröstet. Es erinnerte mich an die Zeit, als Papa im Krankenhaus war, zahllose Schläuche in seinem Körper steckten und er total abgemagert im Bett lag. Aber er hatte noch immer dieses Lächeln gehabt. Dieses warme und schelmische Lächeln, das ich so an ihm liebte. Nicht einmal der Krebs konnte es ihm nehmen. Damals, in den Wochen, in denen ich ihn mindestens jeden zweiten Tag auf der Krebsstation besuchte, roch es so wie Mamas Kittel. Und damals lebte Papa noch. Es ging ihm schlecht, und keiner von uns glaubte an das

Wunder, dass er jemals wieder … Aber er lebte noch, er war noch da. Wenigstens das!

In Gedanken versunken stand ich an der Garderobe und strich mit den Fingerspitzen über das kleine Kunststoffschild, das schief mit einer Sicherheitsnadel am Kittel festgeheftet war. »Dorothea Neubauer, Krankenschwester.«

»Nimm die Hände von dem Ding, Kind! Ich muss ihn endlich mal wegwerfen.« Mamas Stimme klang hart.

Ich zuckte zusammen. »Tut mir leid, ich wollte nicht … Ich habe nur …« Dann löste ich die Finger von dem weißen Stoff, lehnte mich aber kurz nach vorn und nahm erneut den klinischen Duft in mich auf. Ich wollte ja Verständnis für meine Mutter haben, aber ich konnte mich nicht überwinden, den Abend mit ihr zu verbringen. Fieberhaft durchforstete ich mein Gehirn nach einem Ausweg. Sie würde mir kaum erlauben, noch mal wegzugehen. Wenn ich aber blieb, lief es mit Sicherheit wie immer: Erst hingen wir gemeinsam vor dem Fernseher ab und schauten eine der langweiligen Quizsendungen, die Mama stundenlang in den Bann zogen. Das hätte ich vielleicht gerade noch ertragen. Anschließend aber würde vermutlich wie üblich der Streit folgen, die Vorwürfe und die Trauer.

Die war überhaupt das Allerschlimmste. Mit meiner eigenen Traurigkeit konnte ich an guten Tagen gerade noch umgehen. Eigentlich nicht einmal das. Ich schob sie einfach weg, verstaute sie in irgendeinem Schubfach in meinem Innern. Wenn aber Mama anfing, zu schluchzen und zu weinen, fühlte ich mich so entsetzlich hilflos, dass ich regelmäßig wütend wurde. Mein Magen krampfte sich zusammen, und ich wäre am liebsten verschwunden, unsichtbar geworden.

»Ich glaube, ich werde krank«, sagte ich, wollte mich im engen Flur an meiner Mutter vorbeischieben und fügte hinzu: »Ich gehe in mein Zimmer, muss dringend mal wieder früher ins Bett.«

Sie sah müde aus, irgendwie alt. Dabei war sie erst Anfang vierzig.

Sie könnte mal wieder zum Friseur gehen. Aber ihr scheint es mittlerweile völlig egal zu sein, wie sie aussieht.

Ich konnte mich gar nicht daran erinnern, wann ich sie zum letzten Mal glücklich gesehen hatte.

»Was läufst du auch draußen in der Kälte herum. Da musst du ja krank werden. Merkst du nicht, dass es langsam Herbst wird? Guck, wie du wieder angezogen bist. Kannst du nicht auf dich aufpassen? Ich habe doch wirklich genug Probleme. Ständig ist auch noch was mit dir.«

»Gute Nacht.« Ich schob meine Zimmertür hinter mir zu und lehnte mich von innen dagegen. Mein Herz klopfte so stark gegen meine Brust, dass ich die flache Hand darauflegte, um mich zu beruhigen.

Sie ist nur traurig, sie meint es nicht so.

Sie war verzweifelt und am Boden zerstört, aber mir ging es genauso. In dieser ganzen verdammten Wohnung stank es förmlich nach Hoffnungslosigkeit. Ich schluckte die Tränen runter. Jetzt nicht schon wieder weinen. Seit Papas Tod vor sechs Monaten hatte ich schon einen ganzen See vollgeheult. Das konnte doch nicht ewig so weitergehen.

Nie lässt sie auch nur ein gutes Haar an mir. Nichts mache ich richtig. Sie hasst mich, ich bin für sie nicht mehr als ein Klotz am Bein, der immer nur Geld kostet.

Für einen Moment hielt ich die Luft an und zog die Schultern hoch, um den Schmerz in meinem Körper unter Kontrolle zu kriegen. Dann stieß ich die Luft durch die Nase aus. Bis zum Abitur hielt ich es auf gar keinen Fall so aus. Ein paar Wochen noch, wenn ich es schaffte, mich zusammenzureißen, vielleicht auch ein paar Monate. Aber dann müsste ich eine Lösung finden, damit sich endlich etwas änderte.

Ach, Papa, was soll ich nur machen? Wo bist du jetzt? Ich brauche deine Hilfe.

Manchmal glaubte ich, ihn um mich herum zu spüren, aber vielleicht bildete ich mir das auch nur ein. In Gedanken versunken griff ich zu der Schachtel, in der ich Fotos und Erinnerungsstücke an ihn aufbewahrte, seinen geliebten blauen Winterschal und die Mütze von den New York Yankees, die ihm ein Freund von einem Amerikaurlaub mitgebracht hatte. Es war sein großer Traum gewesen, selbst noch dorthin zu reisen, doch wegen seiner Krankheit war das nicht mehr möglich gewesen. Ich schmiegte mich an den Schal, der noch schwach nach ihm roch. Irgendwann wird auch der Geruch verschwunden sein, dachte ich betrübt. Ein Kloß wuchs in meinem Hals und Tränen stiegen auf.

Ich muss an etwas anderes denken, sonst weine ich den ganzen Abend.

Erneut griff ich in die Kiste und zog die Ansichtskarte heraus, die er mir geschenkt hatte, als seine Diagnose feststand. In hauchzarten Buchstaben war darauf gedruckt: »Du fragst mich, was soll ich tun? Und ich sage: Lebe wild und gefährlich, Arthur.« *Lebe wild und gefährlich.* Ich erinnerte mich daran, wie erstaunt ich gewesen war, dass er in dem kleinen Buchladen an der Ostsee genau diese Karte für mich auswählte. Aber er lächelte nur sein typisches Lächeln und sagte: »Sie ist für dich, weil sie zu dir passt. Weil sie zu uns passt und zu der Situation, in der wir gerade stecken. Das Leben auszukosten bis zuletzt, ist wirklich das Wichtigste. Der, der das mal irgendwann gesagt hat, war Arthur Schnitzler, ein großartiger Schriftsteller. Und er hat die Empfehlung seinem Freund Arthur Rimbaud gegeben, der ebenfalls Autor war. Es heißt, dass Rimbaud Krebs hatte und ihm das rechte Bein amputiert werden musste. Findest du nicht auch, dass diese Karte und dieser Ausspruch wie geschaffen für uns sind?«

Ich hatte diese Karte in den letzten Monaten so oft in der

Hand gehalten, dass sie schon ganz abgegriffen war. Aber in keinem dieser zahllosen Momente hatte ich mir so sehr wie jetzt gewünscht, jemanden zu haben, den ich fragen könnte, was zu tun sei. *Du fragst mich, was soll ich tun?*

War es wirklich so einfach, darauf eine Antwort zu geben? *Lebe wild und gefährlich* – galt das für die heutige Zeit überhaupt noch?

Ich lauschte in den Flur. War Mama wieder ins Wohnzimmer zurückgegangen? Die leisen Geräusche des Fernsehers waren zu hören. Vielleicht ließ sie mich heute tatsächlich in Ruhe. Gut so, dann konnte ich an diesem Abend doch noch etwas Sinnvolles tun. Und wenn es nicht ganz so sinnvoll war, auch nicht schlimm. Hauptsache, Ablenkung von diesem ewigen Gedankenkarussell.

Ich machte meinen Computer an und ging ins Internet. Kurz überlegte ich, was ich mir ansehen sollte, und entschied mich für Facebook und die üblichen Neuigkeiten. Meine Klassenkameraden schienen wie immer ein tolles Wochenende zu haben. Sie posteten grinsende Selfies von sich und ihren Freunden, damit die ganze Welt sehen konnte, wie beliebt sie waren und wie viel Spaß sie hatten. Einige Mädchen hielten es für die größte Neuigkeit, dass sie *den* blauen Lidschatten gefunden hatten.

Darüber konnte ich nur den Kopf schütteln. Die hatten Probleme. In der letzten Zeit hatte ich nur wenig gepostet, wozu auch? Hätte ich Fotos meines Vaters aus dem Krankenhaus oder von seiner Beerdigung ins Internet stellen sollen? So etwas wollte an unserer Schule niemand sehen. In der Klasse kam ich mir mit jedem Tag mehr vor wie eine Fremde, die nur körperlich anwesend war.

Früher war das anders gewesen. Da war ich sogar ziemlich beliebt, aber nach Papas Tod hatte ich den Anschluss nicht wiedergefunden, wie es der Schulpsychologe ausdrückte, den ich einmal und nie wieder besucht hatte. Aus seinem Mund klang es tatsächlich wie ein Vorwurf, dass ich mir bei den dämlichen Späßen meiner Klassenkameraden, bei denen ich mich früher schlapp gelacht hatte, gerade noch ein müdes Lächeln abquälen konnte. Die hatten doch keine Ahnung vom Leben.

Zum Glück war wenigstens Kayla geblieben, nachdem sich so gut wie alle anderen von mir abgewandt hatten. Auch kein Problem, ich hatte Verständnis dafür. Noch vor einem Jahr hätte ich auch keine Lust gehabt, mich mit jemandem abzugeben, dessen Augen stets rot geweint waren. Am Anfang hatten sie ja noch versucht, mich aufzuheitern. Luden mich zu Partys ein, zu Shoppingtouren oder irgendwelchen Konzerten, bei denen mir irgendwann nicht mal mehr der Name des Künstlers was sagte.

Mit fünfzehn war es echt nicht leicht, immer auf dem Laufenden zu bleiben. Man verpasste die neueste Folge irgendeiner angesagten Serie, konnte am nächsten Tag in der Schule nicht mitreden und zack, sank man in der Skala dieser Mit-der-muss-man-unbedingt-befreundet-sein-Liste. Und wenn man sich keine Mühe gab oder einfach nicht gut drauf war, landete man sogar auf der Die-kannst-du-total-vergessen-Liste.

Passiert ist passiert und ohne größere Anstrengungen auch nicht mehr rückgängig zu machen.

Und genau dafür hatte ich definitiv zu wenig Energie. Ich brauchte sie auch nicht, weil ich ja Kayla hatte, und die war mehr als genug. Sie ließ sich durch Papas Krankheit und seinen Tod nicht abschrecken. Als ich mich im Krankenhaus von ihm für immer verabschieden musste, hatte sie mich begleitet. Hatte auf der ganzen Rückfahrt in der Bahn meine Hand gehalten und mit mir geweint. Seitdem war kaum ein Tag vergangen, ohne dass wir uns getroffen oder zumindest stundenlang gechattet hätten.

Vielleicht hatte Kayla jetzt ja auch Lust dazu. Ich wollte ihr eine Nachricht schreiben, Fragen war schließlich erlaubt. Nur mein Handy war irgendwie verschwunden, stellte ich fest und durchsuchte meinen Rucksack, den ich neben den Schreibtisch gestellt hatte. Immer aufgeregter wühlte ich darin herum.

Hoffentlich habe ich es nicht verloren. Es muss doch irgendwo sein!

So langsam erreichte meine Pulsfrequenz eine kritische Grenze. Wenn das Ding wirklich weg war, hatte Mama wieder einen Grund, mir die Hölle heißzumachen. Ich sandte ein Stoßgebet zum Himmel und schüttete den Inhalt des Rucksacks auf den Schreibtisch, um besser suchen zu können.

Endlich, da war es. Noch mal gut gegangen, dachte ich und griff schwungvoll nach dem Rest, um ihn wieder zurück in den Rucksack zu stopfen. Da fiel mir der hellgrüne Zettel aus der U-Bahn auf. Das süße Lächeln des Typen kam mir in den Sinn, und ich hielt die Hand vor den Mund, als ich merkte, wie ich grinste. Erneut blieb mein Blick an den unleserlichen Buchstaben hängen, dann aber konzentrierte ich mich auf den kurzen Abschnitt in der linken unteren Ecke, der in deutscher Sprache verfasst war.

Ich hielt inne. Obwohl es verlockend war, das sofort zu lesen, wollte ich vorher noch schnell die Nachricht an Kayla schicken.

›Huhu, Kayla, was machst du?‹, tippte ich und wartete ein paar Minuten, aber sie reagierte nicht. Ich konnte sehen, dass sie seit dem Nachmittag nicht mehr online gewesen war. Wahrscheinlich zeigte sie gerade ihrer Familie die Shoppingtrophäen oder sie aßen gemeinsam zu Abend. Jetzt musste ich schmunzeln, weil ich die Szene vor mir sah, wie Kayla mit ihrer jüngeren Schwester Yasmina über das bunte T-Shirt mit dem aufgedruckten Emoji lachte, während Vater und Bruder sich über Neuigkeiten aus Algerien austauschten. Geschwister hätte ich auch gern gehabt. Dann wäre ich jetzt nicht mit Mama alleine gewesen.

Meine Finger zitterten ein wenig, als ich das Flugblatt vom Schreibtisch zog. Ich musste die Augen zusammenkneifen, um die kleine Schrift, die in die Ecke gequetscht war, lesen zu können.

»Brüder und Schwestern« stand da. Ich musste fast lachen. Gerade hatte ich über Geschwister nachgedacht und jetzt sprach man mich hier als »Schwester« an. Das, was folgte, war ein wenig seltsam formuliert, irgendwie pathetisch, aber nicht uninteressant. Es war die Rede vom Islam, von Ungläubigen und Muslimen, die nicht den wahren Glauben hatten. »Wenn Du mehr über die wahre Religion wissen willst, komm in unser Zentrum im Wedding«, las ich. Außerdem war eine Internetadresse angegeben, wo man weitere Informationen bekommen konnte.

Es ging also doch um den Islam. Hatten die Leute in der U-Bahn recht gehabt? Ich war mir nicht ganz sicher, was ich davon halten sollte. Und wieso hatte der bärtige Mann mir das Flugblatt in die Hand gedrückt?

Zu gern hätte ich Kayla gefragt, was es mit dieser Flugblattaktion ihrer Meinung nach auf sich hatte, aber die antwortete ja nicht. Also zögerte ich nur einen winzigen Moment, dann gab ich die Internetadresse auf dem Zettel in den Browser ein und wartete, bis sich die Seite aufbaute. Dort fand ich Infos über den Koran. Es wurde erklärt, wie man beten musste, und man konnte sich anhören, wie die arabischen Worte ausgesprochen wurden. Weiter unten sah ich einen Link zu YouTube, den ich anklickte. Dort stieß ich auf eine Liste mehrerer Videos. Beim obersten Beitrag drückte ich auf Play.

In dem Film, den sich schon mehr als neuntausend Menschen angesehen hatten, ging es um einen Jungen in meinem Alter, der zum Islam übergetreten war. Er saß in einem Café in einem Einkaufszentrum und trug einen Kapuzenpullover, die Kapuze hatte er aufgesetzt. Er sah ganz normal aus, wie andere Fünfzehnjährige auch. Der Typ erinnerte mich an Bastian, der in meine Klasse ging, Fußball spielte und ständig Witze machte.

»Ich war krank vor Liebeskummer. Ich musste ständig an dieses Mädchen denken«, sagte er etwas schüchtern in die Kamera. »Ich habe zwar immer gelacht, aber innerlich war ich ständig traurig.«

Ich verstand ziemlich gut, was er meinte. Oft wachte ich morgens mit einem traurigen Gefühl auf, das mich dann den ganzen Tag wie ein anhänglicher Hund begleitete. Diesen Schmerz wurde ich einfach nicht los. Manchmal ließ er nach und ich spürte sogar so was wie Glück, dann jedoch kam er mit voller Wucht zurück und zog mich wieder mit seinem schweren Gewicht nach unten. In diesen Momenten ging mir regelmäßig durch den Kopf, dass es besser wäre, wenn ich sterben würde. Dass es kein Leben war, das ich führte. Noch war es mir jedes Mal gelungen, mich zur Vernunft zu rufen, aber ich hatte Angst, dass der Schmerz mich irgendwann besiegen würde. In einem Moment der Unachtsamkeit. Vielleicht genau dann, wenn das Leben für eine Millisekunde wieder lebenswert schien. Wenn ich abgelenkt war. Egal, wann, es konnte jederzeit passieren.

Ich seufzte und versuchte, mich wieder auf das Video zu konzentrieren. Der Junge erzählte gerade davon, wie er durch einen Beitrag im Internet auf den Islam aufmerksam geworden war. Seitdem bete er fünfmal am Tag zu Allah und fühle sich wie ein neuer Mensch. »Früher wollte ich cool sein, so wie die anderen Jungs, mit Mädchen und so. Jetzt will ich das nicht mehr. Allah hilft mir dabei, der zu sein, der ich sein soll. Er passt auf mich auf und leitet mich. Ich will ein Löwe im Islam sein«, sagte er und wirkte so stolz darauf, dass mich ein Hauch von Neid überkam.

Klingt nicht schlecht, aber muss er deswegen gleich zum Islam übertreten? Das ist doch krass.

Ich glaubte nicht an Gott, Papa hatte es auch nicht getan. Woran Mama glaubte, wusste ich nicht. Und ich hatte auch keine

Ahnung, wie ich sie danach fragen sollte. Früher vielleicht, aber seit Papas Tod hatten wir uns kein einziges Mal ernsthaft miteinander unterhalten. Und wenn, dann hatte es doch wieder nur in Vorwürfen geendet.

Dass ich zum letzten Mal einen Gottesdienst besucht hatte, war jedenfalls Jahre her. Irgendwann in der Grundschule war ich mal in der Kirche gewesen, zu einem Krippenspiel in der Weihnachtszeit. Eine Moschee hatte ich allerdings noch nie von innen gesehen. Und von außen auch nicht. Auf jeden Fall nicht bewusst.

Ein Blick aufs Handy zeigte mir, dass Kayla sich noch immer nicht gemeldet hatte. Die murrte zwar über die strengen Kleidungsvorschriften und war natürlich auch von den anderen Verboten nicht begeistert, sie glaubte aber fest an Allah. Sogar einen Screensaver mit »I love Allah« hatte sie auf ihrem Handy. Und ihr Vater sprach vor jeder Mahlzeit ein Gebet. Beim ersten Mal war ich erstaunt gewesen, aber mittlerweile fand ich es viel besser, als nur das Essen in mich reinzuschaufeln, ohne darüber nachzudenken, woher es kam. Bei Kaylas Familie fühlte ich mich wohl, deshalb freute ich mich immer, wenn Kayla mich zu sich nach Hause einlud. Dort gingen alle liebevoll miteinander um, auch wenn Yassin, Kaylas Bruder, keine Gelegenheit ausließ, Witze über seine beiden Schwestern zu machen.

»Wenn ich ihn brauche, ist er immer für mich da«, sagte Kayla oft, und ich konnte hören, wie froh sie über ihren Bruder war.

Kaylas Mutter beklagte sich nie, jedenfalls nicht, wenn ich dabei war. Wenn Schwierigkeiten auftraten, glaubte sie fest daran, dass Allah eine Lösung finden würde, und oft genug passierte das anscheinend auch.

Ist vielleicht doch gar nicht so abwegig mit dem Islam, überlegte ich und musste es nun unbedingt genauer wissen. Daher schlich ich erst in die Küche, holte mir eine Cola und durchsuchte dann das Netz nach weiteren Videos.

Es gab Unmengen davon. In einem erzählten junge Frauen, die gerade erst zum Islam übergetreten waren, wie sie früher jedes Wochenende mit ihren Freunden gefeiert hatten und jetzt lieber in die Moschee zum Freitagsgebet gingen.

Die haben ganz schön schräge Outfits an, schoss mir durch den Kopf, als ich die bodenlangen schwarzen Mäntel mit Kapuzen sah, die nur einen Schlitz für die Augen freiließen. Im Hochsommer musste man unter dieser Kleidung vor Hitze umkommen. Die Mädchen sprachen aber so begeistert von ihrem neuen Glauben und allem, was dazugehörte, dass ich meinen Blick nicht vom Monitor lösen konnte.

Nach zwei Stunden hatte ich das letzte Video bei YouTube angeschaut, als ein Fenster aufploppte. ›Das könnte Dir auch noch gefallen.‹

Ich klickte das erste Video der Empfehlungsliste an. Was war das denn? Auf dem Bildschirm erschien ein Mann im Tarnanzug, der zusammen mit einem Jungen Eis aß. Was hatte das mit dem Islam zu tun?

»In der syrischen Stadt Raqqa kümmern sich die Kämpfer um Kinder, die jahrelang unter dem Krieg zu leiden hatten«, sagte ein Sprecher.

Von dem Krieg in Syrien hatte ich natürlich schon gehört. Die Augen der Kinder wirkten in den ausgezehrten Gesichtern riesengroß. Ich konnte mir gut vorstellen, dass sie seit Jahren keine Süßigkeiten bekommen hatten.

Wie nett von den Männern, ihnen Eis zu schenken.

Ich sah mir den Typ in der Mitte genauer an. Er war ein hübscher Mann, dessen mittelblonde Locken sich unter einem weiß-schwarzen Tuch kringelten, das er um den Kopf geschlungen hatte. Er hatte einen blonden Vollbart und die blauesten Augen, die ich je gesehen hatte. Als sich die Kamera auf ihn richtete, winkte er fröhlich.

»Das ist unser Bruder Abu Salman aus Schweden«, sagte der Sprecher aus dem Off. »Wir sind sehr froh, dass er uns hier in Raqqa unterstützt. Allahu akbar! Gott ist groß!«

Der junge Mann schien mich jetzt direkt anzusehen und sprach in die Kamera: »Jeder Muslim, der an Gott glaubt, sollte sich uns anschließen. Helft uns, den Islamischen Staat aufzubauen. Seht, wie glücklich die Leute darüber sind, dass wir uns um sie kümmern.« Er zeigte auf die lachenden Kinder.

»Wow, was für ein toller Typ«, entfuhr es mir.

Er sieht super aus und kümmert sich um Menschen, denen es schlecht geht.

Ich überlegte kurz, ob ich mir das Video noch mal ansehen sollte, so faszinierend fand ich ihn. Am Ende tat ich es tatsächlich ganze drei Mal. Nur mit Mühe riss ich mich dann los, abonnierte den Kanal und gab dem Video ein Like. Falls es weitere solche Filme gab, wollte ich sie nicht verpassen.

Vor allem aber musste ich unbedingt noch mehr über diese Löwen im Islam oder wie sie sich nannten erfahren. Das war wirklich eine ganz andere Welt als mein nicht gerade prickelndes Leben in Berlin-Spandau.

Im Bad putzte ich mir nur schnell die Zähne und stellte erleichtert fest, dass Mama anscheinend schon ins Bett gegangen war. Ich knipste das Licht in meinem Zimmer aus, legte mich hin, zog die Decke bis an die Nase hoch und schloss die Augen.

»Abu Salman«, sagte ich leise vor mich hin und genoss den Klang des exotischen Namens. »Du kannst mich gerne öfter besuchen.«

GO AHEAD!

Am nächsten Morgen erwachte ich vom Gesang der Vögel und wollte mich noch einmal umdrehen, schließlich war Sonntag. Aber da war eine Unruhe in mir, die ich seit Monaten nicht mehr gespürt hatte.

Ich könnte auch mal wieder laufen gehen.

Am Tag zuvor hatte ich beim Shopping mehrere Jeans anprobiert, in die ich mich ziemlich reinzwängen musste. Ich will jetzt nicht auch noch zunehmen, sagte ich mir, kämpfte mich hoch und wühlte im Kleiderschrank nach meinen Sportklamotten. Dann zog ich mich an und machte die Wohnungstür leise hinter mir zu. Mama schlief wahrscheinlich noch.

Draußen wuchs der Hochhauswald empor. Wohin ich auch schaute – ich sah nur Beton. Obwohl die Sonne bereits den Asphalt unter meinen Füßen zum Glitzern brachte, war es empfindlich kühl. Ich streckte mich, setzte die Kopfhörer auf und spielte meinen Lieblingssong von Selena Gomez.

»The world can be a nasty place. You know it … Go ahead now«, sang ich laut mit, um mich anzufeuern. Es dauerte trotzdem eine Weile, bis ich meinen Rhythmus fand. Offenbar war ich tatsächlich mehr aus der Form, als ich angenommen hatte. Früher war ich viel sportlicher gewesen, spielte Basketball in der Schulmannschaft und war auch ganz gut in Leichtathletik, aber als Papa krank geworden war, hatte ich nicht mehr so viel Zeit für Sport gehabt. Nach der Schule fuhr ich lieber in die Klinik nach Steglitz, als zweimal in der Woche zum Basketball-Training und am Wochenende zu den Punktspielen zu gehen. Daher war nur noch das Tanzen übrig geblieben. Daran hing ich viel zu sehr, um es einfach aufzugeben. Ich mochte die Atmosphäre im Studio und hatte mich mit den anderen Kursteilnehmern nach dem

Training immer gern noch auf ein Getränk oder ein Eis getroffen. Doch auch das hatte irgendwann aufgehört. Ich hatte mir Mühe gegeben, mir meine Traurigkeit nicht anmerken zu lassen, aber es hatte keinen Zweck gehabt. Irgendwann sank die Stimmung, wenn ich mit am Tisch saß, und ich fühlte mich schlecht. Zwar hatte es niemand laut ausgesprochen, doch ich hatte den Eindruck gehabt, dass alle erleichtert waren, als ich zum ersten Mal nicht mitgegangen war.

Ich versuchte, mich auf das Laufen zu konzentrieren. Es geht doch schon ganz gut, machte ich mir Mut, während ich einigermaßen zügig dahintrabte. Es dauerte fast eine halbe Stunde, aber dann begann ich, die Bewegung zu genießen, und freute mich über die warmen Sonnenstrahlen in meinem Gesicht. Auf dem Rückweg kam ich an der Bäckerei mit den leckeren Franzbrötchen vorbei und entschied mich, welche zum Frühstück mitzunehmen. Mama würde sich freuen.

Als ich die Wohnungstür aufschloss, drang Musik und Geschirrklappern aus der Küche.

»Guten Morgen, Mama«, rief ich und streifte im Flur die Laufschuhe von den Füßen.

»Komm, ich habe uns ein schönes Frühstück gemacht«, antwortete Mama aus der Küche.

Ich warf einen kurzen Blick in den Garderobenspiegel mit dem altmodisch verschnörkelten goldenen Rahmen und stellte überrascht fest, dass ich lächelte. Hastig schob ich mir die verschwitzten blonden Strähnen aus der Stirn, dann stieß ich die Tür zur Küche weiter auf und schwenkte die Tüte mit den Brötchen.

»Das passt ja super. Ich war laufen und habe uns Franzbrötchen mitgebracht.«

Mama streichelte meine Wange und hauchte einen Kuss darauf. Das fühlte sich gut an, warm und weich und irgendwie vertraut, obwohl es so lange nicht vorgekommen war. Vielleicht würde heute ein guter Sonntag werden.

Ich sah, wie Mama mich musterte, bevor sie antwortete: »Danke, ich liebe diese Dinger. Papa hat sie auch so gern gegessen. Einmal hat er sogar drei Stück davon verputzt. Weißt du noch?«

Ich setzte mich an den Tisch und grinste. »Klar, wie könnte ich das vergessen? Danach wollte er den ganzen Tag nichts mehr essen.«

Erst lächelte Mama nur versonnen in sich hinein, und ich hätte zu gern gewusst, welche Erinnerungen sie so zufrieden machten, dann wedelte sie mit der Hand. »Mach mal das Radio lauter. Dieses Lied haben Papa und ich immer gehört, als wir frisch verliebt waren.« Sie bekam einen schwärmerischen Gesichtsausdruck, dann sanken ihre Mundwinkel ein Stück nach unten.

Oh nein, bitte nicht. Hoffentlich fängt sie jetzt nicht an zu weinen.

Ich ließ sie nicht aus den Augen, als ich die Hand nach dem Radio ausstreckte, um die Lautstärke hochzudrehen.

»Blue eyes, baby's got blue eyes. Like a deep blue sea«, sang Mama, leider in einer völlig falschen Tonlage. Singen war eben nicht ihre Stärke, aber das war vollkommen egal. Ich konnte mich nicht erinnern, wann ich sie das letzte Mal hatte singen hören. Was war denn heute mit ihr los? Konnte es wirklich sein, dass endlich wieder ein wenig Freude und Zuversicht im Haushalt Neubauer einkehrte?

Mamas gute Laune war ansteckend. Ich rollte mit den Augen und scherzte: »Ich hoffe ja echt, dass du bald einen Job findest. Mit Singen kannst du uns nämlich nicht ernähren.«

Verdammt, habe ich es jetzt vermasselt?, dachte ich und presste die Kiefer aufeinander. Da hatte ich mit schlafwandlerischer Sicherheit das Thema rausgepickt, das ich auf gar keinen Fall ansprechen wollte. Die Jobsuche war wie ein rotes Tuch für meine Mutter und in dieser Hinsicht verstand ich sie sogar. Wieso war es bloß so schwer, eine ordentliche Anstellung als Krankenschwester zu finden? Zumal es hier in Berlin ja wirklich genug Kliniken gab, die chronisch unterbesetzt waren. Aber in den Antworten auf die unzähligen Bewerbungen, die Mama jeden Monat in den Briefkasten an der Ecke warf, hieß es immer nur »Einstellungsstopp. Wir bedauern, dass …«. Was blieb, waren die kurzfristigen Jobs bei diesen Zeitarbeitsfirmen, die Mama »Blutsauger« nannte.

Zum Glück hatte sie meine Bemerkung entweder gar nicht gehört oder sie machte ihr heute nichts aus. Im Gegenteil, sie wiegte ihren schlanken Körper im Takt der Musik, die leicht verzerrt den Raum erfüllte.

»Was ist das für ein Lied?«, fragte ich und nickte in die Richtung des kleinen Küchenradios.

»›Blue Eyes‹ von Elton John. Den fanden wir damals ganz toll. Er hatte immer so schräge Brillen auf«, antwortete sie und stellte den Korb, in den sie die Franzbrötchen gelegt hatte, zu den Tellern auf den Tisch. Dann setzte sie sich.

Ich war verschwitzt und fühlte mich, als würde ich am ganzen Körper kleben. Eine Dusche wäre jetzt genau das Richtige gewesen, aber ich hatte keine Ahnung, wie Mama drauf sein würde, wenn ich sie allein ließ. Manchmal schlug ihre Stimmung einfach um. Vermutlich reichte ein Duft, ein Geräusch oder der Anblick irgendeines Gegenstandes, der sie an Papa erinnerte, um die Trauer wieder über ihr zusammenschlagen zu lassen. Das Risiko war zu groß, also blieb ich sitzen, griff eins der klebrigen Teilchen und schmierte großzügig Butter darauf. Als ich gerade abbeißen wollte, setzte der Refrain wieder ein.

»Blue Eyes«, summte ich jetzt auch vor mich hin. Plötzlich

musste ich an die Augen des jungen Mannes denken, dessen Video ich angesehen hatte. Die waren blau gewesen, wie … wie der Himmel über dem Wannsee an einem sonnigen Julitag.

Ich merkte, wie meine Wangen warm wurden. Wie kam ich denn jetzt darauf?

»Wo ist eigentlich Missy?«, holte Mama mich aus meinen Gedanken. »Sonst ist sie doch immer in der Nähe, wenn etwas zum Essen auf dem Tisch steht.«

Ich griff zu der Dose mit den Leckerchen, die auf der Fensterbank stand, klapperte damit und rief: »Missy, komm! Schläfst du etwa noch?«

Die Taktik funktionierte wie immer, und es dauerte nur ein paar Augenblicke, bis sich unsere rot-weiße Katze durch die Balkontür drängte, die nur angelehnt war.

»Unsere kleine Sonnenanbeterin.« Mama streichelte Missy, die ihr laut maunzend um die Beine strich. Sie nahm sie hoch und zupfte ein paar lose Blätter aus dem Fell. »Sieht so aus, als hätte sie wieder in einem der Blumenkästen ein Schläfchen gehalten.«

Ich stand auf und schloss die Balkontür. »Dieses Jahr haben wir uns überhaupt nicht darum gekümmert, es ist alles vertrocknet und voller Unkraut.«

»Kein Wunder, der Sommer ist einfach so an mir vorbeigezogen. Ich habe es überhaupt nicht bemerkt. Jetzt ist es zu spät, um noch irgendwas zu pflanzen. Nächstes Jahr müssen wir unbedingt daran denken.« Sie runzelte die Stirn. »Ich weiß nur nicht … Papa hat sich immer darum gekümmert. Ich bin völlig ahnungslos, was diese ganze Gärtnerei angeht. Aber da muss noch irgendwo im Regal ein Buch …«

»Hier hast du«, unterbrach ich sie hastig und warf der Katze ein Leckerchen hin. Wenn Mama jetzt klar wurde, dass wir ohne Papa selbst mit dem Balkon überfordert waren – das würde nicht gut ausgehen. »Die mit Lachs mag sie besonders gerne.«

»Sie weiß eben, was gut ist, unsere Missy«, sagte Mama und lächelte.

HIPSTER TRAGEN AUCH BÄRTE

Das Wochenende war in einer seltsam gelösten Stimmung vergangen. Ich hatte ohne Murren Mamas Lieblingssendungen mit ihr im Fernsehen angeschaut, dafür waren wir abends gemeinsam ins Kino gegangen. Der zweite Teil von »Maze Runner«, den ich unbedingt sehen wollte, eine Riesenportion Popcorn und sogar Cola, obwohl am nächsten Tag Schule war und Mama sich sonst immer Sorgen machte, dass ich nicht schlafen könnte. Vielleicht wird ja doch alles gut, hatte ich beim Einschlafen gedacht.

Am Montagmorgen konnte ich es kaum erwarten, mit Kayla zu reden, aber vor der ersten Stunde war sie kaum ansprechbar. Eine Mathearbeit stand an, und wenn etwas Kayla aus der Fassung bringen konnte, dann das. Für mich war Mathe nie ein Problem gewesen, zum Glück hatte ich da offenbar die Gene meines Vaters geerbt, der Zahlen genauso mochte wie ich. Auf Zahlen konnte man sich verlassen. Deshalb stürzte ich mich fast schon mit Freude auf das Aufgabenblatt und begann sofort, den Lösungsweg auf den Zettel zu schreiben.

Ich war als Erste fertig und wartete darauf, dass die Stunde zu Ende ging. Kayla, die zwei Reihen vor mir saß, spielte mit dem Ring an ihrer rechten Hand, und als es endlich zur Pause klingelte, warf sie den Stift hin und stopfte ihr Zeug in den Rucksack. Ich beeilte mich, zu ihr zu kommen, und kämpfte mich zwischen den anderen durch.

»Wie ist es gelaufen?«, fragte ich, verstummte aber, als Kayla nur die Augen verdrehte. Ich zog sie in eine freie Ecke auf dem Schulflur und strich ihr über die Schulter. »Wird schon alles gut gegangen sein. Und wenn nicht, lernen wir beim nächsten Mal einfach zusammen.« Ihr Gesicht wurde immer finsterer, aber sie sagte nichts, also wechselte ich lieber das Thema: »Wie war denn dein Wochenende? Ich habe gar nichts mehr von dir gehört.«

»Tut mir leid«, antwortete Kayla. »Ich war am Samstag ziemlich mies gelaunt, das hast du ja gemerkt. Ich war genervt, dass die Leute in der U-Bahn schlecht über Muslime gesprochen haben.«

»Mach dir doch nichts draus. Die meinten doch gar nicht dich.« Ich legte den Arm um sie.

»Eigentlich weiß ich das, aber manchmal nerven mich solche Leute so dermaßen. Hast du noch was unternommen?«

Ich war mir nicht ganz sicher, welche Leute Kayla meinte, die singenden Kerle oder die anderen Fahrgäste. Nachfragen wollte ich aber lieber nicht, deshalb sagte ich: »Samstagabend war ich im Internet. Mir hat die Sache in der U-Bahn auch keine Ruhe gelassen, da wollte ich ein bisschen nachlesen. Wusstest du, dass in Großbritannien jedes Jahr Tausende junge Frauen zum Islam übertreten?«

»Echt?«, fragte Kayla. »Kann ich mir kaum vorstellen. Ich weiß nicht mal, ob ich mich für den Islam entscheiden würde, wenn ich da nicht reingeboren wäre. Muslime dürfen so vieles nicht, das kannst du dir gar nicht vorstellen. Für Mädchen und Frauen ist besonders viel verboten. Schwimmen, Partys … und Alkohol ist sowieso tabu.«

»Die Mädchen im Internet sagen, dass es gerade diese Regeln sind, die ihnen besonders gut gefallen. Sie finden, das Leben ist total einfach, wenn man sich daran hält«, wandte ich ein.

»Wenn sie meinen.« Kayla zuckte mit den Schultern.

»Ich kann die schon verstehen«, sagte ich. »Vieles, was hier in Berlin abläuft, ist doch echt krass! Alkohol und Drogen sind völlig normal.«

»Klar, das stimmt schon. Aber darum ging es in der U-Bahn nicht.«

»Wie meinst du das? Ich dachte, es ging um den Islam.«

Kayla blitzte mich mit ihren dunklen Augen zornig an. »Und genau da liegt das Problem. Ihr schert alles über einen Kamm. Den Islam, die Muslime und eben auch das, was die Kerle aus der U-Bahn wollen. Denen geht es aber gar nicht um unsere Religion. Die rufen zum heiligen Krieg auf. Sie begründen ihre Scheißgewalt mit dem Islam und behaupten sogar, der Auftrag käme von Allah und dass der Koran sie dazu auffordern würde.« Die letzten Worte brüllte sie fast und merkte dann wohl, dass der Schulflur nicht der richtige Ort dafür war. »Sorry«, fügte sie hinzu. »Aber diese Leute gehen mir so dermaßen auf die Ketten, das kannst du dir überhaupt nicht vorstellen.«

»Doch, kann ich. Nach diesem Auftritt eben auf jeden Fall.« Sie wollte mich unterbrechen, aber ich hob die Hand. »Keine Panik, ich kann dich wirklich verstehen. Aber diese Videos fand ich eben auch interessant, obwohl ich nicht begreife, wieso man freiwillig mit solchen Klamotten rumlaufen möchte. Unter diesen schwarzen Dingern erstickt man doch bestimmt.«

»Ich kenne einen Laden in Neukölln.« Kayla lächelte schon wieder. »Wir könnten dort mal gucken, wenn wir das nächste Mal in der Nähe sind. Vielleicht gefallen dir die Niqabs ja doch.«

»Niqab, was ist das denn?«

»Ein Gesichtsschleier«, antwortete Kayla und hielt sich lachend ihre langen Haare als Schleier vors Gesicht.

»Nur, wenn du dir auch einen kaufst«, sagte ich und grinste, weil ich mir ihre Antwort schon denken konnte.

»Never ever! Ich will doch nicht rumlaufen wie meine eigene Großmutter!«

SALAM ALEIKUM, SCHWESTER

Als ich am Nachmittag endlich die Hausaufgaben hinter mich gebracht hatte, lehnte ich mich entspannt zurück und loggte mich auf meinem Facebook-Account ein. Vielleicht hatte ja einer meiner Mitschüler für später ein Treffen vorgeschlagen. Bei diesem Gedanken stutzte ich. Konnte es sein, dass es nicht nur Mama besser ging, sondern auch mir? Aber es war wirklich so: Zum ersten Mal seit Papas Tod hatte ich Lust darauf, was mit anderen zu unternehmen. Schließlich war es ein schöner Spätsommertag und viel zu schade, um in der Wohnung zu sitzen.

Dummerweise war ich offenbar komplett abgemeldet. Niemand hatte mir geschrieben, allerdings gab es eine Nachricht von einem Account, den ich nicht kannte.

›Salam aleikum, Schwester‹, las ich. ›Wie geht es dir? Ich freue mich, dass dir mein Video gefällt. Bist du Muslima?‹

Oh, oh, dachte ich, als mein Blick hochzuckte zum Namen des Accounts. Der blauäugige Schwede. Das durfte doch nicht wahr sein.

Wie kommt der dazu, mir zu schreiben?

Obwohl ich wusste, dass hier das passiert war, wovor man uns im Sozialkundeunterricht gewarnt hatte, klickte ich auf das Profil und schaute mir das Foto an. Wow. Abu Salman sah darauf fast noch besser aus als in dem Film. Diesmal waren die blonden Locken nicht bedeckt und seine Augen strahlten mich förmlich an.

Ich spürte den Herzschlag an meinem Hals. Was hatte dieser Typ nur an sich, dass ich mich so für ihn interessierte? Jedes Mal, wenn ich ein Bild von ihm sah, schienen meine Gehirnzellen zu schrumpfen, und ich war nicht fähig, auch nur einen einzigen klaren Gedanken zu fassen. Stattdessen starrte ich auf den Monitor und ließ mir immer wieder seinen Namen auf der Zunge zergehen. Abu Salman. Abu Salman …

Langsam sickerten ein paar Fragen in mein Gehirn. War es ein Fehler gewesen, den Kanal zu abonnieren? Natürlich konnte derjenige, der die Videos ins Netz gestellt hatte, sehen, wer sich dafür interessierte. Daran hatte ich gar nicht gedacht, aber nun war es zu spät. Der Mann aus dem Video wusste, wer ich war, und schrieb mir sogar. Was jetzt? Sollte ich meine Mutter informieren? Nein, auf keinen Fall. Und Kayla? No way. Allein, dass ich nicht daran gedacht hatte, wie leicht nachvollziehbar war, wer bei YouTube Kanäle abonnierte, war schon peinlich genug. Ihren Kommentar dazu konnte ich mir lebhaft vorstellen.

Verdammter Mist. Kann mir etwas passieren? Wenn ja, was? Was wäre die schlimmste Konsequenz aus dieser Sache?

Ich wusste es nicht und kriegte meine Gedanken einfach nicht dazu, diesen Tanz in meinem Kopf zu unterbrechen. Wenn doch nur Papa noch lebte. Ich wusste genau, wie er in einer solchen Situation reagiert hätte. Erst das Problem identifizieren, dann die Lösungsalternativen gegeneinander abwägen und sich für die beste entscheiden – das war es, was er mir immer gepredigt hatte. Klar hätte er mir später die Leviten gelesen. Aber eben erst dann, wenn ich mir keine Sorgen mehr machen musste.

Was soll ich tun, Papa?

Ich starrte ins Leere, horchte in mich hinein und suchte nach der Antwort. Aber die kam nicht. Ich würde selbst entscheiden müssen. Nach einem Seufzen richtete ich den Blick also wieder auf den Bildschirm und las den kurzen Text, den mir der Mann geschickt hatte, noch mal durch. Eigentlich schrieb er freundlich und bedankte sich höflich für mein Interesse an seinem Video. Das machten andere auch, die sich über positive Kommentare und neue Follower freuten. Es war nichts Besonderes und schon gar nichts, was mir Angst machen musste. Überhaupt: »Die Angst ist immer nur in deinem Kopf. Es sind nur die Gedanken in dir, die dich ängstigen. Sie haben nicht immer etwas mit der Wirklichkeit zu tun.« Auch das hatte Papa mir eingeschärft.

Außerdem schien Abu Salman mich für eine Muslima zu halten.

Wenn ich ihm schreibe, dass ich keine Muslima bin, wird er vermutlich nichts mehr mit mir zu tun haben wollen.

Und obwohl ich bei diesem Gedanken fast einen Hauch von Bedauern verspürte, schrieb ich: ›Ich fand dein Video interessant, aber ich bin keine Muslima.‹

Kaum zwei Minuten später erklang der Signalton einer eingehenden Nachricht. Hatte er den Kontakt doch nicht sofort abgebrochen? Ich war unsicher, ob ich mich darüber freuen sollte, und wandte mich vom Bildschirm ab, weil ich mich nicht traute, die Nachricht zu lesen. Schon wollte ich aufstehen und mir einen Snack aus der Küche holen, als die Neugier zu groß wurde. Vielleicht war er ja nur besonders höflich und informierte mich darüber, dass er keinen weiteren Kontakt wollte, weil ich nicht die gleiche Religion hatte wie er. Ich öffnete die Nachricht.

›Warum nicht? Der Islam ist der einzig wahre Glaube. Du kannst nur glücklich werden, wenn du Allah folgst. Bist du glücklich?‹

Ob ich glücklich war? Ich sog die Luft so scharf ein, dass ich husten musste.

Das werde ich wohl kaum mit jemandem ausdiskutieren, den ich gar nicht kenne.

Überhaupt: Was war das für eine Frage? Und wie musste man drauf sein, um so etwas Persönliches von mir wissen zu wollen? Ich konnte mich nicht daran erinnern, dass ich schon einmal mit jemandem darüber geredet hatte. Definiere Glück, dachte ich und musste grinsen. Für sprachliche Spitzfindigkeiten war Facebook wohl nicht der richtige Ort. Selbst Papa, dem ich mich immer sehr viel näher gefühlt hatte als Mama, hatte gelegentlich nur gesagt: »Ich wünsche mir, dass du glücklich bist, mein Mädchen«, aber er hatte nie gesagt, was er damit meinte. Und außerdem war das lange her.

Nein, ich bin nicht glücklich. Aber soll ich das wirklich ehrlich schreiben?

Als ich es dann tippte, fühlte es sich so an, als würde es dadurch noch wahrer und noch trauriger werden, als es sowieso schon war.

›Nein, eigentlich bin ich im Moment ziemlich unglücklich‹, stand nun dort auf dem Monitor, die Buchstaben flimmerten vor meinen Augen, und meine Finger hielten die Maus fest umkrampft.

Abschicken oder nicht? Warum nicht? Er war in Syrien oder sonst wo und wir kannten uns nicht.

›Warum, was ist los? Hast du Liebeskummer?‹

Schön, wenn es nur das wäre, dachte ich und tippte: ›Nein. Ich habe keinen Liebeskummer. Mein Vater ist vor einigen Monaten gestorben und ich verstehe mich nicht besonders gut mit meiner Mutter.‹

›Das tut mir sehr leid. Es ist schlimm, den Vater zu verlieren. Ich bin sicher, dass er ein guter Mensch war. Möge Allah ihn segnen und ihn in das Paradies aufnehmen.‹

Seine Worte und das Gefühl, dass da jemand, der ganz weit weg war, tatsächlich Anteil an Papas Tod nahm, taten mir gut. Warum das so war, wusste ich nicht, aber vielleicht lag es daran, dass Hoffnung mitschwang. Ich hoffte ja selbst jeden Tag, dass es Papa gut ging, wo immer er jetzt war. Wenn es wirklich ein Paradies gab, dann wäre es schön, wenn er es gefunden hätte.

Ich strich die verschwitzten Handflächen an der Jeans ab und antwortete: ›Danke für dein Mitgefühl. Ich finde das sehr nett von dir, wirklich. Meine beste Freundin Kayla ist übrigens Muslima.‹

›Das ist schön. Betet sie fünfmal am Tag?‹

Bei der Vorstellung, dass Kayla sich ihren knappen Minirock zurechtzupfte, bevor sie sich auf den Gebetsteppich kniete, musste ich grinsen. ›Nein, ich glaube nicht.‹

›Dann ist sie keine richtige Muslima.‹

Sein rigoroses Urteil ärgerte mich. Es war doch wohl jedem selbst überlassen, wie ernst er seinen Glauben nahm. Kayla sah die Sache mit der Religion eher locker, das war mir auch schon aufgefallen. Eigentlich hatte ich sie außer vor dem Essen noch nie beim Gebet gesehen und für diese Trickserei mit ihrer Kleidung bewunderte ich sie ja sogar. Ich dachte gerade darüber nach, wie ich antworten sollte, ohne ihn vor den Kopf zu stoßen, als eine neue Nachricht eintraf.

›In welcher Stadt lebst du?‹

›In Berlin. Das ist in Deutschland.‹

›Ich weiß. Ich kenne Deutschland gut. Ich war oft da. Wenn du mal richtige Muslime kennenlernen willst, sag mir Bescheid. Ich arrangiere das für dich.‹

Richtige Muslime – das interessierte mich eigentlich nicht besonders. Abu Salman dagegen schon. Ich wollte unbedingt mehr über ihn erfahren. Am besten gleich alles. So jemanden wie ihn hatte ich noch nie getroffen. Die Jungs, mit denen ich früher ab und zu gechattet hatte, machten Witze, posteten dumme Sprüche oder irgendwelche Videos, die sie lustig fanden. Ein ernsthaftes Gespräch hatte ich hier bei Facebook noch nie geführt. Fast musste ich mich bremsen, um Abu Salman nicht mit Fragen zu überhäufen. Stattdessen schrieb ich nur: ›Echt? Du warst in Deutschland? Wo lebst du jetzt?‹, und hoffte, dass er aus meinen Worten nicht lesen konnte, wie sehr er mich faszinierte.

›Ich komme aus Schweden und lebe jetzt in Syrien. Ich bin auch oft im Irak und in Afghanistan.‹

Wow. Der Typ schien ja ganz schön rumzukommen. Ich hatte es noch nie aus Europa herausgeschafft. ›Klingt interessant, dass du schon so viel von der Welt gesehen hast.‹ Das Video aus Syrien kam mir in den Sinn und ich schickte die nächste Nachricht gleich hinterher. ›Ist es da unten nicht gefährlich?‹

›Ja, aber nicht gefährlicher als anderswo. Man muss nur gut auf sich aufpassen.‹ Selbst der Smiley, den er hinzufügte, schien strahlender zu lachen als üblich.

›Was machst du dort? Wolltest du nicht mehr in Europa leben?‹

›Ich bin vor vier Jahren zum Islam übergetreten und wir bauen hier einen Staat nach dem Willen Allahs auf. Der Islam ist die einzig wahre Religion. Das werden die Menschen irgendwann erkennen. Dann gibt es keine Kriege mehr.‹

Er schien von seiner Sache wirklich überzeugt und begeistert zu sein. Vielleicht war es das, was mich an ihm faszinierte, diese Leidenschaft, mit der er dabei war. Irgendwie hatte ich das Gefühl, dass da ein Feuer in ihm brannte. Aber das konnte ich Abu Salman natürlich nicht schreiben. Stattdessen antwortete ich: ›Das wäre schön‹, und ärgerte mich nach dem Abschicken darüber, wie lapidar meine Worte klangen.

›Du hast übrigens ein nettes Lächeln.‹

Ich schluckte trocken. Woher wusste er, wie ich aussah?

›Sind wir uns schon mal begegnet?‹

›Leider noch nicht. Aber ich habe natürlich dein Profilbild bei Facebook gesehen. Es ist süß.‹

Dass er mich süß fand, war ja schön, und das hatte auch noch nie jemand zu mir gesagt, aber ich wurde den Eindruck nicht los, dass er jetzt schon sehr viel mehr über mich wusste, als mir lieb war. Und es war eindeutig ein komisches Gefühl, das sich da in meiner Magengegend entwickelte.

›Ich muss jetzt Schluss machen. Ich habe heute Nachmittag noch etwas anderes vor. Tschüs‹, schrieb ich.

›Inshallah. Ich wünsche dir noch einen schönen Tag‹, kam als Antwort.

Aufmerksam las ich mir unseren Chat-Verlauf noch einmal durch. Sie wollten einen Staat errichten und dann sollte es auf der Welt keine Kriege mehr geben. Als ich darüber nachdachte, fiel mir auf, dass auch Kayla von einem Krieg gesprochen hatte. Einem heiligen Krieg. Ob das was miteinander zu tun hatte?

Ich überlegte kurz, ob ich den Kontakt bei Facebook blockieren sollte, war mir aber sicher, dass das nicht nötig war.

Er hat bestimmt kapiert, dass ich nichts von ihm will, so kurz angebunden, wie ich mich verabschiedet habe.

KEIN GRUND ZUM FEIERN?

Als Kayla mir die Tür öffnete, hörte ich schon das fröhliche Lachen von Yasmina und ihren Freundinnen. Ich ging in die gemütliche Küche, um Kaylas Mutter zu begrüßen.

»Wie geht es dir, Anna? Gut siehst du aus. Schön, dass du da bist«, begrüßte Frau Mandi mich herzlich und küsste mich. »Du bist doch hoffentlich hungrig!«

Ich mochte den Akzent, der ihre Stimme wie einen Singsang klingen ließ, und wusste, wie sehr Kaylas Mutter es liebte, ihre Familie zu verwöhnen. Schließlich hatte ich oft genug am Tisch der viel zu kleinen Küche gesessen, hatte mit der ganzen Familie gelacht und geschlemmt. Zu Yasminas Geburtstag hatte sie sich natürlich besonders Mühe gegeben, und die Arbeitsflächen standen voll mit köstlichen Gerichten, die einen verlockenden Duft nach exotischen Gewürzen verströmten. Ich hätte nicht einmal mutmaßen können, welche Zutaten verarbeitet worden waren. Meine Mutter nahm meistens irgendwas aus dem Gefrierfach und schob es in den Backofen oder die Mikrowelle. Das nannte sie kochen, aber es hatte nichts gemeinsam mit dem, was in diesem Haushalt unternommen wurde.

Obwohl schon überall Schüsseln und Schalen, Servierplatten und Töpfe herumstanden, öffnete Frau Mandi den Backofen, streifte sich dicke Handschuhe über und zog ein Blech mit einem Kuchen heraus, auf dem eine dicke Schicht Honig glänzte. Ich schluckte und trat ein paar Schritte näher zur Anrichte neben dem Küchenschrank aus dunklem Holz. Mir gingen die Augen über, als ich die Fleischklößchen in einer roten Soße, Salate, Reis und weitere Kuchen sah, die Kaylas Mutter gezaubert hatte.

»Ich kann es gar nicht abwarten, alles zu probieren. Das sieht wirklich toll aus«, sagte ich und wandte mich zur Tür um.

Kaylas Vater und Bruder saßen mit einigen anderen Männern im Wohnzimmer auf der abgenutzten Couch, während die Frauen sich im Esszimmer um den Tisch versammelt hatten. Kayla und zwei ihrer Cousinen kamen nun auch in die Küche, um zu helfen.

»Geh schon mal ins Esszimmer«, sagte Kayla. »Ich komme gleich nach, muss aber erst meiner Mutter helfen.«

»Ich helfe euch auch gerne«, erwiderte ich. »Vielleicht gibt es noch irgendwas zu schneiden oder zu hacken. Da kann ich ja nicht viel falsch machen.« Es war mir immer wieder peinlich, wie wenig Ahnung ich vom Kochen hatte. Und jedes Mal, wenn ich Kayla besuchte und die zufriedenen Gesichter der Familie sah, die bei einer guten Mahlzeit zusammensaßen, nahm ich mir vor, das zu ändern. In der Buchhandlung hatte ich sogar schon bei den Kochbüchern gestöbert. Aber irgendwie fehlte mir noch der entscheidende Impuls, das Vorhaben auch wirklich in die Tat umzusetzen. »Also, was kann ich tun?«

»Nein, nein. Du brauchst nicht zu helfen. Du bist heute Gast. Meine Mutter hat extra dein Lieblingsgericht gemacht. Es gibt Couscous mit Lamm.« Kayla schob mich sanft in Richtung Esszimmer.

Ich war schon daran gewöhnt, dass bei Treffen von Kaylas Familie Frauen und Männer in getrennten Zimmern saßen. Bei den Männern lief meistens der Fernseher. Die Frauen plauderten und hatten immer etwas zu lachen.

»Hallo, Anna. Schön, dich mal wiederzusehen«, rief eine der Frauen, als sie mich in der Tür stehen sah. »Komm, setz dich. Hier ist noch ein Platz frei.«

Ich kannte die meisten von ihnen von früheren Familienfeiern bei Kayla. Sie kamen wie Kaylas Eltern aus Algerien und waren alle irgendwie miteinander verwandt, manche über so viele Ecken, dass ich vergessen hatte, wie. Ich setzte mich an den riesigen Tisch, der mit einer cremefarbenen Decke überzogen war. Darauf standen grüne Glaskelche und Teller aus bemalter brauner Keramik.

»Wie geht es dir, Binta?«, fragte ich die Frau, die mir den Platz angeboten hatte.

»Großartig. Mein ältester Sohn heiratet. Das Fest ist nächsten Sommer in Algerien. Ihr seid alle eingeladen«, sagte sie und zeigte in die Runde.

»Herzlichen Glückwunsch!« und »Das ist ja toll!«, redeten plötzlich alle durcheinander.

Kaylas Tante scherzte: »Dann wird es auch nicht mehr lange dauern mit den Enkelkindern.«

»Das will ich hoffen«, antwortete Binta und wischte sich mit großer Geste den Schweiß von der Stirn. »Ich möchte eine ganze Fußballmannschaft.«

»Vielleicht gewinnt Algerien dann endlich mal die WM«, sagte eine der anderen Frauen, was lautes Gelächter hervorrief.

»Du heiratest bestimmt auch bald.« Binta legte ihre Hand auf meinen Arm. »Du bist so ein hübsches Mädchen geworden.« Sie lächelte mich aufmunternd an.

Mir fiel vor Schreck nicht ein, was ich darauf erwidern sollte. Das konnte doch nur ein Scherz sein. »Ich habe noch nicht mal einen Freund«, sagte ich und merkte, wie hohl das klang.

»Ach, das kann schneller gehen, als du denkst.« Binta zwinkerte mir zu. »Du wirst schon sehen.«

Ich nickte verlegen und war froh, dass Kayla hereinkam und sich neben mich setzte. »Schmeckt dir der Couscous? Meine Mutter hat ihn heute mit Rosinen gemacht.«

»Wirklich, das ist so lieb von ihr. Ich werde ihn sofort probieren, bin noch gar nicht dazu gekommen«, antwortete ich und lächelte, weil es sich so gut anfühlte, dass Frau Mandi extra an mich gedacht hatte. »Diesen Kuchen mit dem Honig drauf will ich auch unbedingt noch versuchen.«

»Ich freue mich, dass es dir gut geht«, sagte Kayla und drückte mich. Leiser fuhr sie fort: »Hör mal, ist irgendwas passiert, wovon du mir nichts erzählt hast? Seit ein paar Tagen kommt es mir vor, als würdest du von innen strahlen.«

Ich wusste genau, was sie meinte. Kayla hatte damals hautnah miterlebt, wie ich nach Papas Tod kaum etwas gegessen hatte. Sogar der Rest der Familie hatte sich Sorgen gemacht und darauf bestanden, dass ich bei ihnen zu Abend aß, so oft es ging. Auch dann hatte Kaylas Mutter gekocht und gebacken, was das Zeug hielt, und sich ehrlich gefreut, wenn es mir schmeckte.

»Nein, es ist nichts passiert. Du weißt doch genau, dass du die Erste wärst, die es erfahren würde. Ich freue mich einfach nur, wie nett ihr alle zu mir seid und wie wichtig es euch ist, dass ich mich wohlfühle.«

Ich lachte, als Binta einen Teller mit einem Riesenstück Kuchen vor mich hinstellte, aber eigentlich wollte ich mich verkriechen. Kayla war eine so gute Freundin und ich log ihr frech ins Gesicht. Denn natürlich war etwas passiert. Ich hätte mir einreden können, dass ich ihr noch immer nicht von Abu Salman aus Syrien erzählt hatte, weil sich einfach noch nicht die richtige Gelegenheit ergeben hatte. Aber mich selbst konnte ich nicht belügen, und ich wusste, dass es da etwas anderes gab, was mich davon abhielt, Kayla in dieses Geheimnis einzuweihen.

Abu Salman – seit dem Chat vor einigen Tagen hatte ich zwar nichts mehr von ihm gehört, aber sobald ich an ihn dachte, sah ich seine blauen Augen vor mir. So wie jetzt. Ich erinnerte mich, wie nett er über meinen Vater gesprochen hatte, obwohl er ihm nie begegnet war. Dennoch war es gut, dass er sich nicht mehr gemeldet hatte. Ich würde einen Riesenärger bekommen, wenn rauskäme, dass ich mit einem Wildfremden in Syrien oder sonst wo chattete.

Zu Hause in meinem Zimmer fuhr ich den Computer hoch und öffnete Facebook. Kayla hatte es wirklich fertiggebracht, bereits die Bilder von Yasminas Geburtstag zu posten. Ich klickte jedes Foto an. Es gab auch ein Bild von mir und Kayla, auf dem wir beide lachten. Ausnahmsweise gefiel ich mir sogar, obwohl ich auf Fotos sonst nie gut aussah. Meine blaugrauen Augen strahlten und die blonden Haare fielen diesmal in schönen Wellen auf meine Schultern.

Dann las ich die wenigen Nachrichten, die ich hatte. Bei zwei davon ging es um die Schule. In der nächsten Woche musste ein Referat fertig sein, das ich zusammen mit zwei Klassenkameraden halten sollte. Die anderen wollten wissen, wie weit ich mit meinem Teil war.

Viel interessanter war, dass Abu Salman geschrieben hatte. Mein Magen zog sich zusammen. Ich zögerte und war kurz davor, die Nachricht zu löschen. Dann aber sah ich sein Foto, sein Gesicht mit diesen tiefblauen Augen. *Hab keine Angst*, schienen seine Augen zu sagen. *Du kannst mir vertrauen*. Ich setzte mich aufrecht hin und öffnete die Nachricht.

›Salam aleikum, wie geht es dir?‹

›Ganz gut.‹ Nach kurzem Überlegen tippte ich weiter. ›Ich war heute zu Besuch bei meiner Freundin Kayla. Es gab köstlichen Couscous.‹

›Ich esse auch gerne Couscous, am liebsten mit Lammfleisch.‹

›Das esse ich auch besonders gerne‹, schrieb ich eifrig.

›Da haben wir ja etwas gemeinsam. Wenn du das mal hier probierst, willst du nie wieder etwas anderes essen. Das Fleisch schmeckt hier viel besser als in Europa, weil es keine Massentierhaltung gibt.‹

›Das kann ich mir vorstellen. Mir tun die Tiere auch leid. Aber ich fand es heute trotzdem lecker. Kaylas Mutter hat es extra wegen mir gekocht, obwohl es ja Yasminas Geburtstagsfeier war. Das ist Kaylas Schwester, sie war die Hauptperson.‹

›Hast du nicht geschrieben, dass Kayla aus einer muslimischen Familie kommt? Muslime dürfen ihren Geburtstag nicht feiern. Der Prophet Mohammed hat das verboten.‹

Ich lächelte und winkte ab, dann fiel mir ein, dass Abu Salman mich gar nicht sehen konnte. ›Ich weiß. Kaylas Schwester feiert trotzdem. Sie will alles möglichst genauso machen wie ihre deutschen Freunde.‹

›Und ihre Familie erlaubt das? Ich kann nicht nachvollziehen, dass es Muslime gibt, die die Regeln des Propheten nicht befolgen. Hast du dich mit dem Islam beschäftigt? Er ist wirklich die schönste Religion.‹

›Echt? Auch wenn man keinen Geburtstag feiern darf? Ich

freue mich immer auf meinen Geburtstag.‹ Bevor ich darüber nachdachte, hatte ich schon auf Senden geklickt.

Mist, hoffentlich hält er mich jetzt nicht für oberflächlich, weil ich meinen Geburtstag so wichtig finde.

›Feiern kommt bei uns bestimmt nicht zu kurz. Wir feiern andere Feste. Du müsstest mal das Zuckerfest erleben, das wir am Ende des Fastenmonats Ramadan feiern.‹

Abu Salman hörte sich ganz normal an und ich atmete tief ein. Er schien es jedenfalls nicht schlimm zu finden, dass ich an meinem Geburtstag hing.

›Zuckerfest hört sich nach vielen Süßigkeiten an. In den Videos, die ich mir angesehen habe, sind die Jugendlichen auch sehr begeistert vom Islam. Einige sagen aber, dass es nicht leicht ist, all diese Gebete und Regeln zu befolgen. Man darf keinen Alkohol trinken, kein Schweinefleisch essen und muss mehrmals am Tag beten, oder?‹

›Das stimmt. Es gibt viele Regeln, die Muslime vom Aufstehen bis zum Schlafengehen begleiten. Zu Anfang ist es nicht leicht, alle einzuhalten. Es wird aber schnell Routine und dann genießt man es. Durch die Rituale und Gebete hat man einen direkten Draht zu Allah. Das ist doch toll. Schon allein dafür bin ich gerne bereit, mich an die Regeln zu halten.‹

›Ich verstehe. Du willst sagen, dass man auch was bekommt, wenn man sich an die Regeln hält.‹

›Genau.‹

›Ich erinnere mich, dass du erst vor ein paar Jahren zum Islam übergetreten bist. Deine Eltern sind also keine Muslime?‹, fragte ich und hoffte, dass es nicht zu offensichtlich war, wie interessant ich sein Leben fand.

›Nein, ich bin in einer protestantischen Familie aufgewachsen. Meine Eltern glauben aber nicht wirklich an Gott. Sie gehen nur zu Weihnachten in die Kirche. Du kennst das, oder?‹

›Klar, wem sagst du das? Meine Mutter glaubt an gar nichts. Bei meinem Vater war das auch so. Ich selbst bin nicht getauft oder so was.‹

›Das ist schade! Welchen Sinn hat das Leben, wenn man nicht an Gott glaubt? Wir Muslime glauben, dass wir auf der Welt sind, um Allah zu dienen. Wir zeigen unsere Dankbarkeit, indem wir seine Gebote befolgen. Wenn wir uns daran halten, kommen wir nach dem Tod ins Paradies. Dort werden wir ewig glücklich sein. Was glaubst du, was der Sinn des Lebens ist?‹

Ich stöhnte und überlegte. Das war wieder eine dieser typischen Fragen von Abu Salman. Und wieder fühlte ich mich verunsichert. Mit dieser Philosophiererei über Glück und den Sinn des Lebens hatte ich mich bisher kaum beschäftigt. Was sollte ich antworten, ohne etwas völlig Peinliches von mir zu geben? Da ich nicht unhöflich sein wollte und irgendwas antworten musste, schrieb ich: ›Das ist im Moment nicht so mein Thema. Ich habe schon genug Probleme. Meine Mutter nervt mich. Sie leidet sehr unter dem Tod meines Vaters und hat auch mit mir und meinen Sorgen nur wenig Geduld.‹

›Was hast du für Sorgen? Ich wette, du bist super in der Schule.‹

Stolz stieg in mir auf. ›Ich bin ganz gut. In Mathe bin ich sogar die Beste in meiner Klasse.‹

›Wow. Ich wusste, dass du ein tolles Mädchen bist. Wie toll, das war mir aber nicht klar. Ich bin stolz auf dich. Wenn du hier wärst, könntest du die Kinder unterrichten. Würde dir das gefallen?‹

Hier wärst? Was soll das denn?

Es war völlig ausgeschlossen, dass ich in ein Kriegsgebiet wie Syrien reiste.

Mama würde das nie erlauben.

Die Stimme meiner Mutter riss mich aus den Gedanken. »Anna, kommst du bitte mal?«

»Gleich, ich bin am Computer«, rief ich zurück.

»Das bist du immer«, sagte Mama mit einem genervten Ton. »Nie kann man mit dir sprechen.«

›Ich muss los. Meine Mutter will etwas von mir‹, schrieb ich.

›Chatten wir morgen zur gleichen Zeit?‹

›Ja, gut. Bis morgen.‹

ANKÜNDIGUNG

Im Wohnzimmer lag Mama schon auf dem dunkelbraunen Ledersofa und starrte gebannt auf den riesigen Fernseher, den Papa erst vor einem Jahr gekauft hatte.

»Ihr werdet euch fühlen wie im Kino«, hatte er immer wieder gesagt. Und als genau das Gerät, das er unbedingt haben wollte, in einem Auktionshaus günstig zu kriegen war, hatte Mama ihm endlich das Okay gegeben. Noch am selben Tag war er nach Potsdam gefahren und hatte es beim Händler abgeholt. Jetzt besaßen wir also einen dieser Megafernseher mit riesigem Bildschirm und jeder Menge Schnickschnack und schauten uns Quizsendungen an. Mir sollte es recht sein, die Hauptsache war, dass es meiner Mutter gut dabei ging. Und das tat es auf jeden Fall, denn sie winkte aufgeregt und drückte auf der Fernbedienung rum, um den Ton leiser zu stellen.

»Komm, setz dich mal zu mir. Wir müssen etwas besprechen. Du hast doch bald Herbstferien. Was hältst du davon zu verreisen? Wir könnten mal wieder an die Ostsee fahren. Mit Papa waren wir doch immer in Warnemünde.«

Ich konnte kaum glauben, was ich da hörte. Bisher hatte sie doch immer vermieden, Dinge zu tun oder Orte zu besuchen, die meinem Vater wichtig gewesen waren. Zu traurig, zu viele Erinnerungen, die in ihr hochkamen.

»Ist das dein Ernst? An die Ostsee?«

Mama nickte und lächelte breit. Aber würde ihre Stimmung anhalten? Sonst säße ich mit einer tieftraurigen Mutter am Meer und müsste sie unentwegt trösten. Keine schöne Vorstellung.

»Ich weiß nicht. Eigentlich habe ich mir für die Ferien schon was anderes vorgenommen.«

»Ehrlich? Was?« Sie klang enttäuscht und ich kramte im Kopf nach einer guten Entschuldigung.

»Ich muss zum Tanztraining, weil wir eine neue Choreografie einstudieren, und dann habe ich mich noch mit Kayla verabredet. Sie hatte eine schlechte Note in der letzten Mathearbeit und wir wollen zusammen lernen.«

Ich hielt Mamas Idee für einen Fehler, die Reise kam zu früh für sie. Außerdem war ich mir nicht sicher, ob ich das selbst verkraften würde. Dort zu sein, wo alles an Papa erinnerte. An die schönen Erlebnisse, die wir gemeinsam hatten. Vielleicht ging es gar nicht so sehr um Mama. Gut möglich, dass ich es mir noch weniger zutraute als ihr. Hoffentlich glaubte sie meine Ausreden, dann würden wir die Reise einfach verschieben.

Meine Zuversicht sank, als sie sagte: »Das könnt ihr doch auch nach den Ferien noch machen. Wenn du das Tanzen mal ausfallen lässt, ist das auch kein Drama. Wir würden in einem netten kleinen Hotel mit einem Wellness-Bereich in der Nähe vom Strand wohnen. Ich habe dort schon angerufen und sie haben noch etwas frei.«

Sie hatte schon angerufen und alles geklärt? Jetzt wurde ich sauer. Wieso stellte sie mich vor vollendete Tatsachen? Wir hätten das vorher besprechen müssen.

Auf einmal war ich sicher, dass uns diese Reise beide nur runterziehen würde.

Wir werden dasitzen, aufs Meer starren und an Papa denken. Jede für sich. Nicht ein einziges Wort werden wir wechseln, sondern allein unseren Erinnerungen nachhängen und traurig sein.

Und ich wusste schon jetzt, dass sie sich dann wieder in die Mutter verwandeln würde, die sie in den letzten Monaten gewesen war. Kein gutes Haar würde sie an mir lassen, und egal, was ich tat, es würde das Falsche sein.

Um ihr nicht die Wahrheit sagen zu müssen, startete ich einen letzten Versuch und sagte flehend: »Bitte, Mama. Du weißt, wie gerne ich tanze. Wenn ich nicht von Anfang an bei der neuen Choreografie dabei bin, komme ich nicht mehr rein. Dann sind die ganzen nächsten Monate für mich gelaufen, bis wir wieder einen neuen Tanz anfangen. Kannst du nicht alleine fahren und ich bleibe hier?«

»Nein, das geht nicht. Du bist erst fünfzehn. Ich hätte keine ruhige Minute, wenn ich dich alleine in Berlin lassen würde. Die frische Luft am Meer wird dir guttun. Du siehst ohnehin so blass aus.«

Ich seufzte entnervt. Es hatte keinen Sinn, weiter mit ihr zu diskutieren. Sie schien bereits alles durchgeplant zu haben. Wenn sie sich einmal etwas in den Kopf gesetzt hatte, war sie nicht mehr davon abzubringen.

»Ja, vielleicht«, sagte ich daher nur. »Ich geh dann mal wieder an meinen Computer. War gerade mitten in einem Chat.«

Mama verdrehte die Augen. »Was findest du nur immer an diesem Chatten? Könnt ihr euch nicht wie normale Menschen unterhalten?«

»Doooch«, antwortete ich und merkte, dass ich immer genervter wurde. Diese Diskussion hatten wir schon hundertmal geführt und gerade hatte ich wirklich keine Lust auf eine Wiederholung. Erst mal musste ich den Gedanken zu Ende denken, dass wir bald an der Küste sein und Fischbrötchen essen würden.

Auch das hatte ich bisher nur gemeinsam mit Papa getan. Wir kauften sie immer am selben Stand, sofort nach unserer Ankunft. Mein Vater hatte jedes Jahr seine Bekanntschaft mit dem Inhaber des Fischkutters aufgefrischt und am Ende des Urlaubs wirkten sie wie die besten Freunde. Außerdem würde meine Mutter ohnehin nie verstehen, wie wichtig das Internet heutzutage war. Wer nicht regelmäßig bei Facebook, Instagram oder Snapchat Neuigkeiten postete, konnte genauso gut aufhören zu existieren. Sie hatte zwar auch einen Facebook-Account, den Papa für sie eingerichtet hatte, benutzte ihn aber nicht.

Schon setzte sich Papa in meinen Gedanken fest. Er war immer und überall. Normalerweise tat es mir gut, und ich wollte mir gar nicht vorstellen, dass sein Bild in meinem Kopf irgendwann verblasste. Aber die Sache mit den Herbstferien musste ich jetzt doch erst in Ruhe verarbeiten.

»Ist sonst noch was?«, fragte ich knapper als gewollt und sah Mama an.

Sie schüttelte den Kopf. »Nein, das war's. Ach, ich kann es kaum erwarten, die Ostsee wiederzusehen.«

Ich ging in mein Zimmer und war froh, als ich die Tür hinter mir schloss. Nachdenken wollte ich nun lieber doch nicht, nicht in diesem Moment, nicht in dieser Stimmung.

Zum Glück hatte ich den Laptop angelassen. Vielleicht war Abu Salman ja noch online, dann konnte ich ihm gleich von der bevorstehenden Reise erzählen.

Er hat Glück, dass er älter ist und machen kann, was er will.

Wie alt genau, wusste ich nicht. Auf jeden Fall sah er auf den Fotos aber einige Jahre älter aus als ich.

›Bist du da?‹, tippte ich eilig.

›Schön, dass du dich noch mal meldest.‹

›Ja, ich habe ein Problem. Ich habe in zehn Tagen Herbstferien und muss mit meiner Mutter wegfahren.‹ Ich schickte die Nachricht ab, bevor mir klar wurde, wie sich das anhörte. Hoffentlich verstand er das nicht falsch. Wer beklagte sich schon, wenn er in den Urlaub fahren durfte?

›Wo fahrt ihr denn hin?‹

›An die Ostsee nach Warnemünde, das ist bei Rostock.‹

›Das ist doch schön. Ich bin gerne am Meer.‹

›Ich auch normalerweise. Aber dieses Jahr ist es komplizierter. Ich weiß gar nicht, wie ich das überstehen soll.‹

Mmh, das war ja fast eine direkte Aufforderung an ihn, nachzufragen. Ich biss auf meiner Unterlippe herum, weil ich nicht wusste, ob ich ihm überhaupt von meinen Problemen erzählen wollte. Ich kannte ihn doch überhaupt nicht.

›Du könntest an mich denken und im Koran lesen. Hast du einen Koran?‹

Mir fiel ein Stein vom Herzen, dass ihn meine Probleme heute nicht interessierten, und ich kicherte.

Wenn er wüsste, wie oft ich an ihn denke, würden ihm die Ohren klingeln.

Morgens, wenn ich mit dem Fahrrad zur Schule radelte, dachte ich daran, dass er möglicherweise zur gleichen Zeit in Syrien mit einem Lkw unterwegs war, und vor dem Einschlafen sah ich sein Gesicht mit den blonden Locken vor mir. Aber das musste ich ihm ja nicht auf die Nase binden.

Mit fliegenden Fingern tippte ich: ›Nein, ich habe keinen. Kayla hat aber bestimmt einen Koran. Ich frage sie, ob sie ihn mir leiht.‹

›Mach das unbedingt. Du wirst schnell merken, wie gut es tut, darin zu lesen.‹

›Wie war denn dein Tag?‹

Er antwortete: ›Ich kann dir nicht alles erzählen, was ich mache. Vielleicht bist du ja eine kleine Spionin. Denk dran, ich weiß, wo du zur Schule gehst.‹ Darauf folgten mehrere Smileys.

Erst musste ich so laut lachen, dass ich schon Angst hatte, Mama käme rein. Dann aber wurde mir doch etwas mulmig. Mir fiel ein, dass auf meinem Facebook-Profil tatsächlich stand, in welche Schule ich ging. In diesem Moment überlegte ich, ob es nicht doch besser wäre, den Kontakt einfach abzubrechen. Dabei sah er so nett aus, und seine Augen strahlten auf den Fotos, dass es mir jedes Mal ein Kribbeln im Bauch verursachte, wenn ich sie anschaute. Außerdem hatte er das bestimmt nicht ernst gemeint.

So einer ist er nicht, da bin ich sicher.

Dennoch verharrten meine Finger auf der Tastatur, weil mir einfach keine schlagfertige Erwiderung einfiel.

Vielleicht hätte ich doch lieber mit ihm über den Urlaub reden sollen. Er hätte bestimmt gewusst, wie ich mich verhalten soll.

Abu Salman schien meine Zweifel zu ahnen und schrieb: ›Keine Sorge, Baby, ich scherze nur. Ich bin hier beschäftigt, wir haben heute in einem Gebiet im Norden gekämpft. Anschließend habe ich mit meinen Kameraden zusammengesessen. Wir haben Tee getrunken. Ich schicke dir später ein kleines Video von unserer Runde, wenn du möchtest.‹

›Klar, darüber würde ich mich total freuen. Ich möchte gern wissen, mit wem du deine Zeit verbringst. Mach's gut. Pass auf dich auf.‹

Die Erleichterung drang vor bis in meine Fußsohlen, und ich schwankte ein wenig, als ich rüber zum Bett ging und mich setzte. Auf meinem Gesicht hatte sich ein Grinsen festgefressen, das spürte ich genau.

Hoffentlich kommt Mama nicht gerade jetzt rein.

Wenn Patrick mich »Baby« genannt hatte, hatte ich das immer furchtbar gefunden, irgendwie respektlos und entwürdigend. Dabei war ich ziemlich verliebt in ihn gewesen. Zum Glück ging die Sache schnell vorbei. Bei Abu Salman dagegen gefiel es mir, und ich hätte gern seine Stimme gehört, wenn er es zu mir sagte.

Klang bestimmt zärtlich und das tat es bei Patrick nie. Im Gegenteil – Patrick war ein totaler Idiot, wie vermutlich alle Jungs in unserem Alter. Jedenfalls alle, die ich kannte. Aber wenn ich daran dachte, wie er mit mir umgegangen war, überkam mich noch immer eine Mischung aus Zorn und Traurigkeit.

Wir waren vielleicht drei Wochen zusammen, als ich im Schulflur hörte, wie er vor den anderen Jungen mit mir angab.

»Anna ist total verliebt in mich und würde alles für mich tun. Sie ist okay, aber eigentlich stehe ich nicht wirklich auf sie. Leonie ist viel hübscher. Vielleicht geht da ja was.«

Das hatte mir gereicht, um ihn sofort abzuservieren. Wenn er lieber mit Leonie zusammen sein wollte, sollte er doch. Ich wollte ihm nicht im Weg stehen. Das hatte ich ihm gesagt, aber traurig war ich dennoch. Zwischen Kayla und mir gab es wochenlang kein anderes Thema mehr.

»Halt dich erst mal von Jungs fern. Du brauchst im Moment nicht noch mehr Probleme. Liebeskummer erst recht nicht«, hatte Kayla gesagt.

Und ich hatte mich an ihren Rat gehalten. Wenn sie jetzt gewusst hätte, dass ein Mann, der in Syrien am Krieg teilnahm, mich »Baby« nannte, wäre sie entsetzt gewesen. Aber sie musste es ja nicht erfahren. Ich fand es jedenfalls süß.

Missy sprang neben mir aufs Bett, schnurrte und rieb ihren Kopf an meiner Schulter. Gedankenlos streichelte ich ihren Bauch und griff nach meinem Handy.

Als ich sah, dass Abu Salman eine WhatsApp geschrieben hatte, kribbelten tausend kleine Ameisen in meinem Bauch. Er hatte tatsächlich ein Video geschickt, und ich konnte kaum erwarten, dass das Telefon es endlich lud.

Wenn Mama morgen immer noch in so guter Stimmung ist, werde ich sie fragen, ob wir nicht schnelleres Internet bestellen können.

Dann endlich startete der Film und ich schaute gebannt auf den Bildschirm. Mehrere Männer saßen rund um einen Tisch in einem Raum, dem man den Krieg ansah. Sie hielten Gläser mit Tee in der Hand, einer rauchte eine Zigarette. Aber ich war gefesselt von Abu Salman, der in die Kamera lachte. Seine Augen strahlten wie immer in dem hellsten Blau. Und dann waren da noch diese blonden Locken, von denen ich zu gern gewusst hätte, wie es sich anfühlte, sie zu streicheln. Da bemerkte ich eine Wunde an seinem Hals. Verdammt, er war verletzt. Davon hatte er mir überhaupt nichts erzählt. So, wie das aussah, hatte das bestimmt wehgetan. Wie von selbst strich mein Zeigefinger über die Stelle an meinem Hals. Und obwohl ich ihn nur über das Internet kannte, bisher nur Fotos und Videos von ihm gesehen hatte, konnte ich seinen Schmerz fühlen, als wäre es mein eigener.

Wenn ich dort wäre, würde ich mich um ihn kümmern.

Lass das! Geh jetzt schlafen, sagte ich mir, aber die Gedanken tanzten in meinem Kopf und wollten sich nicht beruhigen. In den letzten Stunden war einfach zu viel passiert. Die Aussicht auf die Ferien mit Mama machte mir immer noch Angst. Auch das Video aus Syrien ging mir nicht aus dem Sinn. Abu Salman war so weit weg, und ich hatte keine Ahnung, ob wir uns jemals treffen konnten. Dabei hätte ich so gern mehr über ihn gewusst, hätte ihm gern geholfen. Bei diesem Gedanken musste ich grinsen.

Als würde jemand wie er gerade meine Hilfe brauchen.

»Komm, Missy, ich fotografiere dich. Dann sieht er, was wir gerade tun«, flüsterte ich und zog die Katze ganz nah zu mir heran. Es fühlte sich gut an, mein Geheimnis wenigstens mit Missy zu teilen. Ich drückte auf den Auslöser und schickte das Foto per WhatsApp an Abu Salman, bevor ich es mir noch anders überlegen konnte.

Die Antwort war eine Minute später da. ›Du hast eine Katze?

Das ist wunderbar! Ich liebe Katzen. Sie waren die Lieblingstiere unseres Propheten Mohammed. Schlaft gut, ihr beiden.‹

Mein Herz pochte schneller, als mir klar wurde, dass ich wieder etwas Neues über ihn erfahren hatte. Er mochte Katzen, und Leute, die Katzen mochten, konnten überhaupt nichts Schlechtes im Sinn haben. Als hätte ich das nicht vorher schon gewusst.

Ich tippte: ›Schlaf du auch gut. Wir denken an dich!‹

ALLAH ENTSCHEIDET

Ich bemühte mich, besonders sanft zu sein, als ich die Wunde mit Jod abtupfte und ein Pflaster auf Abu Salmans Hals klebte. Dann klingelte der Wecker und riss mich aus dem Traum, dabei wäre ich so gern noch dortgeblieben in Syrien. Bei ihm.

Schlaftrunken wankte ich in die Küche und schüttete etwas Milch über ein paar Cornflakes. Meine Mutter war schon weg. Wenn ich mich richtig erinnerte, hatte sie heute wieder ein Vorstellungsgespräch. Wenn wir großes Glück hatten, klappte es diesmal mit dem Job. Obwohl ich nicht an Gott glaubte, sandte ich ein Stoßgebet zum Himmel. Erstens, weil sie unbedingt eine Stelle brauchte, zweitens, weil es ihr bestimmt besser ging, wenn sie abgelenkt war. Und drittens, weil sie dann in den Herbstferien wahrscheinlich keinen Urlaub beantragen konnte.

Nach dem Unterricht gingen Kayla und ich in die Bäckerei gegenüber der Schule. Hier hatten sie den besten Kuchen und den leckersten Vanillecappu. Ich saß bereits und wartete ungeduldig, bis Kayla sich endlich umständlich ihren Stuhl zurechtgerückt hatte und den ersten Schluck Kaffee nahm.

»Also, was willst du mir erzählen? Du bist schon den ganzen Tag so hibbelig.«

»Stell dir vor, meine Mutter will in den Herbstferien mit mir wegfahren«, platzte ich heraus.

»Echt? Wohin?«

»Nach Warnemünde. An die Ostsee. Da waren wir immer mit meinem Vater. Und jetzt möchte sie genau da wieder hin.« Mich überkam ein Zittern, wenn ich nur davon redete. Es fühlte sich so an, als würde es wahr werden, allein deshalb, weil ich es aussprach.

»Versteh schon. Du hast Angst, dass die Erinnerungen wieder hochkommen.« Kayla griff nach meiner Hand und strich sanft darüber. »Aber sieh es doch einfach positiv. Immerhin fahrt ihr in den Herbstferien weg. Ich würde auch gerne mal wieder aus Berlin rauskommen. Aber wir wollen nächsten Sommer alle zusammen nach Algerien. Da sind dieses Jahr einfach keine Extras drin.«

In diesem Moment glaubte ich, dass es ein Fehler gewesen war, Kayla davon zu erzählen. Nicht, weil sie mich nicht verstanden hätte. Das tat sie oder auf jeden Fall gab sie sich die größte Mühe. Aber wie sollte ich ihr etwas erklären, was ich selbst nicht genau benennen konnte? Ich hatte nicht die leiseste Ahnung, ob ich mir mehr Sorgen um Mama machte oder um mich. Sicher wusste ich nur, dass es nicht gut sein konnte, wenn wir dahin fuhren. An einen Ort, der praktisch bisher nur im Zusammenhang mit Papa existierte. Ich wollte diese Situation unbedingt vermeiden, so viel war klar.

Ich seufzte und blinzelte meine Tränen weg. Dann schaute ich hoch an die Decke, damit Kayla meine feuchten Augen nicht sah. Sie bemerkte natürlich dennoch, was mit mir los war, und griff meine Hand fester.

»Mach dir nicht solche Sorgen, Anna. Vielleicht solltest du es einfach auf dich zukommen lassen und schauen, was passiert. Ich glaube, ihr seid beide stärker, als du denkst. Ihr schafft das bestimmt.«

Ich nickte und sagte zögernd: »Ja, vielleicht. Aber wie wäre es, wenn ich meine Mutter frage, ob du mitkommen kannst? Das wäre doch toll. Wir könnten an den Strand oder so und ich müsste nicht ständig an meinen Vater denken.«

»Ach, Anna, du weißt, dass ich Lust hätte. Ich war noch nie an der Ostsee. Aber ich kann echt nicht. Meine Cousinen aus Dortmund kommen zu Besuch, und was meinst du, was los wäre, wenn ich nicht da bin?« Sie verdrehte die Augen, und ich musste grinsen, obwohl mir gar nicht danach war.

Kayla ging ihre Familie über alles, und ich wollte ihr auf gar keinen Fall ein schlechtes Gewissen machen, weil sie nicht mitkam. Das hatte sie nicht verdient, schließlich war sie immer für mich da und tat alles, damit es mir gut ging. Manchmal gab es eben Dinge im Leben, die man allein durchstehen musste.

Also lachte ich künstlich, wedelte mit den Händen herum wie ein Fechtkämpfer und sagte: »Familienfehde?«

Kayla ging nicht darauf an, sondern sagte nachdenklich: »Vielleicht ist es ganz gut so. Ich glaube, ihr müsst mal weg von dem ganzen Stress. Bestimmt geht es euch besser, wenn ihr euch an die schönen Dinge erinnert, die ihr gemeinsam dort erlebt habt.«

»In Ordnung, ich versuche es, das verspreche ich dir. Aber es gibt noch etwas Neues.«

Sie rückte näher an mich ran, zog die Reißverschlüsse auf, mit denen sie ihren Minirock gepimpt hatte, und musterte mich aufmerksam. Obwohl ich gerade vorgehabt hatte, ihr von Abu Salman zu erzählen, war ich jetzt nicht mehr sicher, ob das wirklich eine gute Idee war. Definitiv würde sie nicht begeistert sein, dass ich mit einem Typen chattete, den ich überhaupt nicht kannte. Seit mein Vater tot war, hatte sie immer diesen Drang, mich beschützen zu wollen. Normalerweise genoss ich das fast ein wenig, aber ich war sicher, dass sie mir diese Bekanntschaft ausreden wollte. Und sie würde keine Ruhe geben, bevor ich ihr nicht versprach, den Kontakt zu löschen. Irgendwas musste ich aber sagen, denn sie schaute mich gespannt an und schien zu spüren, dass es um etwas Besonderes ging.

»Ich, ich …«, stotterte ich und dachte fieberhaft nach. »Ich habe angefangen, mich für den Islam zu interessieren«, brachte ich schließlich leise hervor. Als ich ihren entsetzten Blick einfing, wusste ich, dass es eine bescheuerte Idee gewesen war, sie auf diese Art von Abu Salman ablenken zu wollen. Am liebsten wäre ich aus der Bäckerei gerannt oder, besser noch, hätte die Uhr zurückgedreht und wieder von vorn angefangen.

»Islam? Du? Das ist ein Witz, oder? Hast du noch alle Tassen im Schrank?« Kayla schüttelte den Kopf und trank den Rest ihres Kaffees in einem Zug aus.

Ich zuckte zusammen, weil ich nicht verstand, was sie dagegen hatte. »Keine Ahnung, warum du so anti bist. Schließlich ist es doch deine Religion.«

Sie schnaubte empört. »Du sagst es: meine Religion. Nicht deine. Du hattest doch mit Religion noch nie etwas am Hut. Was ist passiert?« Ihre Blicke bohrten sich in mich.

»Nichts ist passiert. Ich interessiere mich eben dafür. Was ist dagegen einzuwenden?«

»Das glaube ich dir nicht, dass du einfach so darauf gekommen bist. Sag die Wahrheit, hast du jemanden kennengelernt?«

»Nein, wie kommst du denn darauf?« Ich schüttelte energisch den Kopf und fühlte mich ertappt. Auf gar keinen Fall durfte ich jetzt rot werden, dann wüsste Kayla gleich Bescheid. In diesem Moment wurde mir klar, dass ich mich in einen ziemlichen Schlamassel geritten hatte. Vermutlich wäre es doch besser gewesen, ihr einfach von Abu Salman zu erzählen. Ich hätte ihr die Fotos zeigen können und die Videos. Ziemlich sicher hätte Kayla mich verstanden.

»Ach, Kayla, ich habe in der letzten Zeit so viel erlebt, was mich zum Nachdenken gebracht hat.« Eigentlich hatte ich das nur gesagt, um von Abu Salman abzulenken. Jetzt aber schaute Kayla mich gespannt an, und ich merkte, dass es die Wahrheit war. Also redete ich weiter: »Vorher habe ich mich nicht darum gekümmert, welchen Sinn das Leben hat, und einfach meine Sachen gemacht, bin zur Schule gegangen, zum Sport und so. Mein Vater war noch nicht mal vierzig, als er krank wurde. Er hatte noch so viele Pläne. Warum musste er so früh gehen? Er war ein guter Mensch. Verdammt!« Die Tränen, die nun in meine Augen schossen, konnte ich nicht wegblinzeln. Also ließ ich sie einfach laufen und senkte den Kopf.

»Ja, ich weiß. Es ist wirklich hart und schwer zu verstehen«, sagte Kayla, stand auf und nahm mich in den Arm. Wie immer duftete sie nach diesem tollen Vanilleshampoo, das sie seit Jahren benutzte. Als ich langsam wieder den Kopf hob, schaute sie mich liebevoll an.

»Wie erklärst du dir denn, dass solche Sachen passieren? Ich grüble immer wieder darüber nach, aber ich finde keine Antwort. Ich meine, es gibt so viele Menschen, die es weniger verdient hätten zu leben als mein Vater. Hinter alldem muss doch ein Sinn stecken. Denkst du nie über solche Dinge nach?«

»Doch, natürlich. Ich glaube an Allah. Er entscheidet auch, wann der Tod kommt«, flüsterte Kayla und seufzte.

»Siehst du, genau das meine ich. So macht es Sinn. Gott hat entschieden, dass mein Vater sterben muss. Das wäre zumindest etwas, woran ich mich festhalten kann, ein plausibler Grund.« Ich rutschte auf meinem Stuhl ein paar Zentimeter zurück und löste mich damit aus ihrer Umarmung, die mir auf einmal zu intim vorkam.

»Das verstehe ich, aber warum muss es der Islam sein? Du könntest ja auch Christin werden. Die glauben auch, dass Gott über Leben und Tod entscheidet, soweit ich weiß. Das würde vielleicht besser passen. Du bist in Deutschland aufgewachsen und da sind nun mal die meisten Menschen Christen«, wandte Kayla ein.

Ich hätte ihr sagen können, wie langweilig es in einer Kirche war. Dass da nur alte Leute rumsaßen und daran glaubten, dass Maria Jungfrau gewesen war und trotzdem ein Kind bekommen hatte. Aber so naiv war Kayla nicht, sie hätte sofort durchschaut, dass das alles nur vorgeschoben war. Also ließ ich es drauf ankommen.

»Ich habe im Internet jemanden kennengelernt und wir haben uns ein wenig über den Islam unterhalten. Das ist alles.«

Sie sah ziemlich besorgt aus und trommelte mit den Fingern auf der Tischplatte rum. Das machte mich so nervös, dass ich leise aufstöhnte. Natürlich hörte es Kayla auch und starrte mich entrüstet an.

»Aha, du hast also jemanden kennengelernt. Und wann wolltest du mir davon erzählen?«

»Habe ich doch gerade gemacht«, sagte ich und war erleichtert, dass unser Gespräch jetzt in eine andere Richtung ging. »Du bist übrigens die Einzige, die bisher davon weiß, und ich möchte, dass das erst mal auch so bleibt«, schob ich schnell noch hinterher.

»Wenn du willst, dass ich dichthalte, dann muss ich mehr wissen. Bisher kommt mir die ganze Sache ziemlich seltsam vor. Ich meine, du lernst im Internet einen Typen kennen und ihr redet über Religion? Kein normaler Mensch tut so etwas.«

Ich überhörte geflissentlich die Tatsache, dass sie mich nicht für normal hielt, stützte meine Hände fest auf die Tischplatte und sagte leise: »Ich habe dir doch erzählt, dass ich mir im Internet Videos von Jugendlichen angesehen habe, die zum Islam übergetreten und ganz begeistert sind. Je mehr ich mich damit beschäftige, desto interessanter finde ich das. Einige von denen haben sich vorher ständig betrunken oder Drogen genommen. Sie sagen, dass sich ihr Leben komplett verändert hat, seit sie an Allah glauben. Alles ist besser geworden.«

»Das passiert aber nicht von alleine. Man muss auch selbst etwas dafür tun, damit das Leben besser wird. Es reicht nicht, nur den Islam anzunehmen«, sagte Kayla bestimmt.

»Ich weiß. Das sagen diese Jugendlichen auch. Man muss jeden Tag beten, im Koran lesen und so. Sie sagen aber auch, dass Allah ihnen die Kraft gibt dranzubleiben, dass er sie leitet.« Jetzt atmete ich hörbar aus und genoss es, über etwas zu sprechen, was mich wirklich beschäftigte.

»Ich kenne dieses Gefühl. Wenn ich nicht mehr weiterweiß, spreche ich immer mit Allah. Hinterher habe ich meistens eine Idee, was ich machen soll.«

Ich nickte heftig und freute mich über ihre Zustimmung. Das zeigte doch, dass ich auf dem richtigen Weg war. »Genau. Das wünsche ich mir auch. Ich brauche im Moment jede Hilfe, die man sich vorstellen kann. Warum soll ich nicht mal Allah eine Chance geben?«

Kayla musste lachen. »Ja, du hast recht. Jeder fängt mal an. Aber was haben die Filme und die Jugendlichen mit dem Typen zu tun, mit dem du geredet hast?«

Die Hoffnung, die gerade in mir aufgekeimt war, fiel von einem Moment auf den anderen wieder in sich zusammen. Ich hatte doch gewusst, dass sie nicht lockerlassen würde. Während ich noch nach einer Antwort suchte, klingelte Kaylas Handy. Sie schaute auf das Display und stöhnte auf. Dann nahm sie das Gespräch an.

Ich hörte eine Männerstimme auf Arabisch laut auf sie einreden. Natürlich verstand ich nichts, aber es schienen keine guten

Nachrichten zu sein, denn Kayla wurde immer bleicher. Als sie aufgelegt hatte, griff sie nach meiner Tasse und schüttete den Kaffee in ihren Mund.

Erst dann sah sie meinen erstaunten Blick und zuckte mit den Schultern. »Sorry, tut mir wirklich leid, aber das musste jetzt sein.«

Ich winkte ab. »Kein Problem. Was ist passiert?«

»Mein Vater. Irgendein Nachbar hat mich heute Morgen gesehen und musste ihm natürlich brühwarm erzählen, wie kurz der Rock war, den ich getragen habe.« Sie schaute an sich runter, schnitt eine Grimasse und machte die Reißverschlüsse wieder zu. »Ich muss jetzt dringend los und mich umziehen, bevor er nach Hause kommt. Wenn er mich so mit eigenen Augen sieht ... Tut mir leid. Wir reden beim nächsten Mal weiter.«

Sie stand auf und wandte sich zum Gehen, dann drehte sie sich noch einmal um. »So ist das mit den ganzen Regeln bei uns. Am besten beschäftigst du dich erst mal mit dem Koran, damit du weißt, ob das überhaupt was für dich ist. Ich habe noch ein Exemplar übrig, das bringe ich dir morgen mit.«

Bei dem Gedanken an den Koran fing meine Haut an zu kribbeln.

MAUERPARK

Die letzten Schultage vor den Herbstferien waren wie immer hektisch. Jeder Lehrer schien noch irgendetwas zu wollen, was auf keinen Fall bis nach den Ferien warten konnte. Aber dann war endlich Freitag.

»Gut, dass wir es hinter uns haben!«, sagte Kayla, als wir zu unseren Fahrrädern gingen. »Bleibt es bei unserer Verabredung am Sonntag? Das Wetter soll noch mal schön werden, bevor endgültig der Herbst kommt.«

»Prima, pünktlich zu den Ferien«, sagte ich und verzog das Gesicht. »Da oben an der Ostsee wird es eiskalt sein.«

Noch immer war ich hin- und hergerissen, ob ich mich auf den Urlaub freuen oder Angst davor haben sollte. In den letzten Tagen schien meine Mutter viel stabiler zu sein. Sie redete von nichts anderem mehr als vom Meer und dem Hotel, in dem wir unterkommen würden. Sie schien ein wenig enttäuscht, dass ich ihre Begeisterung nicht teilte. Den Grund dafür konnte ich natürlich nicht nennen. Sie würde es sowieso abstreiten, und ich stünde da, als wollte ich ihr ein Problem einreden, wo gar keins war. Es wäre schön gewesen, wenn sie recht gehabt hätte. Sicher war ich mir allerdings nicht.

»Vorher genießen wir noch mal so richtig Berlin. Die Woche ohne dich wird lang genug!« Kaylas Worte rissen mich aus den Gedanken. Sie war schon weitergegangen und schloss gerade ihr Fahrrad auf. Ich beeilte mich hinterherzukommen.

Als ich neben ihr stand und nach meinem Schlüssel suchte, sagte sie: »Was hältst du vom Mauerpark am Sonntag?«

»Super Idee.« Ich lächelte sie an. »Soll ich dich abholen?«

»Mach das! Ich muss los. Yasmina wartet auf mich.« Kayla sauste mit ihrem Fahrrad los.

Ich schnappte mir mein Rad und schlenderte hinter ihr her. Ohne sich umzudrehen, hob sie die Hand und winkte, bevor sie um die Kurve bog. Mir war klar, dass es am Sonntag so weit sein würde. Ich hatte ihr immer noch nicht von Abu Salman erzählt. Sicher waren da Möglichkeiten gewesen, aber sie hatte nicht gefragt, und ich war froh darüber. Selbst als sie mir den Koran gegeben hatte, hatten wir uns nicht länger unterhalten. Ich konnte nur hoffen, dass ihr nicht aufgefallen war, wie sehr ich Gespräche unter vier Augen mied. Aber auch jetzt hatte ich keine Lust, mir vorzustellen, wie sie mir Abu Salman ausreden würde, wenn sie davon wüsste.

Zu Hause nutzte ich den freien Nachmittag und suchte schon mal die Sachen zusammen, die ich einpacken wollte.

Auch wenn ich es nie zugegeben hätte, begann langsam so etwas wie Vorfreude in mir zu wachsen. Ich stellte mir das Meer vor, die Wellen, den Sand. Vielleicht gab es ja sogar Muscheln, die ich sammeln konnte. Die könnte ich dann Kayla mitbringen und Abu Salman würde wenigstens ein Foto davon bekommen. Überhaupt musste ich dran denken, den Fotospeicher in meinem Handy aufzuräumen, damit ich oft und viel knipsen konnte. Ich hatte mir vorgenommen, jeden Urlaubstag mit Bildern zu dokumentieren. Wenn ich ihm die schickte und schöne Texte dazu schrieb, wäre es für ihn vielleicht ein wenig so, als sei er dabei. Auf jeden Fall kam es mir so vor, als wäre er dadurch ein wenig mehr in meiner Nähe. Mama brauchte davon nichts mitzukriegen, denn sie hatte sich überreden lassen und mir ein eigenes Zimmer gebucht, obwohl sie sich das eigentlich nicht leisten konnte.

Ich stellte mir vor, wie ich in dem Hotelbett lag und mit Kayla und Abu Salman chattete. Hoffentlich würde das mit dem W-LAN klappen. Auf den Fotos in der Broschüre, die Mama mir auf den Nachttisch gelegt hatte, sah das Hotel ziemlich vornehm aus. Anscheinend hatten sie nicht nur drei verschiedene Saunen, sondern sogar einen Fitnessraum und einen Whirlpool. Auf den war Mama besonders scharf, sie schwärmte mir immer wieder vor, wie sie sich dort entspannen würde. Von dem ganzen Luxuszeug schrieb ich Abu Salman natürlich nichts. Ich glaubte nicht, dass er dafür Verständnis hätte. Was ja kein Wunder war, schließlich lebte er in einer Gegend, wo sie auf derartige Sachen komplett verzichten mussten. Überhaupt, diese Hitze dort und die ständige Gefahr! Aber es war wirklich tough, wie er damit umging und dabei immer noch so gelassen klang. Ganz anders als die Jungs aus meiner Schule, die sich schon für Helden hielten, wenn sie einen Stürmer auf dem Fußballplatz umrannten.

Bei dem Gedanken an Abu Salman fiel mir der Koran wieder ein. Den durfte ich auf keinen Fall vergessen! Ich griff zu dem Buch und streifte mit dem Finger über den rotgoldenen Einband. Dabei kam mir die Idee, ein Selfie zu machen.

Abu Salman freut sich bestimmt, dass ich mir das Buch besorgt habe, und Kayla wird auch begeistert sein.

Also brachte ich mich in Position, hielt den Koran in Höhe meiner Brust vor mich und machte das Bild. Das lud ich in eine WhatsApp-Nachricht, tippte dazu: ›Sehe ich schon aus wie eine Muslima?‹, und füge einen Smiley an.

Nachdem ich die Nachricht an beide geschickt hatte, lief ich im Zimmer auf und ab wie ein Raubtier im Käfig. Ich war so gespannt darauf, was er sagen würde. Nach ein paar Minuten hörte ich den Signalton einer eingehenden Nachricht. Abu Salman hatte sich als Erster gemeldet.

›Das ist ja ein schönes Foto! Ich weiß nicht, wen ich schöner finden soll. Den Koran oder dich. Zusammen seid ihr toll!‹

Ich las seine Worte immer wieder, inhalierte sie förmlich.

Es ist wahr! Da steht wirklich, dass er mich schön findet und toll.

Ich konnte es kaum glauben. Ich war doch nur ein Mädchen, das behütet hier in Deutschland saß und in drei Tagen in den Urlaub fuhr. Die ganze Zeit hatte ich Angst gehabt, dass er das spießig finden würde. Schließlich hatte er jeden Tag andere Abenteuer zu bestehen, während ich in der Schule saß und mir langweilige Vorträge von Lehrern anhörte. Aber er schien mich anders wahrzunehmen. Was er wohl in mir sah?

›Kayla hat mir den Koran gegeben. Ich finde auch, dass es ein schönes Buch ist.‹

›Hast du schon darin gelesen?‹

Ich biss mir auf die Unterlippe, weil ich gern ein wenig geschwindelt hätte. Aber ich glaubte, er würde sehr schnell dahinterkommen, dass ich noch überhaupt keine Ahnung hatte, was drinstand. Also tippte ich: ›Nein, noch nicht. Ich hatte in den letzten Tagen in der Schule so viel zu tun. Ich nehme ihn mit in die Ferien. Da habe ich bestimmt Zeit.‹

›Du musst wissen, dass der Koran keine fortgesetzte Geschichte ist. Es sind viele einzelne Kapitel zu allen Fragen des Lebens, von der Ernährung bis zur Heirat. Du wirst wahrscheinlich nicht gleich alles verstehen. Das macht aber nichts. Koran bedeutet Lesung. Weißt du, warum?‹

›Nein. Keine Ahnung.‹ Ich wählte einen nachdenklichen Smiley aus und schickte ihn hinterher.

›Es reicht schon, seine Worte zu lesen oder zu hören. Das kann bereits dein Leben verändern. Glaube es mir! Ich habe es selbst erfahren.‹

›Das hört sich toll an. Ich lese darin. Versprochen!‹, tippte ich und fügte in Gedanken an, dass ich vermutlich alles tun würde, um mich weiter mit ihm darüber unterhalten zu können. Mein Alltag war so anders als seiner, da war es nicht einfach, Gesprächsthemen zu finden, die uns beide interessierten. Aber der Koran konnte so ein Thema sein. Das spürte ich einfach, weil ich wirklich wissen wollte, was alle so toll daran fanden. Und wenn schon allein das Lesen mein Leben veränderte, dann hätte ich nichts dagegen gehabt. Im Gegenteil, es schien, als könnte mein Leben ein wenig Veränderung gut vertragen.

›Sehr schön. Ich freue mich. Pass auf dich auf, Baby!‹

Wieder dieses »Baby«. Wenn er so weitermachte, dann würde ich irgendwann dahinschmelzen wie Vanilleeis in der Sonne. Ich riss mein Handy an die Brust und tanzte damit völlig irre durch mein Zimmer. Nur gut, dass Mama sich mit einer Freundin traf, der sie vermutlich ihr Leid klagte. Keine Ahnung, was die in diesen Kliniken erwarteten, aber bisher hatte es noch immer nicht mit einem Job für sie geklappt. Als ich gerade begann, in Gedanken zu meiner Mutter zu schweifen, gab das Telefon wieder einen Ton von sich. Kayla hatte geschrieben.

›Schwester, du siehst cool aus! Der Koran steht dir. Bis übermorgen.‹

Ja, ich fand auch, dass mir dieses Buch ziemlich gut stand. Vor allem aber brachte es mir Komplimente ohne Ende ein. Und weil mir vor Freude ganz warm wurde, fühlte es sich gerade so an, als hätte der Koran bereits, ohne dass ich ihn gelesen hatte, ein winziges bisschen mein Leben verändert.

Als meine Klamotten schon im Koffer waren, tippte ich auf dem Telefon noch den Wetterbericht an. Sie sagten tatsächlich Regen und schlechtes Wetter voraus. Davon ließ ich mir jedoch die gute Laune nicht vermiesen, obwohl ich Kälte hasste. Ich stopfte noch zwei dicke Pullover und meinen Parka oben auf die anderen Sachen, schließlich wollte ich auf keinen Fall frieren.

Am späten Sonntagmorgen strahlte die Sonne vom Himmel und ließ den Asphalt glitzern. Alle Leute, an denen ich mit dem Fahrrad vorbeifuhr, lächelten mich an, obwohl wir uns überhaupt nicht kannten. Das Blau des Himmels wurde nur von wenigen Zuckerwattewölkchen durchbrochen, die Luft war klar und frisch. Es war schade, dass wir gerade jetzt wegfuhren – Berlin kam mir seit Langem wieder toll und aufregend vor.

Kayla öffnete die Tür, und wir fielen uns in die Arme, als hätten wir uns seit Wochen nicht gesehen. Auf den zweiten Blick wunderte ich mich über die lange pinkfarbene Tunika, die sie über der engen Jeans trug. Kayla sah sich nervös um.

»Sag nichts, es geht nicht anders.«

Ich nickte nur und dachte mir meinen Teil. Unter der Tunika

blitzte der Rand ihres Lieblingsshirts hervor, und ich war sicher, dass sie sie ausziehen würde, sobald wir außer Sichtweite ihrer Eltern waren.

Dann begrüßte ich Kaylas Mutter, die aus der Küche gekommen war. Sie trug ebenfalls eine weite Tunika und trocknete sich eilig die Hände ab. »Entschuldige, Anna, ich koche gerade. Es gibt Klößchen aus Lammfleisch. Vielleicht wollt ihr ja noch etwas essen, bevor ihr fahrt.«

Da aus der Küche köstliche Düfte nach orientalischen Gewürzen zu mir wehten, wollte ich gerade freudig zusagen, aber Kayla hatte es wohl eilig loszukommen.

»Mama! Ich habe dir doch gesagt, dass wir gleich wegmüssen. Es ist schon elf und der Flohmarkt im Mauerpark ist schon im Gange. Wenn wir zurückkommen, haben wir bestimmt Hunger.«

»Ich hebe gerne zwei Portionen für euch auf. Ihr könnt beide etwas auf den Rippen vertragen. Ihr wollt doch mal gute Männer finden und heiraten.« Sie lächelte uns an.

»Heutzutage wollen alle Männer schlanke Frauen«, sagte Kayla, und ich merkte, wie genervt sie war. Oft genug beklagte sie sich bei mir über die Ansichten ihrer Mutter zum Thema Figur und fand die altmodisch. Schnell griff ich nach Kaylas Schulter und presste meine Fingerspitzen hinein, um sie zurückzuhalten. Es war so ein schöner Tag, dass ich keine Lust auf Streit hatte.

Ihre Mutter ließ sich davon aber nicht beeindrucken und deutete lachend auf ihre ausgeprägten Rundungen. »Wenn ihr euch da mal nicht täuscht. Unsere Männer mögen jedenfalls Frauen, an denen etwas dran ist.«

Kayla verdrehte die Augen und schob mich zur Tür raus. »Tschüs, Mama. Bis später.«

Ich hatte keine Ahnung, ob Abu Salman Rundungen gut fand oder nicht. Mich jedenfalls fand er hübsch, genau so, wie ich war. Und er war ja auch wirklich toll …

Ganz in Gedanken versunken stolperte ich hinter Kayla die Treppe hinunter und folgte ihr zum S-Bahnhof. Obwohl es Sonntag war und die typischen mürrischen Gesichter der Leute fehlten, die zu ihrem Arbeitsplatz fuhren, war die Bahn so voll, dass wir stehen mussten. Aber die Enge machte mir nichts aus. An diesem Tag war ich die Gelassenheit in Person und lächelte sogar noch den kleinen Jungen an, der seine Schokoeishände an meiner Hose abwischte.

Wir fuhren bis zum Hauptbahnhof und stiegen dann in die Straßenbahn um, die uns direkt zum Mauerpark brachte. Die letzten Meter gingen wir zu Fuß, und ich merkte, dass wir immer schneller wurden.

»Stopp mal, du rennst ja fast«, rief ich Kayla zu und musste grinsen, als ich ihren aufgeregten Blick sah. Mir ging es genauso.

»Lach nicht, ich freue mich einfach schon seit Tagen darauf. Ich will erst über den Flohmarkt laufen und mich dann auf die Wiese setzen, um den Musikern zuzuhören«, sagte sie, und ich nickte, weil mir an diesem Tag alles recht war.

»In Ordnung. Wir können zwischendurch noch zu dem Stand mit den tollen frisch gepressten Säften gehen. Ich mag den Mango-Ananas-Saft so gerne.«

»Bin dabei.«

Der Flohmarkt nahm fast die ganze Längsseite des Geländes ein. Ich blieb kurz stehen und versuchte, alle Eindrücke auf einmal in mich aufzunehmen. Hier gab es fast alles, was man sich nur vorstellen konnte. Möbel, Kleidung, Hausrat und jede Menge Buden mit Essen und Getränken. Einige Standbesitzer ließen Musik laufen und es herrschte eine heitere, entspannte Stimmung. Bei dem schönen Wetter waren besonders viele Menschen unterwegs, sie schoben sich durch die kleinen Gassen zwischen den Ständen. Und alle redeten durcheinander, ein Gewimmel von unterschiedlichen Sprachen drang an meine Ohren und gab mir das Gefühl, mittendrin zu sein in der Welt. Ich genoss das Getümmel und sah Kayla an, dass es ihr genauso ging. Immer wieder blieben wir stehen, sahen uns Klamotten, Schmuck oder alte Bücher an.

Kayla kaufte ein T-Shirt und fragte: »Wollen wir jetzt zum Saftstand gehen? Ich habe Durst.«

Erst da merkte ich, dass mein Mund auch schon ganz trocken war. »Okay. Was hältst du davon, wenn wir den Saft mit auf die Wiese nehmen? Ich kann schon die Musik hören. Vielleicht hat das Karaoke schon angefangen.«

Am Saftstand war es erstaunlicherweise ziemlich leer, sodass wir schnell die beiden durchsichtigen Becher mit den bunten Strohhalmen in den Händen hielten. Vor Kayla ging ich in Richtung der Wiese, die sich an den Flohmarkt anschloss, und wurde langsamer, weil mir klar wurde, dass es nun endlich Zeit für ein ehrliches Gespräch mit ihr war.

Dass mir doch noch ein wenig Aufschub vergönnt war, wurde mir bewusst, als ich die vielen Menschen sah, die auf dem Rasen saßen. Sie alle starrten in die Richtung, in der ein Mann mit einem goldenen Hut riesige Seifenblasen machte. Weiter hinten hatten sich die Musiker versammelt, und es klang, als würden sie alle durcheinanderspielen, ein lauter Mix aus Reggae, Punk, Schlager und Pop. Dazwischen tollten Hunde herum und Familien grillten ihr Sonntagsessen.

»Ist das nicht toll hier? I love it!«, rief Kayla begeistert.

»Wollen wir nicht lieber da hochgehen?« Ich deutete auf einen Hügel. »Dort ist es nicht so voll.«

Auf einmal war ich mir doch nicht mehr so sicher, ob es eine gute Idee war, mit Kayla über Abu Salman zu reden. Stand ihre Meinung nicht sowieso schon fest?

»Cool. Lass uns den Weg nehmen.« Kayla zeigte auf einen

gepflasterten Pfad, der an der Seite den Hügel hinaufführte. »Wir können uns ins Gras legen. Ich habe eine Decke dabei.«

Schnell erreichten wir den höchsten Punkt, von dem man den Fernsehturm am Alex sehen konnte.

»Komm mal her!« Kayla winkte mich an ihre Seite. »Lass uns ein Selfie machen. Aber vorher muss ich noch meine Tunika ausziehen. Die ist furchtbar«, sagte sie, während sie sich das Kleidungsstück über den Kopf zog.

Wie ich erwartet hatte, trug sie darunter nur das ärmellose, knappe T-Shirt mit den goldenen Punkten, das ihren Körper betonte. Wir setzten uns auf die Decke und posierten für die Kamera.

»Berlin ist wirklich die coolste Stadt!«, rief Kayla und wies auf das Treiben, das sich um uns herum abspielte. »Ist es hier nicht wie bei einem Festival? Guck dir all die Leute an.«

Ungeniert ruderte sie mit den Armen und winkte drei Jungs zu, die ein paar Meter von uns entfernt lagen. Sie tranken Bier und ich roch den süßlichen Rauch eines Joints. Erst schauten sie sich an, dann lachten sie ein wenig und winkten zurück. Einer brüllte rüber, dass wir uns zu ihnen setzen sollten, aber Kayla tat so, als würde sie sie nicht hören, und schaute betont desinteressiert in die andere Richtung.

Wie üblich fragte ich mich, woher sie diese Coolness nahm. Erst winken und dann einfach ignorieren. Das hätte ich nicht so lässig hinbekommen, aber ich bewunderte sie dafür.

Kayla steckte sich den roten Strohhalm in den Mund und trank einen großen Schluck von ihrem Granatapfelsaft. Ich nippte nur halbherzig an meinem Getränk und schaute immer wieder zwischen ihr und den Jungen hin und her, die wild gestikulierten. Endlich wandte sie sich mir wieder zu.

»Ich will unbedingt mal zum Choachella-Festival nach Kalifornien. Das muss großartig sein. Meine Eltern würden das leider nie erlauben, solange ich noch nicht volljährig bin. Vom Geld mal ganz zu schweigen …« Sie seufzte.

»Irgendwann ziehen wir aus. Vielleicht wollen wir ja dasselbe studieren, dann könnten wir zusammen in eine WG ziehen«, sagte ich und legte mich auf die Decke. Ich schaute nach oben und fragte mich, wie der Himmel über Syrien wohl aussah und was Abu Salman gerade machte. Würde er dieses Spektakel genauso genießen wie Kayla und ich oder fände er es albern? Ich wusste es nicht und genau das machte mich traurig. Wenn ich ihn im echten Leben kennengelernt hätte, hätte ich es einfach ausprobieren können. Hier auf der Wiese liegen, Saft trinken, der Musik lauschen. Wir würden die Sonne genießen und gemeinsam einfach nur schweigen und unseren Gedanken nachhängen. Und obwohl er viel älter war als ich und vermutlich schon eine Menge mehr an Lebenserfahrung hatte, war ich sicher, dass er sich meine kleinen Probleme anhören und mich verstehen würde. Natürlich könnte auch er mir Papa nicht zurückbringen, aber er wüsste vielleicht wenigstens, wie ich mit dieser ganzen Trauer, die in mir war, umgehen könnte.

In diesem Moment wünschte ich mir so sehr, ihn bei mir zu haben. Es musste toll sein, in der Sonne zu liegen und mit ihm zu kuscheln. Mit einem leisen Stöhnen richtete ich mich auf und stützte mich auf die Unterarme. Weiter vorn lag ein Pärchen, das in einer Umarmung versunken war. Der Anblick versetzte meinem Herzen einen Stich.

Kurz entschlossen machte ich ein Selfie und schickte es Abu Salman. ›Zwei tolle Mädchen an einem tollen Nachmittag!! Wishing you were here.‹

HABIBTI

Am nächsten Morgen wollten wir am späten Vormittag an die Ostsee aufbrechen. Mama hatte eine lange Liste für die Nachbarin geschrieben, die sich während unserer Abwesenheit um alles kümmern sollte. Ich streichelte Missy noch einmal ganz in Ruhe, aber sie maunzte, als würde sie ahnen, dass wir sie allein ließen.

»Wir müssen los«, drängte Mama. »Es ist bestimmt viel Verkehr auf der Autobahn. Wie immer in den Ferien. Sonst konnten wir uns wenigstens abwechseln.«

Zum Glück hatte sie es so eilig, dass sie nicht länger darüber nachdachte, wie sehr uns Papa auch in dieser Situation fehlte.

Während der Fahrt schaute ich immer wieder auf mein Handy, aber es kamen keine neuen Nachrichten. Hoffentlich geht es Abu Salman gut, dachte ich alle paar Minuten. Warum meldet er sich nicht? Schließlich saß er nicht wie ich sicher in einem Auto, unterwegs in einen kurzen Urlaub, sondern … Je länger ich darüber nachdachte, was ihm alles passieren konnte, umso mehr verkrampfte sich mein Magen.

Kurz vor Rostock gab mein Telefon endlich einen Signalton von sich.

»Kannst du nicht mal im Urlaub aufhören, mit diesem blöden Ding rumzuspielen?«

Ich registrierte, wie meine Mutter mich musterte und den Mund verzog, sagte aber nichts, sondern zuckte nur mit den Schultern. Aufgeregt entriegelte ich das Handy. Tatsächlich: eine WhatsApp von Abu Salman.

›Hallo, Anna, bist du schon angekommen?‹, schrieb er.

›Nein, wir sind noch unterwegs‹, textete ich sofort zurück und warf einen Seitenblick auf Mama. Die guckte konzentriert geradeaus und schien sich auf einmal gar nicht mehr dafür zu interessieren, was ich gerade machte.

›Fahrt vorsichtig! Ich mache mir sonst Sorgen.‹

Oh, wie süß, dass er besorgt um mich ist.

Ich presste für einen Moment das Telefon an meine Brust und überlegte, warum er sich um sich selbst nie Sorgen machte. Schließlich herrschte in Syrien Krieg.

›Meine Mutter ist eine gute Fahrerin‹, versuchte ich, ihn zu beruhigen, obwohl es eine Lüge war.

›Hat sie auch das Foto gesehen, das du mir gestern geschickt hast?‹

›Nein, warum? Meine Mutter interessiert sich nicht für so was.‹

›Ihr hattet ja fast gar nichts an! Ihr seid beide hübsche Mädchen und die Männer sind bestimmt hinter euch her. Ich kann mir ihre gierigen Blicke vorstellen.‹

Ich lachte auf und presste mir schnell die Hand vor den Mund. Mama fuhr gerade an ein Stauende heran und suchte fieberhaft nach dem Schalter für die Warnblinkanlage. Hastig schlug ich selbst mit der Hand auf den großen gelben Knopf oben auf dem Armaturenbrett. Sie schenkte mir ein dankbares Lächeln und starrte wieder auf die Straße.

Gierige Blicke von Männern … Ich hatte nicht den Eindruck, dass alle Männer hinter mir her waren. Seit der Sache mit Patrick herrschte in dieser Hinsicht eher totale Flaute.

›Ich würde gut auf dich aufpassen und deine Ehre verteidigen. Das kannst du mir glauben!‹, kam eine neue Nachricht von Abu Salman.

Diesmal verkniff ich mir das Lachen, weil ich nicht doch Mamas Aufmerksamkeit erregen wollte.

›Es soll ab dieser Woche kälter werden. Dann ziehe ich auch mehr an‹, schrieb ich zurück und fügte noch einen Smiley hinzu.

›Das will ich hoffen‹, antwortete er ebenfalls mit einem Smiley.

Er war witzig und das gefiel mir. Noch während ich darüber nachdachte, was dieser Mann mit mir anstellte und warum ich so empfänglich für das war, was er mir schrieb, bemerkte ich, dass der Verkehr endlich wieder rollte und wir schon fast in Warnemünde waren.

Diesen Ort kannte ich gut, schließlich waren wir mindestens einmal im Jahr dort gewesen, als Papa noch gelebt hatte. Er hatte den Norden so sehr geliebt.

»Schön, wieder hier zu sein. Das ist unser zweites Zuhause«, hatte er oft gesagt, wenn er die Tür zur Ferienwohnung am kleinen Hafen mit den bunten Fischerbooten aufschloss, die wir jedes Jahr mieteten. Und immer führte uns unser erster Weg zu dem Stand, der die besten Fischbrötchen verkaufte. Papa hatte meistens gleich zwei Brötchen verdrückt.

»Nirgends gibt es die so gut wie hier«, hatte er kauend gesagt und sich glücklich über die Lippen geleckt.

»Wir sind gleich beim Hotel«, riss Mamas Stimme mich aus meinen Erinnerungen. »Es ist da vorn in der Nähe des Parks.«

Ich versuchte mich an einem Lächeln, war aber noch immer im Zweifel, ob dieser Urlaub eine gute Idee war. Doch wenn wir jetzt einmal hier waren, wollte ich dem Ganzen zumindest eine Chance geben. Das war ich Mama und mir selbst schuldig und außerdem hatte ich es Kayla versprochen.

Wir parkten vor einer hellgrauen Villa mit einem verglasten Wintergarten voller Grünpflanzen, dem ich schon von außen das feuchtwarme Klima ansehen konnte. Ich hätte es natürlich vor meiner Mutter nie zugegeben, aber schon als wir die Eingangshalle betraten, fiel ein großer Teil der Anspannung von mir ab. Dieses Hotel strahlte eine Gemütlichkeit aus, bei der es unmöglich war, sich nicht wohlzufühlen. Sessel und Sofas aus dunkelgrünem Leder, die aussahen wie aus einem dieser alten englischen Filme, wirkten, als könnte man gut darin versinken. Auf den flachen Tischen lagen Zeitschriften und Prospekte, die vermutlich auf Sehenswürdigkeiten in der Nähe aufmerksam machten. An einem Holzständer hingen Zeitungen, und es roch so stark nach Blumen, dass ich mich umwandte, um die Ursache ausfindig zu machen. Mama jedoch zog mich zu einem Holztresen und hieb auf die Messingklingel, die darauf stand.

Echt wie im Film, dachte ich erneut und nahm mir fest vor, den Aufenthalt hier zu genießen.

Es dauerte nur wenige Augenblicke, dann erschien eine mollige Frau in einem dunkelblauen Kostüm. Ich konnte nicht anders, als auf ihre Fingernägel zu starren, die blassrosa lackiert und mit winzigen Glitzersteinen geschmückt waren. Erst als Mama mit der Schlüsselkarte wedelte und in Richtung Treppe wies, riss ich mich von dem Anblick los und nickte der Frau zum Abschied zu.

Auf der Treppe jauchzte Mama. »Findest du es auch so schön? Und hast du die alten Möbel gesehen? Die finde ich so gemütlich und heimelig.«

Ich nickte nur und freute mich mit ihr. Konnte es wirklich sein, dass sie nur ein paar Tage brauchte, einfach nur mal rausmusste aus Berlin, aus dem Alltag und dem ewig gleichen Trott, um wieder besser drauf zu sein? Jetzt bereute ich, dass ich mich so sehr dagegen gewehrt hatte, ihr diesen Gefallen zu tun.

»… freue mich auf die Sauna heute Abend.«

Ihre Worte rissen mich aus meinen Gedanken. Sauna? Hier? Das konnte doch nicht ihr Ernst sein. Ich winkte ab. »Nein, lass mal gut sein. Das machst du vielleicht lieber alleine. Ich ziehe mich bestimmt nicht vor fremden Leuten aus, vor Männern schon gar nicht.« Dass mein Tonfall gereizter klang, als ich es beabsichtigt hatte, merkte ich. Mama sah mich auch prompt erstaunt an, aber ich zuckte nur mit den Schultern. Ich war mir nicht sicher, was Abu Salman dazu sagen würde. Schließlich hatte er sich schon darüber aufgeregt, dass ich mich im Mauerpark im T-Shirt gesonnt hatte. Außerdem hatte ich Sauna noch nie gemocht.

Eilig ging ich die letzten Stufen hoch.

Oben schob ich die Schlüsselkarte in die Tür mit der Nummer 35 und warf Mama eine Kusshand zu. Sie lächelte und sagte: »Komm erst mal richtig an und pack deine Sachen aus. In einer Stunde sehen wir uns zum Mittagessen unten im Restaurant.«

Ich nickte ihr zu und trat dann ein. Der Anblick des Zimmers erschlug mich im ersten Augenblick. Die dunklen Möbel ähnelten denen in der Eingangshalle. Dort hatten sie gemütlich gewirkt, hier waren sie wuchtig, viel zu groß und seltsam altmodisch. Ein riesiger Schrank, ein kleiner Tisch an der Wand, ein Ohrensessel vor dem Bett, Kissen und Decke mit braun gemusterten Bezügen. Das Kissen war auf eigenartige Weise gefaltet, auf der Bettdecke lagen eine Karte und eine Praline.

Ich stellte meine Tasche auf den Sessel, riss das Silberpapier von der Praline und las die Karte.

»Wir hoffen, dass Ihnen Ihr Zimmer gefällt, und wünschen einen wunderbaren Aufenthalt« stand handgeschrieben in schnörkeliger Schrift darauf.

Na ja, so richtig gefiel mir das Zimmer nicht, es erinnerte mich ein wenig an ein Altersheim. Aber ich würde das Beste daraus machen. Die Praline war allerdings lecker. Wenigstens etwas.

Ich musste über mich selbst grinsen. Ein bisschen Schokolade hatte bisher immer ausgereicht, um meine Laune anzuheben. Noch besser wäre allerdings, wenn es in diesem Zimmer auch ordentliches W-LAN gäbe. Ich sah mich um. Auf dem Tisch lagen ein paar Prospekte, die aussahen wie die, die auch unten rumgelegen hatten, und eine Art Visitenkarte mit dem Logo des Hotels und den Zugangsdaten.

Bingo!

Mit fliegenden Fingern fischte ich das Handy heraus und loggte mich ein. Es funktionierte bereits beim ersten Versuch und ich war auf eine seltsame Weise erleichtert. Hektisch öffnete ich WhatsApp. Dass alles funktionierte, sah ich daran, dass schon wieder mehrere Nachrichten eingegangen waren, seit ich das Auto verlassen hatte. Während ich überlegte, wie ich Kaylas Nachricht beantworten sollte, pfiff ich eine leise Melodie vor mich hin, dann tippte ich: ›Sei froh, dass du in Berlin geblieben bist. Hier ist es ein wenig öde, obwohl es meiner Mutter total gut gefällt. Aber das finde ich gerade die Hauptsache. Das Hotel ist eher altmodisch. Dunkle Möbel und so. Ich vermisse dich. Hab einen tollen Tag!‹

Als ich die Nachricht von Abu Salman öffnete, tanzten Schmetterlinge in meinem Bauch.

›Baby, geht es dir gut? Bist du endlich angekommen?‹

Baby. Ich stellte mir vor, wie es sich anhören musste, wenn er es aussprach. Allein dieses Wort zu lesen, tat so gut. Aber wenn ich es hören könnte, wäre es vermutlich noch viel, viel schöner.

›Ja, ich bin jetzt im Hotel‹, schrieb ich mit klopfendem Herzen.

›Da bin ich froh. Al-hamdulillah.‹

›Was bedeutet das?‹

›Gelobt sei Allah. Du musst wirklich etwas Arabisch lernen. Dann können wir uns noch besser unterhalten.‹

Ich starrte einen Moment ins Leere, bevor ich meine Antwort tippte. ›Ja, das würde mir gefallen. Ich bin gut in Sprachen. Englisch kann ich fast fließend, obwohl ich erst einmal dort war.‹

›Prima, Habibti. Ich muss gehen. Pass auf dich auf und zieh dich warm an!‹

Die Enttäuschung darüber, dass er schon wieder losmusste, überrollte mich kurz und heftig wie eine Welle im Atlantik. Dann las ich mir seine letzten Worte erneut durch und konnte ein Lachen nicht unterdrücken. Er schien wirklich Humor zu haben. *Zieh dich warm an.*

Und wie hatte er mich genannt? Habibti? Da ich unbedingt wissen musste, was das Wort bedeutete, gab ich es in der Suchmaschine ein. Schatz! Er hatte mich tatsächlich Schatz genannt. Mein Blick wanderte durch den Raum, der auf einmal warm und behaglich wirkte. Schatz. Habibti. Arabisch war wirklich die schönste Sprache der Welt.

»Habibti, Habibti, Habibti«, sang ich vor mich hin und hätte am liebsten getanzt.

Du bist natürlich auch mein Schatz.

In meiner Vorstellung hielt ich ihn umarmt und küsste den Staub des Tages von seiner Stirn.

Wie verabredet aßen wir in dem kleinen Restaurant zu Mittag, und ich musste traurig an die Fischbrötchen denken, auf die Papa gleich am ersten Tag immer so viel Wert gelegt hatte. Dass Mama das vergessen hatte, konnte ich mir nicht vorstellen, und obwohl ich lieber wie immer zu dem kleinen Stand am Meer gegangen wäre, stocherte ich in der Gemüsepfanne herum. Nachdem die Kellnerin unsere Teller abgeräumt hatte, gingen wir ins Foyer. Mama wollte sich ein wenig hinlegen, und da mir auch nichts anderes einfiel, stiegen wir hintereinander die schmale Treppe nach oben.

Obwohl ich es eigentlich gar nicht wollte, warf ich mich auf das Bett und zog die weiche Decke über meine Beine. Gerade rechtzeitig, bevor die Müdigkeit mich überrollte.

Als ich die Augen schloss, war da Abu Salman. Der Löwe. Mein Löwe. Ich malte mir aus, wie er wohl zerzaust vom Schlaf aussah, und hätte ihm gern über die Haare gestreichelt. Schade, dass du nicht hier neben mir liegst, sagte ich in Gedanken zu ihm. Das wäre wundervoll.

Ich rollte den Kopf zur Seite und stellte mir vor, an seiner Brust zu liegen. Dieser Gedanke war so schön und fühlte sich so vertraut an, dass ich am liebsten den ganzen Tag im Bett geblieben wäre, um weiter von Abu Salman zu träumen.

Ein lautes Klopfen an der Zimmertür holte mich jäh in die Realität zurück.

»Anna, bist du da?«, hörte ich Mamas Stimme. »Es ist herrlich draußen. Lass uns an den Strand gehen. Ich warte unten.«

Schade, dachte ich nur, beeilte mich aber dennoch und traf meine Mutter an der Rezeption.

Sie blätterte in einem Stadtplan, lächelte, als sie mich sah, und sagte: »Vielleicht können wir später in den Geschäften am Kirchplatz etwas shoppen. Jetzt gehen wir aber erst mal an den Strand. Ich kann es kaum abwarten.« Sie hakte mich unter und zog mich aus dem Hotel.

Es war sonnig, aber viel kälter als in Berlin. Kaum zu glauben, dass ich mich erst gestern mit Kayla im Mauerpark gesonnt hatte. Zum Glück hatte ich meinen Parka dabei. Wieder gingen mir Abu Salmans Worte durch den Kopf: *Zieh dich warm an.* Auch wenn er es ganz sicher nicht so gemeint hatte, tat mir seine Fürsorge gut. Mama hatte sich überhaupt nicht dafür interessiert, ob ich die richtigen Klamotten eingepackt hatte. Wäre ich nur mit ein paar Trägertops und Shorts gefahren, wäre es ihr womöglich egal gewesen.

Auch jetzt schien die Kälte ihr nichts auszumachen. Am Strand stemmte sie sich entschlossen dem Herbstwind entgegen und ließ beim Laufen Erinnerungen an vergangene Sommerferien mit Papa aufleben. Fast jeder Satz begann mit »Weißt du noch?«. Sie sprach über unbeschwerte Tage im Strandkorb und warme Abende auf der Terrasse der Ferienwohnung, an denen Papa und sie zu Hits aus ihrer Jugend miteinander getanzt hatten. Ich hörte ihr zu und hing meinen eigenen Gedanken nach.

Natürlich war mir klar gewesen, dass wir Papa an der Ostsee noch mehr vermissen würden. Genau deshalb war ich ja auch gegen diese Reise gewesen. Jetzt aber liefen wir auf dem Streifen feuchten Sandes am Strand entlang, der Wind kam direkt von vorn, blies uns die Haare aus dem Gesicht und die Gischt legte sich auf unsere Haut. Alles war so, wie es immer gewesen war. Und obwohl Papa hier in Warnemünde natürlich genauso fehlte wie in Berlin, war es für mich doch tröstlich, dass es offenbar Dinge gab, die sich niemals änderten. Egal, welche Katastrophen passierten, welche Menschen diese Erde verließen – das Meer war noch immer so, wie ich es kannte und wie mein Vater es geliebt hatte.

Ich glaube, ich werde immer ans Meer zurückkehren, und nichts auf der Welt wird mich davon abhalten können.

Als Mama sich lachend zu mir umdrehte, war ich froh, dass der Wind die Tränen aus meinen Augenwinkeln gewischt hatte. Sie schien so glücklich zu sein, dass wir hier waren, und das wollte ich ihr nicht verderben.

»Ich gehe in das Café da drüben und warte auf dich. Du kannst ja noch weiterlaufen«, sagte ich und nickte ihr zu.

»In Ordnung. Das verstehst du doch. Oder? Ich komme spätestens in einer halben Stunde nach.«

Im Café legte ich den Parka über die Stuhllehne, setzte mich an einen der kleinen runden Tische und bestellte einen heißen Kakao. Obwohl ich wusste, dass die Kälte, die mich lähmte, von innen kam, hoffte ich, dass er mich fröhlicher machen oder wenigstens aufwärmen konnte.

Als ich durch das Fenster nach draußen auf den Strand schaute, hatte sich die Sonne hinter Wolken versteckt und der Sturm zerrte an den Fensterläden des Cafés. Eben noch hatte ich das Gefühl des Windes in meinen Haaren als tröstlich empfunden, aber jetzt merkte ich, wie wenig ich die Kälte mochte.

In Syrien ist es vermutlich heiß.

Eine junge Frau in Jeans stellte einen großen Porzellanbecher mit Kakao vor mir auf den Tisch und fragte, ob ich auch etwas zu essen bestellen wollte. Ich schüttelte den Kopf, zog mein Handy heraus und tippte eine Nachricht an Abu Salman.

›Es ist total kalt hier und ich friere.‹

Ich nippte an meiner Tasse, zuckte aber zusammen, als das Getränk meine Zunge verbrannte.

›Du hättest ja zu mir kommen können, statt an die Ostsee zu fahren. Hier ist es schön warm.‹

Zu ihm? Ich seufzte so schwer, dass ich mich schnell umschaute, weil ich das Gefühl hatte, jeder hätte es bemerkt.

›Nach Syrien? Das geht doch nicht. Ich bin doch viel zu jung.‹

›Ach was. Bei uns ist das anders. Nach der Scharia dürfen Mädchen in deinem Alter heiraten. Hier kommen jeden Tag viele junge Mädchen aus Europa an. Wir finden gute Männer für sie. Sie leben in schönen Häusern und es ist für alles gesorgt. Du würdest natürlich mich heiraten. Ich denke ständig an dich, mein Baby. Ich will immer mit dir zusammen sein.‹

Vor Schreck schaltete ich mein Telefon aus und spürte, dass mir das Blut ins Gesicht schoss. Hoffentlich kam nicht genau in diesem Moment meine Mutter herein. Heiraten? Ihn? Abu Salman? Das konnte doch nicht sein Ernst sein. Das konnte er doch nicht gemeint haben. In diesem Moment fühlte ich mich furchtbar, schließlich hatte ich vorhin noch daran gedacht, neben ihm im Bett zu liegen und meinen Kopf an seine Brust …

Als ich das Telefon nach ein paar Minuten wieder einschaltete, kniff ich die Lider zusammen. Dann öffnete ich sie ganz langsam, Stück für Stück. Aber da stand es deutlich auf dem Display.

Du würdest natürlich mich heiraten.

Was sollte das denn, bitte? Ich war fünfzehn, da dachte man nicht ans Heiraten. Aber kannte er mein Alter überhaupt? Fieberhaft überlegte ich, ob wir uns darüber unterhalten hatten. Da ich nicht sicher war, hielt ich es für besser, ihn nicht darauf hinzuweisen. Aber antworten musste ich. Wollte ich ja auch. ›Meine Mutter würde durchdrehen.‹

›Sie wird darüber hinwegkommen. Nichts ist wichtiger als der heilige Kampf, der Dschihad, den wir führen. Allah wird uns alle dafür belohnen.‹

›Mit diesem Dschihad habe ich mich noch nie so richtig beschäftigt. Aber das, was ich in den Nachrichten gehört habe, klang überhaupt nicht gut. Es ist doch Krieg in Syrien. Die Städte werden bombardiert. Es kann doch nicht sein, dass andere Mädchen alleine dorthin reisen. Wer würde so etwas freiwillig tun?‹

Wieder schaute ich zur Tür und wusste nicht genau, ob ich mir wünschte, dass Mama jetzt kam, oder nicht.

›Natürlich wird hier gekämpft, aber das, was du in den Nachrichten siehst, ist nicht die Wahrheit. Das musst du dir unbedingt merken. Die verlogenen westlichen Medien übertreiben, um uns schlechtzumachen. Es gibt Städte, wie beispielsweise unser wunderbares Raqqa, wo man alles bekommen kann, wo es den Leuten gut geht – man muss sich nur an die Scharia halten.‹

Ich hielt den Atem an und überlegte fieberhaft, was ich davon halten sollte. Wem konnte ich vertrauen? Als das leise Bimmeln eines Glöckchens verkündete, dass jemand die Tür geöffnet hatte, wischte ich meine schweißnassen Hände an der Hose ab und schrieb schnell noch: ›Meine Mutter kommt. Ich muss Schluss machen.‹

Ich spürte meinen Herzschlag bis hinauf zum Hals und schob mein Handy zurück in die Tasche des Parkas. Dann schaute ich auf und beobachtete meine Mutter, die langsam auf mich zukam. Hoffentlich bemerkte sie nichts von der Aufregung, die in mir tobte.

»Hallo, Mama, hattest du einen schönen Spaziergang?«, fragte ich, als sie neben mir am Tisch stand.

»Ja, es war toll, aber auch ziemlich anstrengend auf dem Rückweg. Hast du mal aus dem Fenster geschaut? Der Sturm ist mittlerweile mörderisch. Ich fürchte, unsere Shoppingtour können wir vergessen.«

Ich blickte an ihr vorbei nach draußen und sah die wilde Wasseroberfläche, auf der graue Schaumkronen tanzten. Nur wenige Leute waren noch unterwegs, liefen den Strand entlang mit vorgebeugten Oberkörpern, als trügen sie schwere Lasten.

»Kein Problem, lass uns ins Hotel zurückgehen. Ich glaube, ich würde mich gern ein wenig ausruhen und lesen.«

Ohne ihre Antwort abzuwarten, trank ich den letzten Schluck Kakao und zog meinen Parka an.

ENTWEDER ... ODER

Auf dem Weg zum Hotel ging mein Zeitgefühl verloren, und ich hätte nicht sagen können, ob der Weg ein paar Minuten oder Stunden dauerte. Meine Mutter redete mit mir, jedenfalls öffnete und schloss sich ihr Mund, aber ich verstand die Worte nicht, nickte nur ab und zu und hielt den Kopf gesenkt. In meinen Ohren rauschte es.

Irgendwie schaffte ich es bis in mein Zimmer und legte mich aufs Bett. Aber das machte es nicht besser. Im Gegenteil, immer, wenn ich die Augen schloss, sah ich Abu Salman vor mir. Und ganz deutlich auch seine Nachricht. Das Bett war so breit und fühlte sich auf einmal klamm an. Ich sehnte mich nach Missy, die immer neben bei mir schlief und sich nachts an mich kuschelte.

Irgendwann hielt ich es nicht mehr aus und schnappte mein Handy, um mir die Fotos von Missy anzusehen, die ich niemals löschen würde, egal, wie voll mein Speicher war. Da sah ich, dass Abu Salman sich noch mal gemeldet hatte, und zuckte zurück, als hätte ich auf eine heiße Herdplatte gefasst. Aber es war zu spät, ich hatte den Text bereits gelesen.

›Hier gibt es sogar Nutella!!‹, stand da. Ein Foto war auch dabei, es zeigte ihn im Kampfanzug in einem Supermarkt mit einem Glas Nutella in der Hand, das er grinsend in die Kamera hielt.

Nutella? Im Kriegsgebiet? Damit hatte ich nicht gerechnet. In den Nachrichten war doch immer die Rede davon, dass Lebensmittel dort unten knapp seien. Es war schließlich Krieg. Der Supermarkt sah aber erstaunlich gut gefüllt aus. Hatte ich etwas falsch verstanden? Oder logen die Medien tatsächlich? Ich war noch nicht fertig, diese Gedanken in meinem Kopf zu sortieren, als Abu Salman ein Video schickte.

Ich klickte auf Play und sah bärtige Männer in solchen Tarnanzügen, wie ich sie bereits von Abu Salmans Fotos und Videos kannte. Sie hatten sich auf einem Spielplatz versammelt und scherzten mit kleinen Jungs, die zu viert auf einer Wippe saßen. Die Kinder riefen aufgeregt durcheinander und alle lachten. Als ich erkannte, dass Abu Salman unter den Männern war, blieb mir kurz die Luft weg. Er hatte ein Mädchen mit Zöpfen auf dem Arm, das ihn anstrahlte. Es konnte nicht älter als zwei oder drei sein.

Er scheint Kinder zu lieben, dachte ich. Natürlich wollte ich jetzt noch nicht Mutter werden, dazu war ich viel zu jung. Aber für später hatte ich mir immer eine Familie mit drei Kindern vorgestellt. Bloß kein Einzelkind, schließlich wusste ich ganz genau, wie langweilig es allein sein konnte.

Gerade wollte ich den Browser öffnen, um noch mehr über das

Leben in Syrien zu erfahren, als ein Piepton eine neue Nachricht ankündigte, obwohl ich Abu Salmans letzten Text noch gar nicht beantwortet hatte. Aber was sollte ich zu dieser Sache mit der Heirat schreiben? Verdammt. Ich biss mir auf die Unterlippe.

›Du bist so ruhig. Was machst du, mein Mädchen?‹, fragte er.

›Ich bin im Internet.‹

Eine superintelligente Antwort. Ich schrieb mir mit ihm WhatsApp-Nachrichten. Da war ja wohl klar, dass ich im Internet war. Mein dämliches Statement schien ihn aber nicht zu stören.

›Schreibst du anderen Jungs?‹

Jetzt musste ich lachen. War er etwa eifersüchtig? Wenn ja, dann fand ich das schön. Es gefiel mir, weil es zeigte, dass ich ihm wirklich etwas bedeutete.

›Nein, mach dir keine Gedanken. Ich chatte mit keinem anderen. Die Jungs in meiner Schule interessieren mich nicht.‹

›Das ist gut. Ich würde auch keinen anderen dulden. Weißt du, ich habe ein Problem. Ich dürfte eigentlich gar keinen Kontakt mit dir haben, weil du keine Muslima bist. Du bist haram, also verboten für mich, weil Allah Muslimen den Umgang mit Ungläubigen untersagt hat.‹

An dieser Stelle ließ ich die Hand mit dem Telefon sinken. Hatte ich das richtig verstanden? Allah verbot Abu Salman den Kontakt mit mir, weil ich die falsche Religion hatte? Oder vielmehr gar keine? Ich wäre gern sauer gewesen, auf ihn oder auf Allah, aber in Wirklichkeit war da nur grenzenlose Enttäuschung, und ich wappnete mich. Dass er in den folgenden Sätzen den Kontakt abbrechen würde, war wohl unvermeidbar. Schließlich wusste ich, wie wichtig Abu Salman seine Religion war. Also atmete ich tief durch und las weiter.

›Ich mag dich sehr gerne, du lächelst so nett und scheinst auch eine schöne Seele zu haben. Wenn du zum Islam übertreten würdest, könnte ich dich heiraten. Sonst muss ich unseren Kontakt beenden, so leid es mir tut.‹

Wie bitte? Mein Brustkorb schnürte sich zusammen, als würde ein tonnenschwerer Stein darauf liegen. Ja, natürlich hatte ich mir ein paarmal ausgemalt, wie es wäre, mit ihm zusammen zu sein. Vielleicht auch irgendwann eine Familie zu gründen. Abu Salman und ich – eine schöne Vorstellung war das gewesen. Ein Wunsch, ein Traum. Aber doch nicht jetzt sofort!

Nachdenken, Anna. Du musst nachdenken.

Ich presste meine Finger gegen die Schläfen und versuchte verzweifelt, einen klaren Gedanken zu fassen. Einen einzigen nur. Aber alles, was mir durch den Kopf ging, war der Wunsch, dass er unsere Beziehung nicht einfach so abbrach. Wir waren doch gerade erst dabei, uns ein wenig näher kennenzulernen. Was schon schwer genug war durch die riesengroße Entfernung, die zwischen uns lag.

In diesem Moment hätte ich alles dafür gegeben, mit ihm reden zu können. Ihm in die Augen zu schauen und ihm irgendetwas zu sagen, was ihn umstimmte.

Im Kopf legte ich mir Argumente zurecht und verwarf sie wieder. Nichts von dem, was ich anführen konnte, war in der Lage, es mit Allah aufzunehmen. Diese Erkenntnis nahm mir jeden Mut, und ich sank auf dem Bett zusammen, bloß um im nächsten Augenblick wieder hochzuzucken.

Ich musste etwas schreiben, egal, was. Er wartete auf eine Antwort.

Mein Finger hing über dem Display, und es fühlte sich so an, als hätte mein Gehirn in den Sparmodus umgeschaltet. Plötzlich sah ich das Wort »Koran« wie eine Leuchtreklame vor mir aufblinken und brach innerlich in ein Jubelgeschrei aus. Natürlich, das war es: Er hatte schon mehrmals versucht, mich zum Koranstudium zu bewegen. Warum ich bisher das Buch nicht einmal aufgeschlagen hatte, konnte ich selbst nicht begreifen. Aber ihn hatte es bestimmt enttäuscht.

Eilig tippte ich: ›Ich fange heute mit dem Koran an. Ich habe ihn für die Ferien eingepackt. Außerdem esse ich kein Schweinefleisch mehr. Gib mir etwas Zeit. Ich verspreche dir, dass ich mir Mühe geben werde. Ich lerne schnell. Du wirst sehen. Du kannst dich auf mich verlassen. Das verspreche ich dir.‹

›Maschallah – das ist wirklich wunderbar, Baby. Ich sehe, dass du verstanden hast. Alles wird gut.‹

›Das wünsche ich mir auch!‹, schrieb ich und presste das Telefon an meine Brust.

Ich hatte die richtige Antwort gegeben. Er hatte den Kontakt nicht abgebrochen. Der Fels rollte von meinem Körper, und es fühlte sich so an, als könnte ich das erste Mal seit zehn Minuten wieder richtig Luft holen. Ob ich seine Bedenken wirklich zerstreuen konnte, wusste ich nicht. Auf jeden Fall aber hatte ich Zeit gewonnen. Dennoch war ich mir sicher, dass ich es klug angehen musste, wenn ich Abu Salman halten wollte. Und das wollte ich.

Vorsichtig legte ich das Telefon auf die Bettdecke und schloss die Augen. Ich würde im Koran lesen, doch das allein machte mich nicht zur Muslima. Wenn aber stimmte, was Abu Salman geschrieben hatte, kam es genau darauf an. Ich würde mir etwas einfallen lassen müssen!

Vielleicht konnte ich Kayla um Rat bitten. Ich drehte mich zur Seite und starrte mein Handy an. Ich könnte sie einfach anrufen. Sie fragen. Schließlich war sie Muslima und wusste bestimmt, was in dieser Situation zu tun war.

Aber nein, es war völlig ausgeschlossen, Kayla von Abu Salman zu erzählen. Nicht umsonst hatte ich es bisher auch nicht getan. Erst war es mir nur peinlich gewesen, wie unvorsichtig ich mich im Internet benommen hatte. Die endgültige Entscheidung war jedoch im Mauerpark gefallen und ich würde daran festhalten.

Ich hatte keine Lust darauf, mir von Kayla wegen Abu Salman die Pistole auf die Brust setzen zu lassen. Und dass sie nicht eher Ruhe geben würde, bis ich die Sache beendete, war mir vollkommen klar. Das wollte ich nicht und das konnte ich nicht. Dazu war er mir viel zu wichtig geworden.

STREIT

Am nächsten Morgen trafen Mama und ich uns im Frühstücksraum, von dem man einen fantastischen Blick auf die Strandpromenade hatte. Leider war das Wetter noch schlechter geworden und der starke Ostseewind trieb dunkle Wolken vor sich her. Zumindest regnet es nicht, versuchte ich, mich aufzumuntern.

Meine Mutter saß an einem kleinen Tisch in einer Ecke des Raumes und starrte auf den Strand. Ich fragte mich, was ihr durch den Kopf ging. Sie wirkte so verloren und allein, dass ich ihren Schmerz fast körperlich spüren konnte und mir wünschte, wir könnten endlich einmal ein Gespräch über unsere Trauer führen und uns gegenseitig Halt geben.

Mit ein paar Schritten war ich bei ihr und umarmte sie. »Guten Morgen, Mama. Hast du gut geschlafen?«

»Ich habe so tief und fest geschlafen wie schon lange nicht mehr«, antwortete sie. Die Ringe unter ihren Augen wirkten heute tatsächlich weniger dunkel. »Ich habe dir schon Rührei mit Schinken bestellt. Das isst du doch so gerne.«

»Super, danke. Das war eine gute Idee.« Saftiges Rührei mit

knusprig gebratenem Bacon. Mir lief das Wasser im Mund zusammen, dann aber presste ich die Hand vor den Mund. Verdammt, ich hatte Abu Salman versprochen, kein Schweinefleisch zu essen. Wie hatte ich meine guten Vorsätze so schnell wieder vergessen können? Auf der anderen Seite wäre meine Mutter enttäuscht und er musste es ja nie erfahren …

Nein! Ich hatte es mir vorgenommen und wollte das jetzt durchziehen. Abu Salman war ein guter Mensch, der sich an Regeln hielt, weil sie wichtig waren. Und genauso wollte ich auch sein. Schließlich war ich kein kleines Kind mehr und konnte auch mal auf was verzichten. Ich rutschte auf meinem Stuhl ein Stück nach vorn und presste die Füße fest auf den Boden.

»Tut mir leid, aber ich esse kein Schweinefleisch mehr.«

Meine Mutter zog die Augenbrauen in die Höhe. »Ist das eine neue Diät? Ich habe dir doch versucht zu erklären, dass du eine tolle Figur hast.«

»Mama, nein, ich will einfach nur …«

»Dann sortierst du den Schinken eben aus und isst nur das Rührei«, unterbrach sie mich.

In diesem Moment brachte ein Kellner unser Frühstück. Meine Mutter hatte dasselbe bestellt wie für mich und das Rührei sah unfassbar lecker aus. Für eine Sekunde schwankte ich noch, dann schob ich den Teller entschlossen von mir.

»Das geht nicht. Ich will nichts essen, was mit Schweinefleisch in Berührung gekommen ist.«

Mama lachte und beugte sich vor, als wäre es ihr peinlich, diese Diskussion mit mir im voll besetzten Frühstückssaal zu führen. »Du spinnst. Was soll das denn auf einmal? Bis vor Kurzem warst du noch ganz verrückt nach Schnitzel. Bist du plötzlich übergeschnappt?«

Ich hörte, wie verärgert sie war, aber ich musste standhaft bleiben.

»Es ist meine Sache, was ich esse. Schweine sind total eklige Tiere, die fressen alles. Es ist allgemein bekannt, dass Schweinefleisch überhaupt nicht gesund ist. Du solltest dir auch besser überlegen, ob du das isst«, sprudelte es aus mir hervor, weil ich ihr ja schlecht sagen konnte, dass Schweine unrein waren und Muslime sie deshalb nicht essen durften.

»Anna, natürlich ist es deine Sache, was du isst. Und wenn du den Bacon nicht mehr magst, ist das auch in Ordnung. Ich wundere mich einfach nur, dass du auf einmal so komisch bist.«

»Ich bin nicht komisch. Hättest du mich mein Essen selbst bestellen lassen, wäre das überhaupt nicht passiert.«

Sie streckte ihren Arm aus und streichelte über meinen Handrücken. »Liebling. Ich habe es doch nur gut gemeint. Du bist mir wichtig, weißt du?«

Ich sah sie kurz an und biss die Zähne aufeinander. Was sie sagte, stimmte nicht. »Seit Papas Tod bist du doch nur noch mit dir selbst beschäftigt. Du kriegst gar nicht mit, was mit mir los ist«, presste ich hervor und sprang auf.

»Sag mal, ich höre ja wohl nicht richtig. Für wen mache ich das alles, diesen Urlaub, dein Handy und deine Hobbys? Glaubst du, es fällt mir leicht, jetzt für alles alleine zuständig zu sein? Ich habe genug Probleme mit der Jobsuche und allem, deine Extrawünsche brauche ich da nicht auch noch. Wenn du denkst, die Welt dreht sich nur um dich, dann irrst du dich. Ich habe genug andere Sorgen!« Ihre Stimme klang zornig.

Genug Probleme. Deine Extrawünsche. Andere Sorgen.

Ich hatte diesen Urlaub nicht gewollt. Klamotten und andere Sachen waren mir auch nicht wichtig. Ich trug doch nicht an allem die Schuld. Warum war sie so verdammt ungerecht? Früher, als Papa noch gelebt hatte, war sie nie so gewesen.

Papa, was soll ich nur tun?

Verdammt! Hektisch versuchte ich, die Tränen wegzublinzeln. Ich hätte vor Wut brüllen können und stand kurz davor, hier vor all diesen Leuten zu heulen.

»Ich wusste nicht, dass ich für dich nur ein Problem bin. Das tut mir leid. Ich gehe jetzt einfach, dann bist du mich los«, sagte ich mit zusammengepressten Zähnen, griff nach meinem Parka und wandte mich in Richtung Tür.

»Bleib hier! Was soll das? Spinnst du?«, rief Mama mir nach.

Obwohl ich wusste, wie kindisch ich mich verhielt, presste ich die Hände auf die Ohren und beschleunigte meine Schritte.

Nur raus hier. Wenn sie denkt, dass es ohne mich besser ist, dann kann sie das haben.

Vor dem Hotel blies mir ein eiskalter Wind ins Gesicht und kühlte mich ein wenig ab. Ohne zu wissen, wo ich überhaupt hinsollte, rannte ich in Richtung Zentrum. Meine Gedanken rasten. Sollte ich nach Berlin zurückfahren? In meiner Geldbörse waren nur fünfzehn Euro, das reichte nicht für die Fahrkarte nach Berlin.

Vielleicht sollte ich jetzt doch Kayla anrufen und mit ihr beratschlagen, was ich tun konnte. Sie war schließlich immer für mich da gewesen und würde mir bestimmt auch diesmal helfen. Von einem Moment auf den anderen spürte ich unfassbar große Sehnsucht nach ihr. Schon zuckte meine Hand in die Parkatasche, um nach dem Handy zu angeln, als mir einfiel, dass ich genau wusste, was meine Freundin mir raten würde. Es war, als könnte ich hören, wie sie mich aufforderte, ins Hotel zurückzugehen, weil Mama sich mit Sicherheit große Sorgen um mich machte. Auf jeden Fall würde sie mir davon abraten, zurück nach Berlin zu trampen.

Das ist viel zu gefährlich. Der Fahrer könnte dich umbringen, hörte ich ihre besorgte Stimme in meinem Kopf.

Nein, per Anhalter würde ich nicht fahren, aber zurückgehen

auch nicht. Rostock war die einzige Option, die mir einfiel. Das lag in der Nähe und mein Geld reichte für die Fahrkarte.

Im Zentrum schaute ich mich um und orientierte mich kurz. Da war das grüne Schild des S-Bahnhofs. Mein Blick scannte die Anzeigetafel. In drei Minuten kam die nächste Bahn. Ich warf zwei Euro für eine einfache Fahrt in den Automaten und wartete ungeduldig auf die Einfahrt des Zuges.

Die Fahrt bis Rostock dauerte zwanzig Minuten. Die Bahn fuhr durch die Küstenlandschaft, aber ich bekam von der Umgebung nicht viel mit, dafür war ich viel zu aufgeregt. Mein Herz schlug immer noch bis zum Hals. Noch nie war ich im Streit einfach so weggelaufen.

Bei dem Gedanken daran, wie wenig Geld ich dabeihatte, war mir ein wenig mulmig. Dass ich jetzt nach Rostock unterwegs war – schön und gut. Dort musste ich mir aber etwas einfallen lassen, denn ewig würde ich nicht bleiben können. Entweder fand ich eine Lösung, wie ich nach Berlin kam, oder ich musste wieder zurück zu meiner Mutter. Obwohl ich einem Zusammentreffen mit ihr möglichst lange aus dem Weg gehen wollte, würde ich auch in Rostock nicht ewig in der Kälte rumrennen können, und gegessen hatte ich auch noch nichts. Überhaupt: Was sollte ich tun, wenn sie mich suchen ließ? Von der Polizei aufgegriffen zu werden, war das absolut Letzte, das ich jetzt gebrauchen konnte. Shit.

Ich griff zu meinem Handy.

›Ich hatte einen Riesenstreit mit meiner Mutter und bin abgehauen‹, schrieb ich Abu Salman.

Es tat gut, mich an ihn wenden zu können. Er war viel älter als ich und würde mir einen Rat geben können. Mit zitternden Fingern hielt ich das Telefon fest und hoffte, dass er nicht gerade unterwegs war. Mist, ich brauchte ihn und er war so entsetzlich weit weg.

Aber ich hatte Glück.

›Mach dir keine Sorgen, mein Mädchen. Alles wird gut. Inschallah‹, kam nach wenigen Augenblicken die Antwort.

Ich atmete tief durch und versuchte, mich zu beruhigen. Er war bei mir. Er ließ mich nicht allein und schon gar nicht empfand er mich als eine Last.

Ich tippte: ›Meine Mutter hasst mich. Es wäre ihr lieber, wenn ich gar nicht da wäre.‹

›Deine Mutter weiß es nicht besser. Allah beschützt und führt sie nicht, weil sie nicht zum wahren Glauben gefunden hat. Sie ist verwirrt, wie es alle Menschen ohne den wahren Glauben sind. Lass dich durch sie nicht verunsichern. Es ist nicht wichtig, was sie denkt oder von dir hält. Nur Allah ist wichtig, nur seine Gebote musst du befolgen. Hast du schon im Koran gelesen?‹

Siedend heiß fiel mir mein Versprechen ein, aber ich wollte nicht lügen. Abu Salman würde es merken.

›Nein, dazu bin ich noch gar nicht gekommen.‹ Ich hätte ihm gern mehr dazu geschrieben, beteuert, dass ich wirklich vorhatte, mich mit dem Islam zu befassen. Was sollte ich tun, wenn er mir nicht glaubte? Der Tag war sowieso schon komplett im Eimer. Wenn Abu Salman mir jetzt auch noch böse war …

Das halte ich nicht aus.

›Es tut mir wirklich leid, bitte sei mir nicht böse‹, schickte ich hinterher, bevor die Antwort von ihm kam.

›Natürlich verzeihe ich dir dieses Mal. Aber du musst wissen, dass das nicht gut ist. Du darfst dich nicht so leicht vom richtigen Weg abbringen lassen. Du musst lernen, geduldiger zu sein. Es dauert nicht mehr lange und wir können für immer zusammen sein.‹

Wir können für immer zusammen sein. Die Worte verschwammen hinter dem Tränenschleier, aber ich weinte nicht vor Traurigkeit. Nicht vor Wut, nicht vor Angst. Es war eher so, als fiele eine riesengroße Last von mir ab. Ich weinte, weil es so guttat zu spüren, dass es da jemanden gab, dem ich wichtig war. Der mir meine Fehler verzieh. Der mir nicht ununterbrochen Vorwürfe machte. Gut, er bestand darauf, dass ich den Koran las. Aber das hatte ich ihm schließlich selbst versprochen. Er verlangte nichts von mir, was ich nicht auch wollte. Die Aussicht auf ein gemeinsames Leben mit Abu Salman weit weg von Mama erschien mir auf einmal logisch, und ich verstand selbst nicht mehr, warum ich es gestern als vollkommen absurd empfunden hatte.

›Ich bin erst fünfzehn. Lass mir ein wenig Zeit, darüber nachzudenken.‹

›Natürlich, das habe ich sogar erwartet. Es ist eine wichtige Entscheidung, die du nicht einfach so treffen kannst. Ist jetzt alles wieder gut?‹

Gut? Er fragte tatsächlich, ob alles wieder gut war? Sein Verständnis holte mich zurück in die Wirklichkeit. Warum konnte meine Mutter nicht ein wenig so sein wie er? Nicht einmal Kayla war so tolerant. Sie hatte ihre eigene Meinung, aber warum erwartete sie, dass ich automatisch genauso dachte?

Wenn Abu Salman jetzt hier bei mir gewesen wäre, wäre ich ihm um den Hals gefallen und hätte mich tausendmal bedankt. So aber tippte ich nur lächelnd: ›Ja, es geht mir schon besser.‹

Er hatte recht. Ich durfte mich von Mama nicht so aus der Fassung bringen lassen. Sie wusste es einfach nicht besser und hatte keine Ahnung, was richtig war. Sollte sie doch Schweinefleisch essen und sich über mich beklagen. Es war nicht mein Problem und ich musste es einfach nur nicht zu meinem machen.

›Tschüs‹, schrieb ich noch. ›Pass auf dich auf. Ich denke an dich.‹

ALLAHU AKBAR

Vom Rest der Fahrt bekam ich nicht viel mit, die Gedanken tanzten in meinem Kopf und immer wieder las ich mir den Chat mit Abu Salman durch. Auf einmal erschien mir alles so einfach, und ich wusste gar nicht mehr, warum ich so überstürzt aus Warnemünde geflohen war. Als wir den Bahnhof in Rostock erreichten, stieg ich mit den anderen Fahrgästen aus. Niemand hatte es eilig, aus dem Zug zu kommen, denn hier regnete es in Strömen.

Den Entschluss, heute auf jeden Fall zurück nach Warnemünde zu fahren, hatte ich im Zug bereits gefasst. Aber sofort die nächste Bahn nehmen wollte ich auch nicht. Sollte sich meine Mutter ruhig einen Tag lang ein bisschen Sorgen um mich machen. Vielleicht kam sie ja drauf, dass ich nicht nur ein Klotz am Bein war.

Die nächsten Stunden musste ich also möglichst trocken überstehen, aber da würde sich schon irgendwas finden. Erst mal wollte ich mir ein Brötchen kaufen, weil mir mittlerweile schon schlecht vor Hunger war.

Ich sah mich um. An der Stirnseite der Bahnhofshalle war der Weg zum Zentrum ausgeschildert, nur ein paar Schritte von mir gab es eine kleine Bäckerei mit ein paar Stehtischen.

Glücklicherweise war die Schlange kurz, sodass ich nicht lange anstehen musste. Ich verlangte ein Käsebrötchen, da es ansonsten nur Sandwiches mit gekochtem oder rohem Schinken gab. Ich würde umdenken müssen, so viel war klar.

Während ich im Stehen das viel zu trockene Brötchen kaute, schaute ich nach draußen. Der Regen hatte etwas nachgelassen, im Moment nieselte es nur noch. Perfekt. Vielleicht hatte Abu Salman ja recht und Allah meinte es bereits jetzt gut mit mir, obwohl ich noch nicht einmal im Koran gelesen hatte.

Als ich den letzten Bissen runtergeschluckt hatte, zog ich den Reißverschluss des Parkas zu, setzte die Kapuze auf und lief los in Richtung Altstadt.

Das Essen hatte mir gutgetan und ich fühlte mich wirklich besser. Immer wieder griff ich in die Tasche und tastete nach dem Telefon. Wenn ich Abu Salman brauchte, würde er da sein. Auf ihn konnte ich mich verlassen, das hatte er oft genug bewiesen. Die Sache mit meiner Mutter würde ich klären, aber erst heute Abend, wenn ich zurück in Warnemünde war. Ich war selbst erstaunt, wie gelassen ich diesen Gedanken zu Ende dachte. Da war keine Angst, keine Aufregung in mir. So kannte ich mich gar nicht, aber es fühlte sich wunderbar an zu wissen, dass ich es in der Hand hatte. Niemand konnte mir aufzwingen, wie ich mich verhalten musste. Es war ganz allein meine Sache.

Auf jeden Fall würde ich diesen Tag in Rostock verbringen. Schließlich war er etwas Besonderes. Der erste Tag, an dem ich die alte Anna ablegte. Der erste Tag, an dem ich meine Entscheidungen selbst traf. Am Nachmittag würde ich zurückfahren. Kurz überlegte ich, ob ich meine Mutter anrufen sollte, um ihr zu sagen, dass es mir gut ging. Die alte Anna hätte das auf jeden Fall gemacht. Aber dieses Mädchen gab es nicht mehr – also entschied ich mich dagegen.

Inzwischen hatte ich den Marktplatz erreicht. Im Sommer hatte der rechteckige Platz mit den alten Häusern hübsch ausgesehen, ich erinnerte mich an die vielen Restaurants und Bistros, wo Menschen unter bunten Sonnenschirmen Eis aßen und Kaffee tranken. An diesem regnerischen Tag war jedoch kaum jemand unterwegs. Ich warf einen sehnsüchtigen Blick zu einem der Cafés. Nichts hätte ich lieber getan, als hineinzugehen, um mich aufzuwärmen. Leider war mein Geld zu knapp, um überhaupt darüber nachzudenken, schließlich musste ich mir noch ein Ticket zurück nach Warnemünde kaufen.

Ich sah mich eine Weile um, weil ich unmöglich ein paar Stunden hier im Regen stehen bleiben konnte. Vielleicht wäre es doch besser, sofort zurück zum Bahnhof zu gehen. In der Halle war es zwar kühl, aber wenigstens trocken gewesen.

Mein Blick blieb an einer kleinen Bühne hängen, die in einer Ecke aufgebaut war. Eine Gruppe von Menschen hatte sich unter der schmalen Überdachung versammelt. Ich hatte keine Ahnung, ob es da etwas Interessantes zu sehen gab oder ob sie auch bloß Schutz vor dem Regen suchten, und trat näher heran. Ich musste mich auf die Zehenspitzen stellen, um erkennen zu können, was auf der Bühne vor sich ging. Entschlossen nahm ich die Kapuze vom Kopf, schüttelte mir die Haare aus und zog die Kopfhörer aus den Ohren. Mehrere bärtige Männer, die lange weiße Mäntel trugen, standen auf der Bühne, aus Lautsprechern drang leise Musik, die sich fremdartig anhörte, irgendwie klagend. Vielleicht arabisch, aber sicher war ich mir nicht. An zwei Jungs vorbei schob ich mich noch ein wenig weiter nach vorn, um besser sehen zu können, was dort los war.

Dann verstummte die Musik. Einer der Männer griff zum Mikrofon und ließ seinen Blick über die Zuschauer schweifen.

»Liebe Brüder, liebe Geschwister im Islam«, sagte er.

Mein Herz begann, schneller zu schlagen, als in mein Bewusstsein sickerte, dass es um den Islam ging. Was war das für ein seltsamer Zufall? Ohne echtes Ziel war ich aus Warnemünde abgehauen, hatte mich in den Zug nach Rostock gesetzt und war Richtung Innenstadt gelaufen. Und jetzt das? So viele Zufälle auf einmal? Ich reckte meinen Hals, um auf gar keinen Fall etwas zu verpassen. Allah hatte mich hergeführt, daran gab es keinen Zweifel.

Abu Salman wird stolz auf mich sein, wenn ich ihm davon erzähle. Er wird sich freuen, dass ich meinem Bauchgefühl nachgegeben habe.

Gespannt wartete ich auf das, was nun kommen würde. Der Mann hielt das Mikrofon dicht vor seinen Mund und sagte mit schwerem Akzent: »Der Islam ist die schönste Religion. Es gibt keinen anderen Weg ins Paradies, als den, Allah zu folgen. Das ist der Sinn unseres Lebens. Wir sind auf die Welt gekommen, um Allah zu dienen.«

Ja genau! Ich war Allahs Ruf gefolgt. Genau heute, nur deshalb stand ich jetzt hier. Abu Salman glaubte auch daran, er hatte diese unwahrscheinlich starke Überzeugung, die ich so an ihm bewunderte. Die Frauen neben mir schauten skeptisch. Eine runzelte die Stirn und wandte sich zum Gehen. Als sie endlich weg war, konnte ich noch näher treten. Es war, als zöge mich diese Bühne magisch an. Ich wollte auch so überzeugt sein von etwas, einen so starken Glauben haben. Ganz bestimmt käme ich besser zurecht, wenn ich nur fest genug an etwas glauben könnte. Für Muslime schien alles Sinn zu ergeben. Allah entschied, was passierte. Und wenn ich nur nach seinen Regeln lebte, würde es mir gut gehen.

»Ist vielleicht jemand hier, der den Islam annehmen möchte?«, riss die Stimme mich in die Realität zurück.

Den Islam annehmen? Aber ich fühlte mich doch bereits zugehörig. Dass man ihn offiziell annehmen musste, war mir gar nicht klar gewesen, darüber hatte ich nie nachgedacht, und Abu Salman hatte auch nichts davon geschrieben. Auf einmal war alles in mir in Aufruhr, ein ungeheures Glücksgefühl flutete jede Zelle in meinem Körper und ich schwankte vor Aufregung. Was genau musste ich tun, um offiziell dazuzugehören? Ging es um so etwas wie eine Taufe? Ich sah mich auf der Bühne um, konnte aber nirgends ein Taufbecken oder Ähnliches entdecken.

»Hier. Ich möchte Muslim werden!« Ein Junge, der ungefähr in meinem Alter war, hob eifrig die Hand. Er drängte sich schnell bis zur Bühne vor und ging über eine kleine Treppe nach oben.

Einige der Männer vor der Bühne klatschen und riefen: »Allahu akbar.«

Erst jetzt fiel mir auf, dass manche von ihnen ebenfalls lange Mäntel und Bärte trugen. Die Luft schien zu knistern, so stark war sie von der erwartungsvollen Anspannung aufgeladen.

Ich beneidete diesen Jungen so sehr, dass es fast schon wehtat, und ließ ihn keinen Moment aus den Augen.

»Kennst du die Schahada, das muslimische Glaubensbekenntnis? Weißt du, was du sagen musst?«, fragte der Mann mit dem Mikrofon.

Der Junge, der nervös von einem Bein aufs andere trat, schüttelte den Kopf. »Nein, nicht ganz genau.«

»Das ist nicht schlimm. Ich erkläre dir sehr gern, was das Glaubensbekenntnis auf Deutsch bedeutet: Ich bezeuge, dass es keinen Gott gibt außer Allah. Ich bezeuge, dass Mohammed der Gesandte Gottes ist. Hast du das verstanden?«

Als der Junge eifrig nickte, bewegte sich mein Kopf synchron zu seinem auf und ab. Die Worte tanzten durch meine Gedanken.

Ich bezeuge, dass Mohammed der Gesandte Gottes ist, es gibt keinen Gott außer ...

Ich wollte die Worte immer wieder stumm wiederholen und musste mich fast mit Gewalt zwingen, weiter zuzuhören.

»Es ist wichtig, dass du das Glaubensbekenntnis in der aufrichtigen Absicht aussprichst, den Islam anzunehmen. Ich sage es dir jetzt auf Arabisch vor und du sprichst mir nach. Dabei musst du den Zeigefinger heben, als äußeres Zeichen dafür, dass es nur einen Gott gibt.«

Als der Junge erneut nickte, begann der Mann, langsam die fremd klingenden Worte zu sprechen, die der Junge holprig wiederholte.

In meinen Ohren klang die Formel wie eine wunderschöne orientalische Melodie. Es war genau so, wie Abu Salman behauptet hatte: Der Islam besaß eine besondere Magie, die nicht zu leugnen war.

Dann war es vorbei und eine endlose Leere breitete sich in mir aus.

»Gratuliert unserem neuen Bruder!«, ermunterte der Mann einige Männer, die sich vor der Bühne drängten.

Sie rissen die Arme hoch, riefen »Allahu akbar!« und klatschten. Der Junge grinste über das ganze Gesicht, seine Schultern bebten.

Ich konnte nicht anders, als in den Applaus einzufallen.

Der Mann schenkte dem Jungen einen eindringlichen Blick. »Denke daran, der Übertritt zum Islam ist nur der erste Schritt. Ab sofort musst du deinen Glauben beweisen. Es ist möglich, dass Allah dich testet. Wenn du ein Problem hast, dann wende dich an uns. Wir sind jetzt deine Familie und helfen dir bei allem, was dich bedrückt. Niemand kann dir mehr etwas anhaben. Inschallah – so Allah es will.« Der Junge nickte und kam mit einem stolzen Lächeln die kleine Treppe herunter, wo er von den Männern mit einem Schulterklopfen empfangen wurde.

Als er an mir vorbeilief, berührte ich unauffällig seinen Arm. Er hatte den Mut gehabt, sich öffentlich zum Islam zu bekennen. Hier, auf dem Marktplatz in Rostock. Ihm war es offensichtlich egal, was all die anderen Leute von ihm dachten.

Mein Blick huschte zurück zur Bühne, wo der Sprecher erneut sein Mikrofon hob. »Ist noch jemand hier, der den Islam annehmen will?« Sein Blick glitt suchend über die Menge und blieb genau an mir hängen.

War es möglich? Ahnte er, dass ich in diesem Augenblick das Gefühl hatte, jetzt sei der Moment gekommen, auf den ich mein ganzes Leben lang gewartet hatte? Papa hatte mir beigebracht, meine eigenen Entscheidungen zu treffen. Wie konnte es sein, dass ich so lange nach etwas gesucht hatte, ohne es benennen zu können, und jetzt war es so einfach? Vielleicht lagen die Antworten immer so offensichtlich vor einem, und man musste nur in der Lage sein, genau hinzuschauen. Stolz erfüllte meinen Körper und ich hob die Hand.

Augenpaare richteten sich auf mich, ein Mann drehte sich nach mir um, suchte in der Menge den Blickkontakt zu mir, einige Mädchen tuschelten, aber ich nahm alles nur noch wie aus weiter Ferne wahr. Mein Herz hämmerte und es rauschte heftig in meinen Ohren. Gleichzeitig hatte ich das Gefühl, mich kaum noch bewegen zu können.

Bist du jetzt völlig verrückt geworden?, meldete sich eine kritische Stimme in meinem Geist. Nimm sofort die Hand runter!

Aber ich wollte ihr nicht nachgeben und kneifen. Das hatte ich lange genug getan. Die alte Anna hätte vielleicht einen Rückzieher gemacht, aber die gab es seit heute Morgen nicht mehr.

Der Mann wedelte mit der Hand und bedeutete mir eifrig, zu ihm hinaufzukommen. Für ein paar Sekunden blieb ich bewegungslos stehen. Wenn ich jetzt tat, was ich vorhatte, würde es kein Zurück mehr geben. Ich sah Abu Salman vor mir und hätte alles dafür gegeben, dass er stolz auf mich war. Jetzt hatte ich die Möglichkeit dazu, aber meine Gedanken überschlugen sich.

Mach, dass du wegkommst. Du kennst diese Leute doch gar nicht. Hau ab!

Langsam ließ ich meinen Arm sinken und blieb wie gelähmt vor der Bühne stehen. Jemand schien die Zeit angehalten zu haben. Für einen Moment war es ganz still. Plötzlich änderten meine Gedanken die Richtung und mein Herzschlag beschleunigte sich weiter. Wenn ich erst eine richtige Muslima wäre, würde Allah mich belohnen. So war doch der Deal. Das hatte Abu Salman mir erklärt, und der Mann hatte eben gesagt, Allah erfüllte Wünsche, wenn man ein guter Mensch war.

Auf einmal sah ich Abu Salmans blaue Augen vor mir. Sie

schauten mich eindringlich, fast beschwörend, an. *Baby, tu es! Das ist die beste Entscheidung deines Lebens! Wir können zusammen sein, wenn du Muslima bist.*

Ich atmete tief aus und seufzte. Genau das war mein Wunsch, mehr wollte ich gar nicht.

Ein lautes Geräusch riss mich aus den Gedanken, und ich brauchte ein wenig, bis ich merkte, dass ein Mann begonnen hatte, rhythmisch zu klatschen, um mich anzufeuern. Ein anderer stimmte ein, dann noch einer, bis zum Schluss alle wie wild klatschten und mir bewundernde Blick zuwarfen. Ich sah den Mann mit dem Mikrofon an. Wie von selbst bewegte sich meine Hand nach oben, zuerst noch zögerlich, dann voller Entschlossenheit.

»Ja, hier. Ich möchte zum Islam übertreten«, rief ich und straffte die Schultern.

»Das ist schön. Komm nach oben«, forderte der Bärtige mich auf. Er kam mir auf der Bühne entgegen und reichte mir seine Hand, als ich auf der kleinen Treppe vor Aufregung fast stolperte. »Stell dich hierhin.« Er deutete auf einen Platz neben dem Mikrofon. »Bist du bereit?«

War ich bereit? Ich rieb mir den Nacken und war mir auf einmal nicht mehr so ganz sicher. Als ich jedoch kurz die Augen schloss, schaute mich Abu Salman an.

»Ja, bin ich!«

»Du hast die Schahada, unser Glaubensbekenntnis, ja gerade gehört. Weißt du noch, was es bedeutet?«

»Es … es …« Es war ein so wichtiger Moment und ich brachte keinen anständigen Ton heraus.

Hilflos schaute ich mich um. Unten sahen alle erwartungsvoll zu mir herauf. Blicke bohrten sich in mich, und ich hatte auf einmal das Gefühl, keine Luft mehr zu bekommen. Die Konturen des Publikums lösten sich vor meinen Augen auf, ich schwankte und suchte nach etwas, was mir Halt gab. Jemand reichte mir eine Hand. Der Bärtige. Er nickte mir aufmunternd zu und drückte meine Finger.

Ich versuchte es erneut und brachte schließlich stotternd hervor: »Es geht darum, dass Allah mein Gott ist.«

»So ähnlich.« Der Mann schien mit meiner Erklärung zufrieden zu sein und lächelte sanft. »Ich spreche dir jetzt den Text auf Arabisch vor, wie ich es gerade bei dem Bruder gemacht habe, der vor dir dran war. Du sprichst mir einfach nach. Es macht nichts, wenn du nicht jedes Wort richtig aussprichst. Es kommt darauf an, dass du von dem überzeugt bist, was du sagst.«

Wort für Wort drangen die fremden Sätze an mein Ohr, und ich gab mir Mühe, sie zu wiederholen. Die Aufregung fiel mit jedem Satz weiter von mir ab.

»Aschhadu anna la ilaha illa-llah«, hörte ich mich sagen und dann etwas holperiger: »Wa aschhadhu anna Muhammadan rasulu-llah.«

Als ich fertig war, trat ich einen Schritt zurück. Hatte ich alles richtig gemacht?

Der Mann strahlte über das ganze Gesicht. »Willkommen in unserer Gemeinschaft, unserer Umma, Schwester. Du bist jetzt Muslima. Herzlichen Glückwunsch!«

Die Menge klatschte und jubelte mir zu. »Allahu akbar! Allahu akbar!«

Ich konnte ein Grinsen nicht unterdrücken und wunderte mich ein wenig, dass das alles gewesen sein sollte. Irgendwie fühlte ich mich nicht anders als zuvor, dennoch war da tief in mir ein Gefühl der Sicherheit. Ab jetzt gehörte ich dazu. Nun gab es keinen Grund mehr für Abu Salman, den Kontakt zu mir abzubrechen. Ab heute beschützte Allah nicht nur ihn, sondern auch mich. Mit unsicheren Schritten ging ich von der Bühne und kletterte die Treppe runter.

Hinter mir hörte ich den Bärtigen. »Ist noch jemand hier, der an diesem schönen Tag den Islam annehmen möchte?«

Diesmal blieben alle Hände unten, und ich verspürte Mitleid mit denen, die der wahre Glaube noch nicht erreicht hatte. Kurz überlegte ich, ob ich etwas sagen sollte. Vielleicht zu dem Mann im Anzug, der so traurig guckte. Bestimmt fehlte auch seinem Leben ein tieferer Sinn. Warum erkannte er nicht, dass er nur diesen einen Schritt wagen musste? Ich zuckte mit den Schultern und kämpfte mich durch die Menge, als eine Stimme mich dazu brachte, mich noch einmal umzuwenden.

Der Mann am Mikrofon breitete seine Arme aus und sah mich an. »Ich freue mich, dass an diesem Tag zwei junge Menschen zum Islam, dem wahren Glauben, gefunden haben und unsere Gemeinschaft verstärken. Möge Allah euch segnen und euren Weg beschützen – Inschallah!«.

Die Menge rief ein letztes Mal: »Allahu akbar!«, bevor sich alle über den Marktplatz verteilten. Es war immer noch kalt und etwas regnerisch, aber mir war das egal. In meinem Körper tobte eine Hitze, die ich auf diese Weise noch nie erlebt hatte.

Etwas ratlos blieb ich vor der Bühne zurück. Ich war jetzt Muslima!

ANNA AN ALLAH

Ich wandte mich um, ging langsam in Richtung der Fußgängerzone mit den Geschäften und Cafés und fragte mich, wie es nun weitergehen sollte. Es konnte nichts schaden, mich an Allah zu wenden. Der passte jetzt auf mich auf, hatten Abu Salman und der Mann von eben versprochen.

Allah, was soll ich tun?

Obwohl ich mir ein wenig albern vorkam, stellte ich die Frage immer wieder. Keine Reaktion. Offenbar funktionierte das nicht so einfach, wie ich mir erhofft hatte.

Allah, ich bin heute zum Islam übergetreten und habe ein Problem. Für dich ist es wahrscheinlich nur eine Kleinigkeit, aber ich hatte einen Riesenstreit mit meiner Mutter und weiß nicht, wie ich ihn aus der Welt schaffen kann. Ich habe weniger als zehn Euro im Portemonnaie und friere und habe Hunger. Bitte hilf mir!

Ich richtete den Blick auf den Himmel. Der Wind trieb wie schon den ganzen Tag die dunklen Wolken vor sich her. Sonst passierte nichts.

Die Enttäuschung nagte kleine Löcher in die Euphorie, die ich vor wenigen Minuten noch verspürt hatte. Ich sollte wohl besser Abu Salman fragen, wie man richtig betete. Vielleicht konnte mir ja sogar Kayla Tipps geben, sie war schon lange Muslima. Abu Salman hatte mich ganz sicher nicht angelogen, irgendwas musste dran sein. Sonst würden nicht so viele Menschen an Allah glauben. Der Islam war die zweitgrößte Weltreligion, das hatte Kaylas Bruder mir mal erzählt. Wahrscheinlich gab es Dinge, die man beachten musste, um einen guten Draht zu Allah zu haben. Ich fing ja erst an und würde das alles noch lernen.

Inzwischen hatte ich den belebten Platz vor der Universität am anderen Ende der Fußgängerzone erreicht. Trotz des Käsebrötchens hatte ich schon wieder ziemlich Hunger, außerdem fror ich erbärmlich. Das S-Bahn-Ticket zurück nach Warnemünde kostete etwas mehr als zwei Euro, sodass ich mir noch einen Tee und eine Kleinigkeit zu essen leisten konnte.

Mit schnellen Schritten steuerte ich auf das nächste Café zu und konnte es kaum noch abwarten, ins Warme zu kommen. Als ich mich an einen der freien Tische setzte, vibrierte das Handy in meiner Tasche. Erst jetzt wurde mir bewusst, dass ich es die ganze Zeit, seit ich aus der Bahn gestiegen war, nicht mehr beachtet hatte.

Mama hatte mir mehrere Textnachrichten geschrieben. Ich biss mir auf die Unterlippe.

›Wo bist du?‹

›Was ist los?‹

›Geht es dir gut?‹

›Ich mache mir Sorgen!!!‹ war die letzte Nachricht, die gerade den Signalton des Handys ausgelöst hatte.

Was für ein Bullshit. Ich hatte mir doch nicht eingebildet, dass sie heute Morgen so ätzend zu mir gewesen war. Und jetzt machte sie sich Sorgen?

Schon wieder drehten sich meine Gedanken im Kreis. Die alte Anna hätte ihr auf gar keinen Fall geschrieben, sondern weiter geschmollt. Aber was würde die neue Anna tun? Es kostete mich ein paar Überlegungen, bis mir klar wurde, dass ich Mama eigentlich dankbar sein musste. Auch wenn das so absurd klang, dass ich mir ein Grinsen kaum verkneifen konnte, war es doch die Wahrheit. Oder etwa nicht? Wäre meine Mutter an diesem Morgen nicht so blöd zu mir gewesen, wäre ich nicht nach Rostock gefahren. Ich hätte nie diese Bühne gefunden und mich nicht zu meinem Glauben bekennen können. Mein Glaube … Die Worte fühlten sich gut an.

Auch wenn es mir nicht leichtfiel, beschloss ich, ihr zu antworten, bevor sie mich bei der Polizei als vermisst meldete.

›Es geht mir gut. Ich komme am Abend zurück. Mach dir keine Sorgen. Bis später.‹

War doch gar nicht so schwierig, vernünftig und erwachsen zu sein. Ich nahm die Speisekarte und freute mich, dass die Anspannung langsam von mir abfiel. Dann lehnte ich mich auf dem Stuhl zurück und atmete tief durch. Nun hatte ich noch ein paar Stunden für mich und würde das Beste aus diesem ungeplanten

Ausflug machen. Erst jetzt sah ich mich im Café um. An den anderen Tischen saßen Mütter mit ihren Kindern, Rentner und auch junge Menschen, die wohl Studenten waren.

Als eine Kellnerin in Jeans und T-Shirt an meinen Tisch trat, bestellte ich Tee und einen Muffin, dann griff ich mein Handy und öffnete WhatsApp. Kayla hatte geschrieben, und ich hatte auch eine Nachricht von Abu Salman, der sich nach mir erkundigte. Offenbar machte er sich nach der Szene am Morgen auch Sorgen. Seine Fürsorge rührte mich, weil er doch ganz sicher viel schlimmere Probleme hatte als einen simplen Streit zwischen Mutter und Tochter. Ich wollte ihm schon antworten, entschied mich aber anders und schrieb zuerst an Kayla.

›Huhu. Ich habe Neuigkeiten und melde mich am Abend. Du wirst Augen machen. Es ist etwas Tolles passiert!!‹

Dann klickte ich mich auf Facebook durch, bis ich Abu Salmans Profilfoto hatte. Ich zog es so weit auf, wie es ging, und genoss den Blick seiner blauen Augen, die nur für mich zu strahlen schienen. Meine Finger zitterten ein wenig, und ich musste mich konzentrieren, um auf der kleinen Tastatur die richtigen Buchstaben zu treffen.

›Du wirst es nicht glauben, aber ich bin jetzt auch Muslima!!‹

Seine Antwort kam innerhalb weniger Sekunden. ›Darüber macht man keine Witze.‹

Sein Satz traf mich wie ein Schlag ins Gesicht.

›Wofür hältst du mich? Denkst du wirklich, ich würde das so wenig ernst meinen, dass ich mir einen Spaß daraus mache? Ich dachte, du wüsstest, wie wichtig der Islam für mich ist.‹

Erst dann wurde mir klar, dass er das vermutlich nicht böse gemeint hatte, und ich löschte meine Antwort wieder.

›Das ist kein Witz. Ich bin zum Islam übergetreten‹, tippte ich stattdessen und drückte auf Senden.

›Ernsthaft? Das sind wunderbare Nachrichten. Warum hast

du mir vorher nichts davon verraten? Ich hätte dir sagen können, in welche Moschee du dafür gehen sollst. Warum hast du ein Geheimnis daraus gemacht?‹

›Ich wusste es vorher auch nicht. Es war ganz spontan.‹

›Spontan? Bist du einfach in eine Moschee spaziert und hast gesagt, du willst zum Islam übertreten?‹

Bei dieser Vorstellung musste ich kichern und schrieb: ›Nein, so war es nicht. Ich bin heute nach Rostock gefahren, weil ich von meiner Mutter wegwollte. Auf dem Marktplatz war eine Bühne aufgebaut, auf der Männer mit Bärten und weißen Mänteln vom Islam gesprochen haben. Ich bin rübergegangen, weil ich dachte, ich könnte was über deine Religion erfahren. Sie haben dann gefragt, ob jemand den Islam annehmen möchte, und ich habe mich gemeldet.‹

›Was waren das für Leute? Kanntest du die?‹

›Nein, sie waren alle fast vollständig weiß angezogen. Sie trugen gehäkelte Käppis und lange Gewänder über weiten, kurzen Hosen.‹

›O.k., das waren wohl tatsächlich muslimische Brüder, die unsere Religion ernst nehmen und sich angemessen kleiden. Wir haben bestimmte Kleidervorschriften im Islam. Die Hosen von Männern dürfen nur bis zum Knöchel gehen.‹

›Ah, ich habe mich schon gewundert, warum die so kurz waren.‹

›Erzähl mir mehr davon, ich bin neugierig, was dann passiert ist.‹

›Ich wurde auf die Bühne geholt und musste ein paar Sätze auf Arabisch sagen. Ich kann mich nicht mehr genau erinnern, was das im Einzelnen bedeutete. Es ging um Allah und dass ich ihn als meinen Gott anerkenne. Wie das genau hieß, habe ich vergessen.‹

›Meinst du die Schahada? Ich bezeuge, dass es keinen Gott gibt außer Allah. Ich bezeuge, dass Mohammed der Gesandte Gottes ist. Hast du das gesagt?‹

›Ja, genau. Das bedeutete es wohl. Ich habe es auf Arabisch nachgesprochen.‹

›Hast du das mit der Überzeugung gemacht, tatsächlich Muslima zu werden, oder war es für dich nur ein Spaß?‹

›Ich war mir absolut sicher, als ich auf die Bühne ging.‹

Von meinem Zögern schrieb ich nichts, weil ihn das nur gekränkt hätte. Ich tippte: ›Du bist so begeistert vom Islam und Kayla ist auch gerne Muslima. Es scheint schön zu sein, wenn man nach dem Koran lebt.‹

›Da hast du recht. Es ist das Schönste, was es gibt. Die Umma, die muslimische Gemeinschaft, ist das Beste. Wir müssen gegen die Ungläubigen zusammenhalten. Ich bin froh, dass du das verstanden hast.‹

Natürlich hatte ich das verstanden, und ich wünschte mir in diesem Augenblick nichts mehr, als bei ihm zu sein. Ich wollte den Stolz in seinen Augen sehen, wollte, dass er auch mich anschaute. Hätte er mich sehen können, hätte er sofort gewusst, wie ernst mir die ganze Sache war.

›Ich möchte ganz schnell alles lernen. Ich will eine richtige Muslima sein.‹

›Immer mit der Ruhe. Du hast heute einen wichtigen Schritt gemacht und alle weiteren werden folgen. Allah wird dich leiten und ich helfe dir auch. Welchen Namen hast du denn bekommen?‹

›Was meinst du damit?‹

›Wenn man zum Islam übertritt, bekommt man einen muslimischen Namen.‹

›Wie ist deiner?‹

›Meiner ist Salman. Vorher hieß ich Erik.‹

Erik? Das klang fremd und passte überhaupt nicht zu ihm.

›Ich dachte, dass Salman dein Nachname ist und Abu dein Vorname.‹

›Abu bedeutet Vater. So werden hier alle erwachsenen Männer genannt. Wie ist denn nun dein muslimischer Name, meine Prinzessin?‹

›Ich habe keinen bekommen. Vielleicht haben sie etwas auf Arabisch gesagt. Ich konnte nicht alles verstehen. Meinen Namen finde ich eigentlich ganz schön. Mein Vater hat ihn für mich ausgesucht. Kann ich nicht weiter Anna heißen?‹

›Das geht nicht. Dein Name ist zwar schön, aber nicht muslimisch. Alle Muslime haben Namen aus dem Koran. Wie wäre es mit Aisha? So hieß die dritte und jüngste Ehefrau unseres Propheten Mohammed. Radi Allahu anha, möge Allah mit ihr gesegnet sein. Der Name passt gut zu dir. Aisha war sehr hübsch und intelligent, genauso wie du, meine Prinzessin.‹

Aisha. Ich sprach den Namen leise vor mich hin. Klang gar nicht so schlecht und war nicht sehr viel anders als Anna. Ich würde mich daran gewöhnen.

›Aisha hört sich gut an. Der Name gefällt mir.‹

›Schön, meine kleine Aisha. Du hast mich heute sehr glücklich gemacht. Maschallah! Gelobt sei Allah!‹

Mir wurde ganz warm und ich entspannte mich. Nicht nur eine neue Anna war heute geboren worden, ich hatte sogar einen neuen Namen bekommen. Ich fühlte mich innerlich so ruhig wie schon lange nicht mehr und freute mich auf mein neues Leben als Muslima.

›Ich fühle mich wie neugeboren‹, schrieb ich.

›Das bist du auch. Herzlichen Glückwunsch.‹

Ich wollte mich von Abu Salman verabschieden und suchte in Gedanken fieberhaft nach dem richtigen arabischen Wort. Wie oft hatte ich es in Kaylas Familie gehört? Ma… Maa… Wie sagte man das nur?

›Maasalama‹, schrieb ich schließlich stolz, als es mir endlich eingefallen war.

›Maasalama, Habibti. Ich bin so wahnsinnig stolz auf dich. Jetzt kann uns nichts mehr auseinanderbringen. Pass gut auf dich auf.‹

Und du auf dich, dachte ich und grinste, als ich das Handy wieder in die Tasche steckte. Dann suchte ich Kleingeld zusammen und bezahlte die Rechnung.

NICHTS MEHR WIE ZUVOR

Vor dem Café musste ich überlegen, in welcher Richtung der Bahnhof lag. Obwohl es vermutlich einen kürzeren Weg gab, entschied ich mich, wieder den Weg durch die Fußgängerzone zu nehmen, und lief mit schnellen Schritten los. Langsam hatte ich wirklich genug von dem elenden Regen, der so gar nicht zur Stimmung dieses tollen Tages passte, und wollte nur noch in mein warmes Zimmer.

Als ich eine halbe Stunde später in der S-Bahn zurück nach Warnemünde saß, wurde mir etwas mulmig. Die Stationen rasten an mir vorbei. Jetzt waren wir bereits in Rostock-Lichtenhagen. Hatte die Hinfahrt nicht deutlich länger gedauert? In einer halben Stunde würde ich wieder im Hotel sein und meine Mutter treffen. Was sollte ich ihr sagen? Faule Ausreden kamen für mich nicht infrage, aber mit der kompletten Wahrheit wollte ich sie auch nicht konfrontieren. Ich stellte mir vor, wie sie in der Lobby saß, um meine Rückkehr nicht zu verpassen. Vermutlich würde sie mir einen Vorwurf nach dem anderen machen. Ich nahm mir vor, ruhig zu bleiben.

Ach was. Ich musste mir keine Sorgen machen. Irgendwie würde die neue Anna mit Mama schon fertigwerden. Ich durfte sie einfach nur nicht so ernst nehmen, das hatte Abu Salman mir ja geraten. Sie wusste nicht, was sie tat, weil sie noch nicht zu Allah gefunden hatte. Ob Mama jemals dazu bereit sein würde?

Ich war froh, dass ich mit dem Übertritt zum Islam unter Allahs Schutz stand. Mir konnte nichts mehr passieren. Fast war es, als hülle mich ein unsichtbarer Mantel ein, den sogar meine Mutter nicht durchdringen konnte. Niemand konnte mir mehr was anhaben!

Im Bahnhof von Warnemünde stieg ich beschwingt aus dem Zug und lief mit großen Schritten über die Brücke am Strom zum Hotel, das nicht weit entfernt lag. Obwohl es immer noch regnete, fühlte ich mich sicher und geborgen. Sollte Mama sich doch aufregen, wie sie wollte. Ich würde ihren Ärger einfach an mir abprallen lassen.

Als ich die Hotellobby betrat, huschte mein Blick über die Sofas und Sessel, aber sie waren leer. Für einen Moment brachte mich das aus dem Konzept. War das ein gutes oder ein schlechtes Zeichen, dass Mama nicht auf mich wartete? Ich nahm die Kapuze ab, zog meinen Pferdeschwanz straffer und wollte gerade nach oben in mein Zimmer gehen, als ich die Stimme meiner Mutter aus dem Restaurant hörte.

Ich erschrak, wandte mich dann aber nach links, trat in den Gastraum und sah, dass sich Mama mit einer blonden Frau unterhielt. Beide tranken Wein und schienen bester Laune zu sein. Ich kämpfte die Enttäuschung nieder und ging auf den Tisch zu.

»Hallo, Mama, ich bin wieder da.«

Die andere Frau sah mich neugierig an.

»Das ist meine Tochter Anna«, sagte meine Mutter. »Und das ist Marianne. Wir haben uns heute am Strand kennengelernt.«

»Hallo«, begrüßte ich sie und zwang ein Lächeln auf mein Gesicht.

»Na, du hast deiner Mutter ja einen schönen Schrecken eingejagt. Du kannst doch nicht einfach weglaufen«, empörte sich die Frau. Mama nickte bestätigend.

Marianne war mir auf einen Schlag total unsympathisch, vor allem, weil Mama ein Gesicht machte, als freue sie sich über die Unterstützung. Warum musste sie aller Welt von unserem Streit erzählen? Marianne war doch eine wildfremde Person.

»Ist dir nicht klar, dass sich deine Mutter riesengroße Sorgen gemacht hat?«

Ich konnte ein entnervtes Schnauben nicht unterdrücken. Warum mischte die sich ein? Obwohl ich vor Wut fast platzte, schloss ich kurz die Augen, um mich zu sammeln. Mit Mama zu streiten, hatte keinen Zweck, schon gar nicht mit dieser Frau am Tisch. Wir hatten heute schon genug Aufregung gehabt.

»Jetzt bin ich ja wieder da«, antwortete ich knapp und fügte hinzu: »Ich möchte gerne in mein Zimmer gehen.«

»Geh nur. Marianne und ich unterhalten uns gerade so nett und wir haben auch noch Wein. Gute Nacht. Schlaf gut!«

»Gute Nacht, Mama.«

Ich nickte der Frau zu und lief schnell zur Tür. Bloß raus hier! Das war ja fast schlimmer als die erwartete Standpauke. Wie konnte meine Mutter mich nur so bloßstellen?

Außerdem trinkt sie auch noch Wein, dachte ich, als ich die Treppe nach oben lief. Mir dämmerte, dass ich Mama nicht alles verschweigen konnte. Im Gegenteil, ich würde nicht umhinkommen, ihr einiges zu erklären, was meine neue Lebensweise als Muslima betraf. Zwar stand ich selbst noch ganz am Anfang und kannte nicht alle Regeln, von Kayla wusste ich aber, dass Muslime weder Alkohol trinken noch Lokale besuchen durften, in denen welcher ausgeschenkt wurde. Für mich kam auf gar keinen Fall infrage, mich nicht von Anfang an an sämtliche Regeln zu halten. Wenn schon Muslima, dann richtig!

Erst als ich die Tür zu meinem Zimmer öffnete, wurde mir klar, wie müde ich war. Der Tag war wirklich aufregend gewesen. Ich guckte noch mal auf mein Handy und sah, dass Kayla gespannt auf die Neuigkeiten wartete, die ich ihr versprochen hatte. Sie hatte schon zweimal nachgefragt.

›Ich bin zum Islam übergetreten‹, textete ich. ›Ich schreibe dir morgen mehr‹, fügte ich hinzu, weil ich mir vorstellen konnte, dass Kayla mich mit Fragen überhäufen würde.

Morgen, dachte ich. Ich erkläre es ihr morgen. Jetzt hatte ich einfach keine Kraft mehr. Mir war kalt, meine Sachen fühlten sich klamm und feucht an, ich brauchte dringend eine heiße Dusche. Dann würde ich mich unter meine Decke kuscheln und schlafen.

Als ich die nassen Jeans von meinen Beinen gestreift hatte und nach meinem Schlafanzug griff, kam auch noch eine Nachricht von Abu Salman.

›Mögen Allahs Engel deine erste Nacht als Muslima begleiten! Denk dran, sie können alles sehen, was du machst!‹ Es folgte ein Smiley.

Das Glücksgefühl überrollte mich, und ich tippte lächelnd: ›Du weißt, dass ich für dich alles tun würde. Gute Nacht, mein Löwe.‹

›Ich liebe es, wenn du mich so nennst.‹

Am nächsten Morgen wurde ich vom Ostseewind geweckt, der um das Haus heulte und an den Fenstern riss. Es ist bestimmt wieder eiskalt, dachte ich und zog die Decke über meinen Kopf. So konnte ich mich noch mal ins warme Syrien träumen.

Ob Abu Salman schon unterwegs war? Ich hatte gar keine Ahnung, was er heute vorhatte. Überhaupt wusste ich viel zu wenig über ihn. Wie war sein Tagesablauf? Wie hießen seine Freunde? Mich interessierte alles. Sein Lieblingsgericht, der letzte Film, den er im Kino gesehen hatte, ob er Einzelkind war. Am liebsten hätte ich ihn alles gefragt, mich stundenlang mit ihm unterhalten. Ich wusste aus den Videos bei YouTube, wie seine Stimme klang. Aber ich wollte ihn hören, wenn er mit mir sprach. Ich war schließlich seine Prinzessin. Seine Habibti. Er hatte mir sogar angeboten, ihn zu heiraten. Das würde er ganz sicher nicht bei jedem Mädchen machen. Nein, ich war zweifellos etwas Besonderes für ihn. Dieser Gedanke fühlte sich gut an und wärmte mein Herz. Wenn wir wirklich eine Beziehung hatten, mussten wir uns unbedingt mehr Zeit füreinander nehmen. Gestern hatten wir viel geschrieben, aber da war es ja nur um den Streit mit Mama und den Übertritt zum Islam gegangen. Ich konnte immer noch kaum glauben, dass ich nun Muslima war.

»Aisha«, sprach ich meinen neuen Namen leise vor mich hin. Das klang schön, so weich und weiblich.

Was Mama wohl dazu sagen würde? Ich stellte mir vor, wie ich beiläufig beim Frühstück sagte: *Ach, übrigens, nenn mich bitte nur noch Aisha. Ich bin jetzt Muslima.* Ich kicherte. Diese News würde sie bestimmt davon ablenken, dass ich gestern den ganzen Tag verschwunden war. Ihre blonde Tochter eine Muslima! Das würde sie richtig umhauen!

Trotzdem war ich unsicher, ob ich die Aufregung, die dann folgen würde, riskieren sollte. Noch wusste ich nur wenig über die Regeln, die für Muslime galten, und ich wollte mir vor ihr keinen Patzer erlauben, Mama würde mir dann ständig reinreden. Es war besser, ihr erst von meinem neuen Glauben zu erzählen, wenn ich mehr Routine hatte. Die Sache mit dem Schweinefleisch würde ich allerdings gleich klarstellen. So eine Diskussion wie gestern sollte sich heute beim Frühstück nicht wiederholen. Ich aß kein Rührei mit Speck mehr und damit basta!

Ein Blick auf die Uhr sagte mir, dass es erst kurz vor acht war. Mama würde nicht vor neun im Frühstücksraum sein. Weil ich mich irgendwie bis dahin beschäftigen musste, griff ich mir den Koran vom Nachttisch und blätterte darin. Dann fuhr ich mit dem Zeigefinger ziemlich weit vorn zwischen die Seiten und schlug das Buch auf. Oben stand:

Leite uns den rechten Pfad,
Den Pfad derer, denen du gnädig bist,
nicht derer, denen du zürnst, und nicht der Irrenden.

Wow, das war ja total poetisch, und es ging genau um das, was ich mir wünschte. Es fiel mir überhaupt nicht schwer, das mit meinen eigenen Worten zu formulieren und laut auszusprechen: »Bitte, Allah, zeige mir, wie mein Leben wieder besser werden kann. Ich werde auch tun, was du mir sagst. Versprochen!« Und hilf mir, dass es mit Abu Salman gut läuft, fügte ich in Gedanken hinzu. Aber vielleicht weißt du ja sowieso schon, dass das mein größter Wunsch ist.

Ich las noch ein wenig weiter im Koran, bis es Zeit war, unter die Dusche zu gehen. Als das warme Wasser über meinen Körper lief, stellte ich mir vor, dass mein früheres Leben von mir abgewaschen wurde. Danach fühlte ich mich innen und außen blitzsauber. Jetzt konnte mein neues Leben beginnen.

TEIL 2
ALLAH GIRL

ERSTE SCHRITTE

Die Tage in Warnemünde vergingen wie im Flug. Ich nutzte die Zeit, um mir im Internet weitere Videos über den Islam anzusehen. Nachdem ich selbst diesen Schritt vollzogen hatte, interessierte mich natürlich besonders, wie andere Mädchen, die zum Islam übergetreten waren, die erste Zeit erlebt hatten.

»Ich habe jetzt Halt«, sagte eine.

Ein anderes Mädchen, das ungefähr im selben Alter war wie ich, schwärmte: »Es gibt im Islam für alles Regeln. Zu wissen, was mich erwartet, gibt mir Sicherheit.« Noch vor ein paar Tagen hätte ich mich vermutlich gewundert, dass Teenager uralte Regeln, die ein Engel einem Propheten verkündet hatte, gut fanden. Jetzt aber wusste ich es besser, und die Mädchen im Internet schienen sich einig zu sein, dass sie sich richtig gut fühlten, seit sie sich an die islamischen Vorschriften hielten. Genau deshalb wollte ich das auch. Um diese Sicherheit zu haben, um mich geborgen zu fühlen. Ich hatte so viele Fragen, und Abu Salman nahm sich jeden Tag Zeit, sie zu beantworten. Es gab nicht eine einzige Frage, über die er lachte, nicht ein einziges Mal, bei dem ich mir lächerlich vorkam. Es war, als kümmerte er sich nur um mich. Ich genoss seine Fürsorge, seine Geduld und natürlich die zärtlichen Worte, die er mir immer wieder schrieb. Er nannte mich Baby, Habibti. Ich war seine Prinzessin, sein Schatz, seine große Liebe. Ich konnte das alles gar nicht so schnell realisieren, aber es fühlte sich verdammt gut an. Er war mein Löwe, er war der Mensch, dem ich auf der Welt am meisten vertraute.

Meine Mutter hatte ein paar Tage gebraucht, bis sie die neue Anna akzeptiert hatte, aber da ich es auf keinen Streit mehr ankommen ließ, schien sie zufrieden zu sein. Wir verbrachten die

Zeit in Warnemünde harmonisch. Ich redete ihr nicht rein, wenn sie mit Marianne im Restaurant saß und Wein trank oder wenn sie täglich in die Sauna spazierte und hinterher davon schwärmte, wie gut es ihr tat, ihren Körper und ihre Seele zu reinigen. Natürlich fing ich nicht wieder damit an, dass ich mich um nichts in der Welt vor anderen Leuten ausziehen wollte. Sie bat mich nur ein einziges Mal, doch mitzukommen. Als ich lächelnd ablehnte, zog sie mit Marianne los. Damit konnte ich gut umgehen. Sie fragte nicht, ich sagte nichts. Fast tat es mir leid, als wir uns auf den Rückweg nach Berlin machten.

Am letzten Tag der Herbstferien saß ich mit Kayla nachmittags im Eiscafé in der Spandauer Altstadt. Hier war das Wetter besser als in Warnemünde, wo es die ganze Zeit über kalt und regnerisch geblieben war.

»Na, du machst ja Sachen«, sagte sie, nachdem die Bedienung unsere beiden Eisbecher gebracht hatte. »Habe ich das richtig gelesen? Du bist zum Islam konvertiert? Warum hast du dann auf meine Nachrichten nicht mehr geantwortet?«

Ich hatte gerade einen Löffel Vanilleeis in den Mund geschoben und zuckte mit den Schultern. »Tut mir leid, aber ich hatte am Anfang Stress mit meiner Mutter. Dann haben wir uns wieder vertragen und ich wollte sie nicht verärgern. Du weißt doch, dass sie es nicht gern sieht, wenn ich immer mit meinem Telefon rumspiele.«

Mehr fiel mir als Entschuldigung so schnell nicht ein. Auch wenn das mit Mamas Handyphobie stimmte, hätte ich ja abends in meinem Zimmer genug Zeit gehabt, Kayla alles ausführlich zu berichten. Ein paarmal war ich auch drauf und dran gewesen. Aber immer hatte mich entweder Abu Salman unterbrochen oder das, was ich gerade im Koran las, war so spannend gewesen, dass ich keine Lust zum Texten gehabt hatte.

Glücklicherweise fragte Kayla nicht nach, sondern legte den Löffel hin und starrte mich erwartungsvoll an. »Erzähl! Wie ist das denn passiert? Warst du dort oben in einer Moschee? Mit wem?«

Ich lächelte sie an und erinnerte mich, dass mir Abu Salman dieselben Fragen gestellt hatte. »Nein, ich war in keiner Moschee. In Rostock war eine öffentliche Veranstaltung auf dem Marktplatz. Es ging um den Islam, und man konnte auch gleich konvertieren, wenn man wollte.«

Kayla riss die Augen auf. »Echt? So was habe ich noch nie gehört. Bist du extra deswegen dorthin gefahren?«

»Nein, ich war zufällig da und bin auf die Bühne gegangen, als gefragt wurde, wer den Islam annehmen möchte.«

»Krass.« Kayla schüttelte den Kopf.

»Ja, schon irgendwie«, sagte ich. Obwohl es schon ein paar Tage her war und ich in jeder freien Minute darüber nachgedacht hatte, konnte ich noch immer nicht ganz fassen, wie schnell alles an dem Nachmittag in Rostock gegangen war. »Ich bin aber froh, dass ich es gemacht habe. Das war ein Schritt in die richtige Richtung. So wie vorher konnte es ja nicht weitergehen.«

»Ja, das stimmt. Aber der Islam? Ich habe dir doch erst kurz vor den Herbstferien den Koran gegeben. Hast du ihn gelesen und dann diese Entscheidung getroffen?«, bohrte Kayla nach.

Dass es nicht ganz so abgelaufen war, wollte ich Kayla nicht erzählen. Dann hätte ich von Abu Salman berichten müssen und dass er der ausschlaggebende Faktor gewesen war. Vielleicht hätte sie das verstanden, vielleicht aber auch nicht. Darüber hatte ich ebenfalls lange nachgedacht und beschlossen, mein Geheimnis niemandem anzuvertrauen. Allerdings fiel mir das jetzt, wo wir hier zusammensaßen, schwerer, als ich gedacht hatte.

»Ja, ich habe darin gelesen und mir Sachen im Internet angeschaut«, lenkte ich vorsichtig ab. »Mir ist schon klar, dass ich noch vieles lernen muss, um eine richtige Muslima zu werden. Es scheint sehr viele Regeln zu geben, die man befolgen muss.«

Kayla nickte.

»Es hat sich aber schon jetzt was für mich geändert. Ich fühle mich geborgener. Ich denke mittlerweile oft an Allah und fühle mich immer gut dabei«, sagte ich bestimmt. Noch öfter allerdings dachte ich an meinen Löwen, der für das Gute auf der Welt kämpfte.

»Die Hauptsache ist, dass es dir gut geht«, sagte Kayla und drückte meine Hand. »Wenn du willst, helfe ich dir dabei, den Islam kennenzulernen. Am Samstag gibt es einen Tag der offenen Tür in der Moschee. Wir beten gemeinsam und hinterher gibt es Essen, bestimmt auch den Couscous, auf den du so stehst. Wir haben einen ziemlich coolen Imam. Er ist keiner von denen, die am liebsten alle Frauen mit Vollverschleierung sehen würden. Hast du Lust, einfach vorbeizukommen? Meine Eltern würden sich ganz bestimmt auch freuen. Sie fragen ständig nach dir. Wenn ich ihnen das mit dir und dem Islam erzähle …«

»Klar komme ich. Ich freue mich auf euch alle.« Ich schob eine Himbeere auf meinen Löffel, dann hielt ich inne. »Ach, übrigens. Ich habe jetzt auch einen muslimischen Namen.«

»Ja?«, fragte Kayla, und ich musste fast lachen, als ich hörte, wie gespannt sie klang.

»Ich heiße Aisha.«

Obwohl ich ihn insgeheim bei jeder Gelegenheit vor mich hinsagte, hörte sich der Name noch immer etwas fremd an. Deshalb war ich froh, als Kayla sagte: »Ich werde dich erst mal weiter Anna nennen. Gucken wir mal, wie lange du beim Islam bleibst.«

Der Zweifel in ihren Augen versetzte mir einen Stich. Aber das war egal, ich würde sie schon überzeugen. Ich lernte schließlich schnell und hatte von Abu Salman die beste Hilfestellung, die ich mir wünschen konnte.

Nachdem wir fertig gegessen hatten, mussten wir eine Weile auf die Rechnung warten. Kayla nutzte die Zeit, um mir den neuesten Klatsch und Tratsch aus ihrer Familie zu erzählen. Irgendeine Tante hatte ihr fünftes Kind zur Welt gebracht, eine Cousine würde nächsten Monat heiraten. Ihre Worte verschwammen in meinen Ohren zu einem Rauschen. Früher hatten mich solche Neuigkeiten interessiert, aber jetzt machten sie mich müde und erschöpften mich. Ich nickte ab und zu und manchmal fragte ich auch belanglose Dinge nach. Als wir endlich gezahlt hatten und aufbrechen konnten, begleitete ich Kayla nach Hause und lief das letzte Stück zu unserer Wohnung allein.

Noch im Gehen zückte ich mein Handy und checkte die WhatsApp-Nachrichten. Abu Salman stand auf meiner Chat-Liste immer ganz oben, weil wir uns jeden Tag schrieben. Auch jetzt hatte ich Post von ihm und sah auf den ersten Blick, dass er wieder ein Foto angehängt hatte. Ich stoppte an einer Fußgängerampel, öffnete die Nachricht und traute meinen Augen kaum. Auf dem Foto hatte er ein Gewehr umgehängt und streichelte ein kleines Kätzchen, das fast so aussah wie meine Missy.

›Ich liebe Katzen und sie lieben mich‹, hatte er dazugeschrieben.

Ich tippte: ›Nicht nur die Katzen …‹

Hektisch löschte ich die Buchstaben wieder. Ich war kurz davor gewesen den Satz mit … *lieben dich* zu vervollständigen, traute mich aber nicht. Er hatte von Heirat gesprochen, aber von Liebe war noch nie die Rede zwischen uns gewesen. Warum eigentlich nicht? Was, wenn er meine Gefühle nicht erwiderte? Ich würde mich komplett lächerlich machen und das wäre wirklich peinlich. Für mich gehörten Heirat und Liebe zusammen. Aber galt das für ihn auch? Ich würde ihn irgendwann danach fragen müssen, aber hier auf der Straße war wohl kaum der richtige Ort dafür.

Also atmete ich tief durch und schrieb schließlich: ›Das ist eine niedliche Katze. Ihr seht zusammen gut aus.‹

›Du bist niedlicher als die Katze. Ich würde lieber dich streicheln‹, kam die prompte Antwort.

Ich spürte, wie mir die Hitze ins Gesicht schoss, und stolperte auf die Straße, als die Ampel auf Grün schaltete. Auf der anderen Seite blieb ich stehen und starrte auf das Display. Mein Herz klopfte, als ich zurückschrieb: ›Das wäre schön.‹

›Ich kann es gar nicht abwarten, bis ich dich wie ein kleines Kätzchen in den Arm nehmen kann. Ich bete jeden Tag zu Allah, dass wir uns bald sehen, Baby.‹

›Ich werde auch dafür beten. Versprochen.‹

Mein Herz hämmerte noch immer wie verrückt, als ich das Handy in die Tasche steckte. Den Rest des Weges wäre ich am liebsten getanzt. Ich strahlte alle an, die mir entgegenkamen, und behielt sogar meine gute Laune, als ich die Wohnungstür aufschloss.

»Hallo, Mama, ich bin wieder zurück«, rief ich im Flur, streifte meine Turnschuhe ab und ging in die Küche.

»Wie geht's Kayla?«

»Gut. Sie hatte auch schöne Ferien mit ihren Cousinen, die zu Besuch waren. Eine will heiraten und ihre Tante hat schon wieder ein Kind bekommen, hat sie mir erzählt.« Ich schnupperte und hob den Deckel vom Topf. »Das riecht aber lecker! Ich habe Riesenhunger, obwohl Kayla und ich zwei megagroße Eisbecher vertilgt haben.«

Meine Mutter lachte und sagte: »Ich habe die Bolognese-Soße extra nur mit Rinderhackfleisch gemacht. Ich finde sie so zu trocken, aber du willst ja kein Schweinefleisch mehr essen.« Sie nahm die Kelle und schöpfte etwas Soße über die Nudeln, die sie auf meinem Teller schon vorbereitet hatte.

Ich sprang auf sie zu und nahm sie in den Arm. »Danke,

Mama. Das ist so lieb von dir. Kayla hat mich übrigens für Samstag zum Tag der offenen Tür in ihre Moschee eingeladen.«

»Was willst du denn in der Moschee?«, fragte Mama schroff und löste sich aus der Umarmung. »Das hat dich doch bisher nicht interessiert. Hat Kayla dir das eingeredet?«

»Nein, hat sie nicht. Ich interessiere mich eben für den Islam. Kayla meinte, der Tag der offenen Tür sei eine gute Gelegenheit zum Reinschnuppern.«

»Islam? Bist du von allen guten Geistern verlassen? Seit wann brauchst du eine Religion? Und dann noch die? Dein Vater und ich waren nie gläubig und wir haben dich auch nie so erzogen. Kannst du dich nicht mit was Sinnvollerem beschäftigen, mit der Schule zum Beispiel?« Die Fassungslosigkeit stand ihr ins Gesicht geschrieben.

»Mach dir keine Sorgen. Vielleicht mag ich es, vielleicht auch nicht. Wir werden sehen. Aber schlechtmachen musst du es nicht schon vorher, du weißt doch gar nichts darüber.«

Ich war stolz auf mich, weil ich nicht explodiert war, sondern in sachlichem Ton meine Meinung gesagt hatte. Leicht war es allerdings nicht gewesen, ich musste mir immer wieder ins Gedächtnis rufen, dass meine Mutter es nicht besser wusste.

Obwohl ich auf einmal keinen großen Appetit mehr hatte, zwang ich mich, ein paar Bissen zu essen. Dann schob ich den Teller von mir, sah ihr fest in die Augen und sagte: »Du musst dir wirklich keine Gedanken machen. Es ist doch nur ein Tag der offenen Tür. Deshalb trage ich ja nicht gleich ein Kopftuch.«

Wenn meine Mutter wüsste, dass ich bereits Muslima war, würde sie völlig austicken. Das war mir spätestens jetzt klar, und ich beschloss, diese Information möglichst lange für mich zu behalten.

Nach dem Essen ging ich in mein Zimmer und legte mich aufs Bett. Meine gute Laune hatte sich noch nicht völlig in Luft aufgelöst, brauchte aber dringend eine kleine Auffrischung. Ich griff zum Handy und fühlte mich schlagartig wieder prächtig, als ich sah, dass Abu Salman eine MP3-Datei geschickt hatte.

›Das ist Saleel al-Sawarim, mein Lieblingslied‹, stand dabei.

Ich klickte auf Play und mochte den Song sofort. Natürlich verstand ich den arabischen Text nicht, aber die Melodie war so eingängig, dass ich sie immer wieder anhören musste und bereits nach kurzer Zeit den Refrain mitsummte.

Es kam mir so vor, als wären Abu Salman und ich auch über die riesige Entfernung, die uns trennte, vereint. Fast, als wären wir Seelenverwandte. Er wusste immer genau, was ich brauchte.

In diesem Augenblick fiel mir mein Versprechen ein, dafür zu beten, dass wir uns bald sehen könnten. Ich hatte genau nachgelesen, was zu tun war. Muslime mussten sich fünfmal am Tag zu festgelegten Zeiten Richtung Mekka wenden und beten. Vorher mussten das Gesicht, die Hände, die Unterarme und die Füße gewaschen werden. Wer sich an Gott richtete, musste sauber sein!

Den Link zu der Internetseite hatte Abu Salman mir geschickt, als mir das alles so entsetzlich kompliziert erschien. Auf der Webseite wurde alles genau erklärt und es gab sogar die Texte der Gebete ins Deutsche übersetzt. Das war immerhin ein Anfang gewesen, aber es reichte mir nicht. Ich wollte alles so gut wie möglich beherrschen und ärgerte mich manchmal, dass Kayla es so einfach hatte und das alles gar nicht zu schätzen wusste. Immer wieder hörte ich mir die arabischen Texte an, um sie nachzusprechen, und sagte mir, dass Abu Salman schließlich ursprünglich aus Schweden stammte und es trotzdem geschafft hatte. Nun klappte es mit dem Beten schon viel besser und ich empfand täglich größere Freude daran. Während des Betens konnte ich an kaum etwas anderes denken und erlebte eine ungewohnte innere Ruhe. Deshalb bemühte ich mich, möglichst keine Gebetszeit zu verpassen.

Jetzt stand das Nachtgebet an. Da ich den Text noch nicht auswendig kannte, klickte ich das entsprechende Gebet auf der Website an und lauschte den fremden Klängen, die ich leise mitsprach. Noch immer hatte ich keine Ahnung, wie sich die Muslime Allah eigentlich vorstellten. War er ein Mann? Trug er einen langen Bart? Ich nahm mir vor, jemanden danach zu fragen.

Dann konzentrierte ich mich erneut auf das Gebet und murmelte: »Bismillaahir rahmaanir rahiim.« Als ich fertig war, fügte ich noch hinzu: »Allah, bitte finde einen Weg, damit Abu Salman und ich zusammen sein können. Ich wünsche mir das so sehr.«

EINE TÜR GEHT AUF

Am Samstag wollte ich nach Moabit fahren. Kayla hatte mir genau erklärt, wo die Moschee war und was ich anziehen sollte. Daher trug ich den langen Rock, den Mama mir mal für eine Geburtstagsfeier gekauft hatte, und darüber eine langärmlige Tunika.

»Man darf deine Körperformen nicht sehen«, hatte Kayla gesagt.

Ich betrachtete mich in der ungewohnten Kleidung im Spiegel und fühlte mich fremd, weil ich sonst fast immer Hosen trug. Dann riss ich mich los und schickte Kayla ein Selfie von dem Outfit. Sie schickte mir postwendend einen erhobenen Daumen zurück. Anscheinend war sie zufrieden mit meiner Erscheinung, aber bereits eine Sekunde später kam noch eine Nachricht von ihr hinterher.

›Denk daran, dass Mädchen und Frauen in der Moschee ihre Köpfe bedecken müssen.‹

Ich stöhnte und tippte: ›Ist das wirklich unbedingt nötig? Ich finde, das sieht total dämlich aus.‹

Sie schickte mir einen Smiley mit Lachtränen. ›Außerhalb der Moschee brauchst du das nicht zu machen. Ich mach's ja auch nicht.‹

Weil ich sowieso nicht drum herumkommen würde, zog ich einen weißen Baumwollschal aus meiner Schublade und stopfte ihn in meine Umhängetasche. Diese Diskussion hatten wir schon ein paarmal geführt.

»Warum tragen so viele Musliminnen ein Kopftuch?«, hatte ich gefragt.

»Viele Frauen verschleiern sich freiwillig, andere werden von ihren Männern oder Vätern gezwungen. Es gibt aber auch viele Musliminnen, die ohne Kopftuch rumlaufen. Mein Vater akzeptiert es zum Glück, auch wenn es ihm nicht ganz recht ist«, hatte Kayla geantwortet.

Als ich aus der U-Bahn stieg und in Richtung der Seitenstraße lief, in der die Moschee lag, flatterte mein Herz wie ein kleines Vögelchen in der Brust. Natürlich verfehlte ich zunächst den Weg und musste auf meinem Handy noch einmal Kaylas Ortsbeschreibung aufrufen, bis ich endlich die Adresse fand. Ich checkte noch einmal die Hausnummern und blieb vor einer Mauer mit einem grünen Tor stehen. Hinter einer Tür, die nur angelehnt war, hörte ich fröhliche Stimmen. Ich straffte die Schultern, trat ein und blickte mich suchend nach Kayla um. Hoffentlich war sie überhaupt schon da.

»Huhu, Anna, hier«, rief sie von der anderen Seite des großen Innenhofs. Kayla stand mit ein paar Mädchen hinter einem Tisch, auf dem sie Platten mit Essen verteilten.

»Mach dir keine Hoffnungen«, sagte sie lachend, als sie meinen Blick sah. »Erst gehen wir in die Moschee und dann wird gegessen.«

Sie schob mich in die Richtung eines unscheinbaren Gebäudes. Ob das die Moschee war? Das Gebetshaus hatte ich mir irgendwie anders vorgestellt. Eher groß und imposant wie eine Kirche. Und hatten Moscheen nicht immer mehrere Türmchen und sahen orientalisch aus? Auf Urlaubsfotos einer Mitschülerin, die in der Türkei gewesen war, war das auf jeden Fall so gewesen.

»Ist das die Moschee?«, fragte ich Kayla vorsichtig, um sicherzugehen.

»Unsere Moschee hat leider kein Minarett«, sagte sie. »Viele Moscheen sind in Deutschland in ganz normalen Häusern untergebracht, einige sogar in Wohnungen. Ich finde unsere Moschee auch ohne Minarett schön, oder?«

Ich nickte abgelenkt, weil ich ein Stück weiter Kaylas Bruder mit anderen Männern durch eine große Tür gehen sah.

»Hallo, Yassin!«, rief ich und winkte.

Yassin winkte zurück und zeigte auf eine Treppe nach oben.

Kayla zog mich am Arm weiter. »Komm. Die Frauen sitzen oben und die Männer unten. Die Männer sollen die Frauen nicht beim Beten beobachten«, sagte sie und lief die Treppe rauf.

Oben setzten wir uns auf weiche Teppiche mit bunten Mustern, die im ganzen Raum ausgelegt waren. Hier war es seltsam still. Niemand sprach oder tuschelte. Die Frauen und Mädchen, die nach und nach eintrudelten, setzten oder knieten sich schweigend nebeneinander und vertieften sich offenbar ins Gebet.

Ich war unsicher, ob ich das auch machen sollte, und schielte verstohlen zu Kayla, die entspannt dasaß.

»Gleich kommt der Imam, der Vorbeter«, flüsterte sie mir zu.

Tatsächlich war von unten plötzlich eine laute und klare Männerstimme zu hören, sehen konnte ich den Mann allerdings nicht. »Liebe Brüder und Schwestern, ich begrüße euch in unserer schönen Moschee. Ganz besonders heiße ich alle willkommen, die heute zum Tag der offenen Tür unsere Gäste sind.«

Kayla stupste mich mit dem Ellenbogen an und grinste. Sie schien sich wirklich zu freuen, dass ich da war. Und ich freute mich mindestens genauso sehr wie sie.

Der Imam erklärte den Ablauf des gemeinsamen Gebetes, insbesondere das Hinknien und die vielen Verbeugungen, die alle so gut mitmachen sollten, wie sie es konnten. Danach würde er noch einige Worte sagen und dann könnten wir das gute Essen genießen.

Ich war ziemlich erstaunt, als ich sah, dass während des Betens auch Bewegungen gemacht wurden, die mich irgendwie an Yogaübungen erinnerten. Es ging laufend hoch und runter, sodass ich nach einer Weile ganz schön außer Atem war. Neugierig schaute ich zu Kayla hinüber, bei der das sehr schön und fließend aussah. Aber sie war ja auch damit aufgewachsen, und ich würde es irgendwann genauso gut können, tröstete ich mich und gab mir weiterhin Mühe, alles richtig zu machen.

Als sich der Imam endlich wieder auf Deutsch an die Gemeinde wandte, war ich erleichtert und hoffte, dass die anstrengenden Gebetsübungen jetzt vorbei waren. Der Imam bedankte sich bei allen, die gekommen waren, um eine Moschee von innen kennenzulernen.

»Der Islam ist eine wunderschöne Religion. Viele Verse im Koran sprechen von Liebe, Gerechtigkeit und Frieden. Wir erkennen das Christentum und das Judentum und ihre Propheten an. Die meisten Muslime sind tolerant. Wie die anderen Religionen hat auch der Islam seine Fanatiker. Lassen Sie sich von denen nicht einschüchtern. Diese Leute ertragen es nicht, dass andere Menschen anders denken oder glauben als sie. Sie sind aber eine Minderheit«, sagte er.

In diesem Moment wünschte ich mir, dass meine Mutter hier wäre, um sich das anzuhören.

»Komm, wir gehen nach unten. Es gibt Essen«, riss Kayla mich aus den Gedanken. Erst jetzt merkte ich, dass sich die Moschee schon fast geleert hatte.

Wir stiegen die Treppe hinab in den Innenhof und gingen in die Ecke mit den Tischen, wo die anderen Leute schon in Grüppchen zusammenstanden. Dort halfen wir einem anderen Mädchen, das Essen zu verteilen. Alle schienen plötzlich zur selben Zeit Hunger bekommen zu haben und die Schlange wurde immer länger.

»Hallo, Anna. Ich hätte gerne von dem Auberginenauflauf«, sagte Yassin, der auf einmal vor mir stand. »Mit dem Kopftuch siehst du wie eine richtige Muslima aus.«

Ich griff in meine Haare und merkte, dass ich immer noch den weißen Schal um den Kopf geschlungen hatte. Das war mir gar nicht aufgefallen und gestört hatte es mich auch nicht. Dennoch öffnete ich eilig das Tuch und ließ es um meinen Hals hängen. Mit Schwung schüttelte ich die Haare und strahlte Yassin an. »Danke, dass du mich darauf aufmerksam gemacht hast.«

»Du hättest es ruhig umlassen können. Es steht dir. Jeder Muslim würde sich in dich verlieben.« Yassin grinste mich an.

Jeder Muslim? Mir reichte einer, aber das konnte ich Kaylas Bruder nicht sagen.

Daher lächelte ich nur und antwortete: »Ach, von Jungs habe ich erst mal die Nase voll. Ich konzentriere mich jetzt aufs Beten. Darum bin ich jedenfalls heute hier.«

»Es gibt auch nette Kerle. Die Chancen, hier einen zu finden, sind jedenfalls nicht schlecht. Sag mir Bescheid, wenn ich dir jemanden vorstellen soll.« Yassin zwinkerte mir zu und ging zu seinen Freunden.

Ich verdrehte die Augen und schüttelte den Kopf. Mein Schatz war in Syrien und einen anderen wollte ich nicht.

Irgendwann wurde es kalt, und die Leute fingen an, sich zu verabschieden.

»Du kannst auch schon nach Hause fahren, wenn du möchtest«, sagte Kayla. »Bei mir dauert es noch länger. Ich helfe immer beim Aufräumen.«

»Ich helfe euch gerne«, bot ich an.

»Du hast schon genug gemacht. Es war wirklich schön, dass du hier warst.« Kayla ließ keine weitere Widerrede zu.

»In Ordnung, wenn du meinst. Und vielen Dank. Ich fand es auch toll, selbst wenn ich morgen wahrscheinlich Muskelkater haben werde. So viele Kniebeugen oder wie ihr das nennt, habe ich schon lange nicht mehr gemacht«, sagte ich lachend zum Abschied.

In der U-Bahn fiel mir Yassins Bemerkung wieder ein. Es musste sich gar nicht jeder Muslim in mich verlieben. Nur ein einziger war wichtig. Hoffentlich war genau der auch in mich verliebt. Ob Abu Salman von dem Kopftuch ebenso begeistert wäre? Wie blöd, dass mir das nicht schon vorher eingefallen war, aber es ließ sich noch immer schnell herausfinden. Ich schlang mir den Schal wieder um den Kopf und knipste mich in mehreren Posen mit dem Handy. Ich hatte das Gefühl, dass die anderen Fahrgäste mich aus den Augenwinkeln beobachten. Warum glotzten sie so? Hatten sie noch nie ein Mädchen mit Kopftuch gesehen?

Ein paar Augenblicke später guckte ich mir die Fotos an. Mit dem Kopftuch sah ich tatsächlich ganz verändert aus, irgendwie unschuldig. Meine Augen wirkten außerdem noch größer, was mir gut gefiel. Ich wählte zwei Fotos für Abu Salman aus.

›Ich war heute zum ersten Mal in der Moschee. So sah ich dabei aus‹, schrieb ich dazu.

Auf die Antwort musste ich nicht lange warten. ›Habibti, du siehst toll aus!!! So würde ich dich gerne immer sehen.‹

›Na ja, ich weiß nicht. Die Leute gucken, wenn ich das Kopftuch aufhabe.‹

›Das bildest du dir wahrscheinlich ein. Die Jungs starren dir bestimmt mehr hinterher, wenn du kein Kopftuch trägst. Ich muss es wissen, ich bin ein Mann. Durch das Kopftuch bist du geschützt. Denk mal drüber nach.‹

Geschützt? Wovor geschützt? Ich wollte ihn gern danach fragen, aber gleich musste ich aussteigen.

›Mach ich‹, tippte ich daher bloß.

›Mit wem warst du eigentlich in der Moschee?‹, fragte er.

Ich stand auf, lief in Richtung Tür und schrieb: ›Mit Kayla. In der Moschee, in die sie und ihre Familie gehen, gab es einen Tag der offenen Tür.‹

›Hat es dir gefallen? Was habt ihr gemacht?‹

In diesem Moment fuhr die Bahn in die Haltestelle ein, ich drückte den Knopf zum Öffnen und schob das Telefon in meine Tasche. Dann eilte ich nach oben zur Bushaltestelle.

›Tut mir leid, dass ich nicht gleich geantwortet habe. Ich musste aussteigen. Aber jetzt erzähle ich dir gern alles. Erst wurde gebetet. Dann hat der Imam gesprochen und hinterher gab es Essen. Die Gebete kannte ich schon. Du hast mir ja diesen Link geschickt, wo ich sie mir immer anhöre. Mit anderen Leuten zusammen in der Moschee zu beten, hat mir noch besser gefallen.‹

›Ja, die Gemeinschaft in der Moschee ist etwas Besonderes. Worüber hat denn der Imam gesprochen?‹

›Über Toleranz. Er hat gesagt, dass man Menschen mit einem anderen Glauben respektieren müsse. Wenn man das nicht mache, sei man ein Fanatiker.‹

›Na ja, ganz so einfach ist das nicht. Toleranz ist doch keine Einbahnstraße. Warum soll man diejenigen tolerieren, die einem selbst kein Verständnis entgegenbringen und einen sogar bekämpfen? Muslime werden in den westlichen Gesellschaften gedemütigt und schlecht behandelt. Und da sollen wir noch tolerant sein?‹

Oh Mann, das klang alles ziemlich kompliziert, aber Abu Salman schien sich seiner Sache so sicher zu sein, und ich wusste viel zu wenig von all diesen Dingen. Ich würde eine Menge lernen müssen, um mich richtig mit ihm unterhalten zu können.

Dieser Gedanke machte mir ein wenig Angst. War ich zu dumm für ihn? Zu naiv? Ich durfte auf gar keinen Fall zeigen, wie wenig ich mich damit auskannte, deshalb nahm ich mir vor, nur das zu schreiben, was ich wirklich noch ganz frisch in Erinnerung hatte.

›Der Imam hat gesagt, dass Toleranz zum Islam gehöre und dass Muslime andere Religionen wie das Christen- und Judentum respektierten. Er hat das nicht davon abhängig gemacht, wie sich die anderen verhalten.‹

›Das kann man auch ganz anders sehen. Ich bin überzeugt davon, dass wir die Andersdenkenden von ihrem Unglauben befreien müssen. Sonst gibt es nie Frieden. Die Ungläubigen führen Krieg gegen den Islam und wir müssen ihn verteidigen.‹

›Das wusste ich nicht. Geht es darum in Syrien?‹, fragte ich.

›Auch. Wir bemühen uns hier jedenfalls, einen Staat aufzubauen, in dem nur die islamischen Moralregeln, die Scharia, gelten. Wenn sie erst auf der ganzen Welt verbreitet sind, leben alle Menschen in Freiheit und Würde.‹

›Das hört sich gut an.‹

›Ja, das ist es, wofür ich kämpfe und mein Leben riskiere. Gott liebt die Menschen, die in seinem Namen kämpfen‹, schrieb er, und ich konnte ihn förmlich vor mir sehen, wie er stolz seinen Rücken straffte.

Ich spürte, dass er total überzeugt davon war, das Richtige zu tun. ›Ich finde es sehr mutig, dass du dein Leben riskierst, mein Löwe. Ich weiß nicht, ob ich das könnte.‹

›Natürlich könntest du das. Du bist auch eine Löwin. Meine Löwin. Das sehe ich auf deinen Fotos. Du bist ein starkes Mädchen.‹

Ich war seine Löwin. Das klang verdammt gut und war ja auch die Wahrheit. Ich drehte mich einmal im Kreis und presste das Telefon an meine Brust. Dann stoppte ich meinen Freudentanz und tippte: ›Ja, vielleicht. Ich habe jedenfalls schon einiges überstanden. Nach dem Tod meines Vaters war ich völlig fertig und jetzt geht's mir langsam besser. Es ist aber immer noch schwer.‹

›Solche Phasen gehören zum Leben dazu. Du bewältigst das doch alles sehr gut. Allah wird dir helfen, den richtigen Weg zu finden. Es dauert nicht mehr lange.‹

›Mein Bus kommt gerade und ich muss einsteigen. Es war schön, mit dir zu chatten.‹

›Denke an mich, Baby.‹

KOPFTUCH

Zu Hause wurde ich ungeduldig von Missy erwartet, die sofort maunzend um meine Beine strich, als ich die Wohnungstür aufstieß.

»Hast du Hunger, Missy? Hat es noch nichts zu fressen gegeben? Mama?«, rief ich, bekam aber keine Antwort.

Ich ging in die Küche und fütterte die Katze. Es war wirklich viel passiert heute. Ich war in der Moschee gewesen und hatte mit Abu Salman gechattet. Noch immer konnte ich nicht fassen, dass er mich wirklich hübsch fand … besonders mit Kopftuch.

»Guck mal, Missy. Wie gefällt es dir, wenn ich das trage?« Ich beugte mich hinab und wickelte mir den Schal noch mal um den Kopf. »Findest du mich auch süß?«

Die Katze nahm keine Notiz von mir, sondern leckte gefräßig den Napf aus.

»Dich interessiert es nicht, wie ich aussehe. Wenn nur Mama auch so reagieren könnte. Sie würde in Ohnmacht fallen, wenn sie mich damit sieht.« Missy starrte mich an. »Siehst du, jetzt bist sogar du schockiert. Das willst du dir lieber nicht vorstellen. Aber noch ist sie ja zum Glück nicht da, und ich kann rumlaufen, wie ich will.«

Mit einem guten Gefühl strich ich über meinen Kopf. Jetzt, wo ich es trug, war es wieder wie in der U-Bahn. Auf einmal fühlte ich mich Abu Salman viel näher. Fast, als würde er neben mir stehen und mich bewundernd ansehen. Ich schloss die Augen und stellte mir vor, dass er das Tuch herunternahm und über meine Haare strich.

Du gehörst nur mir, sagte er gerade in meinen Gedanken, als ich das Geräusch des Schlüssels im Schloss hörte. Hastig riss ich den Schal vom Kopf.

»Hallo, Mama. Wo warst du denn?«, fragte ich, als sie die Küche betrat.

»Bei einer Freundin. Hast du schon gegessen?« Sie wirkte ein wenig außer Atem, als sei sie die Treppe bis in den zweiten Stock heraufgerannt.

»Ja, heute war doch Tag der offenen Tür in der Moschee, und ich habe auch schon Missy gefüttert, die hatte ziemlichen Hunger.«

»Das hast du doch immer, mein kleiner Tiger«, sagte Mama, beugte sich runter und streichelte Missy. »Du bist also tatsächlich dorthin gegangen? Mir gefällt das irgendwie gar nicht, dass du dich auf einmal so dafür interessierst. Es würde mir gerade noch fehlen, dass du zum Islam übertrittst. Neulich habe ich eine Kollegin deines Vaters getroffen, und sie hat mir erzählt, dass ihr Sohn aus heiterem Himmel Muslim geworden ist. Er isst übrigens auch kein Schweinefleisch mehr und betet fünfmal am Tag.« Als sie den Kopf schüttelte und mich prüfend anschaute, hielt ich ihrem verständnislosen Blick stand. »Tu mir das bitte nicht an!«, sagte sie.

»Ich weiß, dass du das nicht willst. Mach dir keine Sorgen, es war doch nur ein Tag der offenen Tür.«

»Dann ist es ja gut.«

»Ich gehe dann mal in mein Zimmer.«

Ohne ihre Antwort abzuwarten, machte ich mich davon. Ich hatte gelogen. Warum nur? Es wäre die Gelegenheit gewesen, einfach dazu zu stehen. Obwohl ich mich über mich selbst und meine Feigheit ärgerte, war ich mir sicher, die richtige Entscheidung getroffen zu haben. Wichtig war nur, dass Allah die Wahrheit kannte. Allah und Abu Salman.

Ich fröstelte, als ich in mein Zimmer trat, und drehte die Heizung höher. Draußen bogen sich die Wipfel der Bäume und der Herbstwind fegte die Blätter über die Straße. Gerade hatte ich mich in meine Decke gekuschelt, als das Handy einen Ton von sich gab. Ohne zu zögern, griff ich danach und entsperrte es mit einem Fingerwisch.

Abu Salman. Er meldete sich noch einmal, als wüsste er, wie sehr ich ihn in diesem Moment brauchte.

›Bist du gut zu Hause angekommen, mein Baby?‹

Dass er so besorgt um mich war und sich nach mir erkundigte, verursachte ein wohliges Gefühl in meinem Bauch. Ich lehnte mich entspannt zurück und antwortete: ›Ja, ich bin jetzt in meinem Zimmer.‹

›Hast du da einen Computer?‹

›Klar, natürlich.‹

›Ich würde gerne mal mit dir skypen. Ich denke immer an dich und sehne mich unendlich danach, deine Stimme zu hören. Ich war bisher zurückhaltend, weil du keine Muslima warst, aber jetzt möchte ich dich besser kennenlernen. Ich kann es gar nicht abwarten, in deine schönen Augen zu gucken.‹

Mein Herz hämmerte gegen meinen Brustkorb. Dasselbe hatte ich mir auch schon so oft gewünscht. Und obwohl ich mit Papa regelmäßig Skype genutzt hatte, wenn ich nicht ins Krankenhaus fahren konnte, hatte ich gar nicht gedacht, dass das mit Abu Salman auch möglich wäre.

Der Gedanke, ihn zu sehen und mit ihm zu sprechen, ängstigte mich auf einmal. Was, wenn ich ihm nicht gefiel? Wenn er sich mich doch anders vorgestellt hatte? Ich sprang vom Bett und lief zu dem kleinen Spiegel, der neben meinem Schreibtisch hing. Soweit war alles in Ordnung, nur meine Wangen waren rot gefleckt, was wahrscheinlich von der Aufregung kam. Ich fuhr mit den Fingern durch meine Haare und schüttelte sie, damit sie locker fielen. Ich lächelte meinem Spiegelbild aufmunternd zu. Das sah doch einigermaßen gut aus. Was sollte ich ihm nur antworten? Für einen Moment musste ich über mich selbst lachen. Wem wollte ich etwas vormachen? In Wirklichkeit konnte ich es doch gar nicht erwarten, seine Stimme zu hören.

Mein Finger suchte bereits das Display nach der App ab, als eine neue Nachricht eintraf.

›Wunderbar. Jetzt ist es schon spät und ich habe noch andere Dinge zu erledigen. In den nächsten Tagen verabreden wir uns. Ich kann es gar nicht abwarten, dich mit deinem süßen Kopftuch zu sehen.‹

Also dann doch nicht jetzt gleich? Die Enttäuschung fraß sich in mein Inneres. Und außerdem glaubte er offenbar, dass ich das Kopftuch immer trug. Ich dachte an das Foto, das ich ihm geschickt hatte. Da würde ich wohl einiges erklären müssen.

›Ich trage das Kopftuch nicht immer. Heute war ich in der Moschee. Dort ist es Pflicht, oder?‹

›Natürlich und auch sonst sollte eine muslimische Frau ihren Kopf bedecken. Das steht so im Koran. Frauen sollen außerhalb ihrer Wohnung ihren Kopf und Busen bedecken, damit sie nicht von fremden Männern belästigt werden.‹

Ich war mir nicht ganz sicher, ob er wirklich wusste, wie es hier in Deutschland war. Heute in der Bahn hatte ich eher den Eindruck gehabt, ich würde mit dem Kopftuch mehr Aufsehen erregen als ohne. Außerdem leuchtete mir nicht ganz ein, wieso ich die Verantwortung für das Verhalten anderer Menschen übernehmen sollte.

›Warum müssen sich die Frauen verschleiern? Man könnte ja auch von den Männern verlangen, dass sie sich besser benehmen. Kayla sagt auch, dass Frauen kein Kopftuch zu tragen brauchen. Sie selbst macht es auch nicht.‹ Ich ärgerte mich ein wenig, weil ich mich auf einmal so fühlte, als müsste ich mich verteidigen.

›Es tut mir leid, aber deine Kayla scheint wenig Ahnung vom Islam zu haben. Du kannst es selbst im Koran nachlesen, wenn du es mir nicht glaubst. Lies die Sure 33, Vers 59. In der Sure 24 findest du auch noch was dazu.‹

Irrte ich mich oder wirkte er verärgert? Mist. Es wäre doch besser gewesen, wir hätten sofort geskypt. Es war doch immer etwas anderes, wenn man denjenigen sah und hörte, mit dem man solche wichtigen Dinge besprach.

›Sei bitte nicht sauer. Ich bin sicher, dass du recht hast. Für mich ist das alles noch neu.‹

›Das weiß ich doch, Habibti. Du musst noch so viel lernen, aber ich helfe dir dabei. Der Islam ist eine Religion mit vielen Regeln, die auf wirklich alles eine Antwort geben. Das kann man nicht von einem Tag auf den anderen beherrschen. Du bemühst dich und das ist die Hauptsache. Denke daran, dass jetzt immer zwei Engel in deiner Nähe sind.‹

›Engel?‹

›Sie sitzen auf deinen Schultern. Einer sammelt deine guten Taten und der andere die schlechten. Sie sehen alles, was du tust. Alles! Nach deinem Tod wird geprüft, ob du mehr gut als schlecht warst. Wenn du gut warst, kommst du ins Paradies. Wenn die schlechten Taten überwiegen, hast du ein Problem. Dann kommst du in die Hölle. Das willst du doch nicht, oder?‹

Ich hielt die Luft an und mir schwirrte ganz schön der Kopf. Dass ich mir mit dem Übertritt zum Islam quasi zwei Aufpasser mit eingehandelt hatte, war mir nicht klar gewesen. Ab sofort musste ich noch mehr darauf achten, alles richtig zu machen. In die Hölle wollte ich ganz bestimmt nicht kommen.

Ich tippte: ›Nein, ich will ins Paradies!‹ Mit dir, schob ich in Gedanken hinterher.

›Dann hör auf mich. Ich kenne den Koran in- und auswendig. Meine Brüder hier nehmen es damit sehr genau. Wir wenden die Regeln so an, wie der Prophet Mohammed sie vor fünfzehn Jahrhunderten formuliert hat. Unsere heilige Schrift ist für die Ewigkeit. Mehr brauchen wir nicht.‹

›Ich bin froh, dass du dich im Islam so gut auskennst. Ich habe noch viele Fragen.‹

›Prima, Baby. Ich muss jetzt leider gehen. Wir haben ja noch viel Zeit für alles.‹

Ich seufzte und war dankbar dafür, dass Abu Salman in mein Leben getreten war. Er hatte Mut und setzte sich für das ein, was ihm wichtig war. Außerdem war er klug und dachte über so vieles nach.

Dass nach dem Tod das Paradies wartete, tröstete mich. Hoffentlich war Papa jetzt an diesem schönen Ort, er war ein so guter Mensch gewesen. Wenn ich mich nur bemühte, bestand vielleicht die Chance, dass wir uns dort wiedersahen. Abu Salman würde mir dabei helfen, ein so guter Mensch zu sein, dass das Paradies auf mich wartete. Schließlich wusste er so gut Bescheid. Ich kannte nicht viele Menschen, für die der Tod und was danach kam überhaupt ein Thema war. Die meisten lebten doch, als gäbe es den Tod gar nicht. Für Abu Salman schien die Zeit nach dem Tod fast wichtiger zu sein als das Leben. ›Wir kämpfen, um im Jenseits unseren Frieden zu erlangen‹, hatte er mir mal geschrieben.

Für ein paar Minuten genoss ich die innere Ruhe, die sich über mich gelegt hatte, dann holte ich den Koran vom Bücherregal. Viel lieber hätte ich ihn neben mir auf den Nachttisch gelegt, aber das traute ich mich nicht. Die Angst, wieder Kommentare von Mama zu provozieren, war zu groß.

Als ich mein Telefon ausmachen wollte, fiel mir wieder ein, dass Abu Salman mir geschrieben hatte, wo etwas über das Kopftuch stand. Ich blätterte im Koran und fand schnell die Strophen im Koran, die er Suren genannt hatte.

Aufmerksam las ich den langen Text und fand in Vers 31 eine Stelle, in der es hieß: »Und sag den gläubigen Frauen, sie sollen ihre Augen niederschlagen … und ihre Tücher über ihre Busen ziehen.«

Bei diesen Worten konnte ich mir ein leises Kichern nicht verkneifen. Man merkte, dass dieser Text vor mehr als tausend Jahren geschrieben worden war. So sprach doch heute kein Mensch mehr, und es trug auch niemand mehr Tücher, die man über den Busen ziehen konnte. Dann aber musste ich an die YouTube-Videos denken, die ich mir zum Islam angesehen hatte. Einige der Mädchen und Frauen in diesen Videos waren ganz in dunkle Tücher gehüllt gewesen. Ich hatte mich noch darüber gewundert, wie sie es bei Sommerhitze darunter aushielten. Gelegentlich sah ich auch in Berlin Frauen so rumlaufen. Begründeten die ihren merkwürdigen Kleidungsstil tatsächlich mit diesen Sätzen im Koran? Ich hätte gern mit Abu Salman darüber gesprochen, aber er hatte ja geschrieben, dass er losmusste und keine Zeit mehr hatte. Wie passte das alles zusammen? Was er mir erzählt hatte, stand tatsächlich im Koran. Kayla dagegen war sich doch sicher, dass Musliminnen kein Kopftuch tragen *mussten*. Obwohl ich Kayla viel länger kannte und sie meine beste Freundin war, sah es so aus, als ob Abu Salman recht hatte. Spätestens am Montag musste ich unbedingt mit Kayla reden. Vielleicht hatte ich was falsch verstanden oder nicht die richtige Stelle gelesen. Ich stand ja erst ganz am Anfang.

Um mich abzulenken, steckte ich mir die Kopfhörer meines Telefons in die Ohren, merkte aber ziemlich schnell, dass mich die Musik von Ed Sheeran heute nicht entspannte. Also schlich ich mich über den Flur ins Bad, um mir die Zähne zu putzen. Zum Glück kam Mama nicht aus dem Wohnzimmer, um mir eine gute Nacht zu wünschen. Ich hatte keine Lust auf weitere Fragen, mein Kopf war voll mit all den neuen Regeln und Vorschriften und dem, was das für mich bedeutete.

Vor dem Einschlafen dachte ich an Abu Salman in Syrien. Jeden Tag verblüffte es mich aufs Neue, dass jemand, der so toll aussah und auch noch klug wie er war, sich für mich interessierte. Er schien den Koran tatsächlich in- und auswendig zu kennen. Hoffentlich träume ich heute Nacht von ihm, wünschte ich mir, als ich mich beim Einschlafen an Missy kuschelte.

GANZ ODER GAR NICHT

Am Montag konnte ich es gar nicht erwarten, in Ruhe mit Kayla zu sprechen. In der Hofpause passte ich sie ab.

»Hey, Kayla, ich habe noch viele Fragen zum Islam«, flüsterte ich an ihrem Hals.

»Jetzt mal langsam. Hallo erst mal«, sagte sie und gab mir ein Küsschen auf die Wange. »Hattest du einen schönen Sonntag?«

»Ja, prima. Ich war laufen und habe mich mit dem Islam beschäftigt. Es ist ja am Anfang ganz schön viel auf einmal, diese ganzen Gebete und Waschungen und so. Ich habe auch noch mal über das Kopftuchtragen nachgedacht. Am Samstag in der Moschee hatte ich zum ersten Mal eins um und es hat mir ganz gut gefallen. Hat Yassin dir erzählt, dass ich das Kopftuch sogar noch aufhatte, als ich nach dem Gebet bei der Essensausgabe geholfen habe?«

Kayla schüttelte den Kopf.

»Ja, sogar in der U-Bahn habe ich es noch mal aufgesetzt. Hier, ich habe ein Selfie davon gemacht.« Ich holte mein Telefon aus der Tasche und zeigte ihr das Foto.

»Nettes Bild. Das Kopftuch steht dir.« Kayla sah mich prüfend an. »Warum zeigst du mir das? Du überlegst doch nicht, immer eins zu tragen, oder?«

»Ich bin nicht sicher. Das wäre schon ein großer Schritt, aber ich möchte alles richtig machen. Das ist doch wichtig im Islam, die Regeln zu befolgen.«

Kayla nickte. »Wenn du ins Paradies kommen willst, schon.«

Ich konnte mir ein triumphierendes Lächeln nicht verkneifen. »Siehst du. Und im Koran steht, dass sich Frauen bedecken sollen oder so ähnlich.«

Sie riss die Augen weit auf und musterte mich. »Wo hast du das denn her?«, fragte sie amüsiert. »Du warst doch erst einmal in der Moschee.«

»Ich habe den Koran gelesen, den du mir gegeben hast. Und weil Yassin fand, dass mir das Kopftuch steht, hat es mich interessiert. Also habe ich gesucht und einen Hinweis auf die entsprechenden Passagen im Koran gefunden. Die habe ich dann nachgeschlagen. Da stand eindeutig was von Tüchern.«

Jetzt hatte ich schon wieder gelogen. Saß nun wirklich einer der Engel auf meiner Schulter und machte einen Strich auf seiner

Liste? Waren Notlügen auch nicht erlaubt? Ich hätte doch Kayla unmöglich die Wahrheit sagen können. Sie durfte von Abu Salman unter keinen Umständen erfahren. Dieser Entschluss war mir nicht leichtgefallen, aber jetzt konnte ich sowieso nicht mehr zurück. Wenn rauskam, dass ich ihr verschwiegen hatte, dass ich ihn schon länger kannte und jeden Tag mehrmals mit ihm chattete, konnte ich unsere Freundschaft vergessen. In Gedanken bat ich meinen Engel um Vergebung.

»Kann schon sein, dass das da steht. Das heißt aber noch lange nicht, dass man das heute auch so machen muss. Der Koran ist uralt. Damals haben die Menschen ganz anders gelebt. Wahrscheinlich war es zu der Zeit der letzte Schrei, sich in Tücher zu wickeln. Ich werde mir jedenfalls kein Tuch über den Kopf und den Busen ziehen, nur weil das vor mehr als tausend Jahren angesagt war«, schnaubte Kayla.

»Warum bist du dann Muslima, wenn dir die Regeln der Religion nicht gefallen?«

Sie warf mir einen spöttischen Blick zu und sagte lachend: »Hey, was soll das denn jetzt bitte? Da nimmt man dich einmal mit in die Moschee und schon bist du Islamexpertin, oder was?«

Ich boxte ihr scherzhaft in den Oberarm, obwohl mir überhaupt nicht nach Lachen zumute war. »Mach dich nur lustig über mich.« Nun schmunzelte ich doch. »Kann ich ja verstehen, es ist wirklich alles noch neu für mich. Das mit den Tüchern habe ich aber schwarz auf weiß im Koran gelesen. Also, warum trägst du kein Kopftuch?«

»Man muss doch nicht jeden Buchstaben dieses alten Textes umsetzen, um Allah zu zeigen, dass man ihn liebt und ein guter Muslim ist. Da gibt es doch wirklich wichtigere Dinge, als sich ein Tuch um den Kopf zu wickeln.«

Ich wollte ihr gern glauben, aber meine Skepsis war immer

noch da. »Wenn die Regeln im Islam so wichtig sind, geht es doch nicht, dass jeder seine eigenen macht.«

»Süße, du kannst machen, was du willst. Trag ein Kopftuch oder auch nicht. Mich kriegst du jedenfalls nicht dazu. Allah liebt mich so, wie ich bin, da bin ich sicher.« Kayla fing an zu summen, und ich war verblüfft, weil ich die Melodie nicht kannte.

»Never give up … Allah loves you …«, half Kayla mir auf die Sprünge. »Das ist ein toller Song von Deen Squad.«

»Hört sich gut an. Den werde ich mir am Nachmittag gleich mal runterladen. Die Liebe hat mich schließlich zum Islam gebracht.« Ich biss mir auf die Lippe, aber Kayla hatte genau zugehört und sah mich erstaunt von der Seite an.

Na super. Die Bemerkung hätte ich mir verkneifen sollen.

Kayla setzte zu einer Erwiderung an, aber der Gong kündigte die nächste Unterrichtsstunde an. Wir rannten los, um nicht zu spät zu kommen, und betraten den Klassenraum nur wenige Augenblicke vor Herrn Paulmann.

Die Deutschstunde war wie immer gähnend langweilig. Wen interessierten schon irgendwelche Reimformen? Das konnte man doch alles im Internet nachgucken, falls man es überhaupt jemals brauchte. Ich dachte an das Gespräch mit Kayla. Sie schien sich die Regeln des Islam zusammenzubasteln, wie es ihr gefiel. Wenn Kayla kein Kopftuch tragen wollte, erklärte sie die Regel einfach für überholt. Das war sicher nicht im Sinne des Propheten. Und Abu Salman war ja auch absolut dagegen.

Ich wollte keine eigenen Regeln. Da hätte ich auch gleich Atheistin bleiben können. Wenn schon, dann wollte ich alles richtig machen und mich vollkommen auf den Islam einlassen, mit allem, was dazugehörte. Mein Gefühl sagte mir, dass das mein Leben zum Positiven verändern würde. Und ein wenig fühlte es sich auch so an, als hätte dieser Prozess bereits begonnen.

In der nächsten Pause checkte ich die Nachrichten auf dem Handy. Abu Salman hatte mir an diesem Vormittag bereits mehrmals geschrieben.

›Baby, wie läuft's in der Schule?‹

Und: ›Ich denke an dich.‹

Er hatte ein Foto von sich beigefügt, auf dem er mit strahlenden Augen in die Kamera lachte. Wie immer sieht er unwiderstehlich aus, dachte ich und strich zärtlich über das Bild.

»Mein Löwe«, flüsterte ich fast lautlos, damit mich niemand hörte. »Ich möchte dir ganz nah sein.«

Dann sah ich mich um, ob mich niemand beobachtete, und tippte: ›Die Schule ist laaaangweilig. Ich denke schon den ganzen Morgen an dich. Du hattest übrigens recht mit dem Koran. In den Suren, die du mir genannt hast, steht was über das Kopftuch. Ich hab's nachgelesen. Du bist der Klügste!‹

Er antwortete sofort: ›Siehst du. Das nächste Mal hörst du gleich auf mich.‹

›Das mache ich. Versprochen!‹

›Wollen wir morgen Nachmittag skypen? Wie ist dein Username?‹

Ich schickte ihm die Info und verbrachte die anschließende Biologiestunde mit einem breiten Grinsen im Gesicht. Frau Bergmann wunderte sich bestimmt, aber das war mir egal. Ich war verliebt und glücklich.

ERSTES DATE

Am nächsten Nachmittag saß ich am Computer und wartete ungeduldig, dass Abu Salman sich meldete. Natürlich hatte ich mir wieder den Baumwollschal um den Kopf gewickelt, der ihm so gut gefallen hatte. Das ungewohnte Gefühl und die Angst, dass Mama mich so erwischen könnte, machten mich nervös, und ich nestelte immer wieder daran herum. Hoffentlich gefiel ich ihm und hoffentlich hatte er nicht ganz andere Vorstellungen von mir. Auf meinem Facebook-Foto und den Selfies war ich nicht besonders gut zu erkennen, beim Skypen jedoch würden wir uns quasi gegenübersitzen.

Als mir klar wurde, dass ich mich fühlte wie bei einem ersten Date, schlug mein Herz bis zum Hals. Ich versuchte, die Aufregung wegzuatmen, aber ich war froh, dass ich überhaupt noch Luft bekam, so zugeschnürt war meine Kehle. Zum zehnten Mal rannte ich zum Spiegel und überprüfte, ob ich mit dem Kopftuch gut aussah, dann endlich kündigte Skype einen eingehenden Anruf an.

Mit zitternden Fingern klickte ich mit der Maus, um das Gespräch anzunehmen, und erstarrte, als auf dem Bildschirm die blauen Augen auftauchten, die ich bisher nur in Videos und auf Fotos gesehen hatte. Abu Salman guckte irritiert, und ich fragte mich sofort, ob ich ihm nicht gefiel.

Schon traten mir vor Enttäuschung die Tränen in die Augen, als er sagte: »Entschuldige, Aisha. Ich muss hier noch kurz was regeln.«

Ich blinzelte kurz und beobachtete, dass er den Kopf wandte und ein paar Worte auf Arabisch sagte, die ich nicht verstand. Eine Männerstimme antwortete und dann drehte er sich wieder zu mir.

»Wow, du bist noch hübscher, als ich es erwartet habe. Schön, dass wir uns endlich sehen und miteinander sprechen.«

»Ich freue mich auch«, sagte ich und hörte, wie dünn meine Stimme klang. Inzwischen spürte ich das Hämmern meines Herzens im ganzen Körper. Mein Kopf war wie mit Watte ausgestopft und ich hätte Abu Salman am liebsten nur angestarrt. Er sah noch viel besser aus als in meiner Vorstellung. Noch nie in meinem Leben hatte ich mit einem so männlichen Typen zu tun gehabt. Er strahlte eine unglaubliche Sicherheit aus, die bisher immer sofort auf mich übergegangen war. Heute klappte das anscheinend nicht, denn ich merkte, wie meine Beine zitterten.

Als ob er meine Gedanken lesen könnte, sagte er jetzt: »Bist du aufgeregt, Habibti? Du erinnerst mich an meine Schwester. Sie ist genauso süß und unschuldig wie du.«

Ich nickte. »Ja, es ist so spannend, dich jetzt wirklich zu sehen. Du siehst so gut aus.«

»Danke. Hattest du heute einen schönen Tag? Was hast du gemacht?«

»Nichts Besonderes. Ich war in der Schule, aber der Unterricht war so langweilig wie immer. Es kommt mir vor, als würde sich jeder Tag immer wieder aufs Neue wiederholen. Als wäre alles genau so schon einmal passiert. Kennst du das?«

»Nein, hier ist immer ziemlich viel los. Aber ich verstehe trotzdem, was du meinst. Als ich noch in Schweden gelebt habe, da hatte ich auch immer das Gefühl, mir würde irgendwas fehlen. Trägst du in der Schule dein Kopftuch?«

Ich schüttelte den Kopf und hatte ein schlechtes Gewissen. »Nein. Bisher weiß nur Kayla von meinem Übertritt zum Islam.«

»Warum erzählst du das nicht? Es sind doch gute Neuigkeiten, dass du zu Allah gefunden hast. Mit ihm kannst du ins Paradies kommen und musst nicht mit den Kuffar, den Ungläubigen, in der Hölle schmoren.«

»Meine Mutter ist auch eine Ungläubige. Sie glaubt an gar nichts. Sie hält Religion für überflüssig, den Islam findet sie besonders abwegig, das hat sie mir neulich gesagt. Der Sohn einer Bekannten ist konvertiert und meine Mutter war völlig schockiert. Für sie scheint der Islam schlimmer zu sein, als wenn ich Drogen nehmen würde. Jetzt macht sie sich Sorgen, weil ich auch kein Schweinefleisch mehr esse. Wahrscheinlich hat sie Albträume, dass ich irgendwann mit Kopftuch rumlaufen könnte.«

»Ich kann es mir vorstellen«, sagte Abu Salman und lachte. Seine Zähne waren wie eine blendend weiße Perlenkette in dem von der Sonne verbrannten Gesicht. Wenn ich bei ihm wäre, würde ich darauf bestehen, dass er sich immer ordentlich mit Sonnenschutz einrieb. Überhaupt würde ich gut auf ihn aufpassen. Und er auf mich.

»Wie alt bist du jetzt? Fünfzehn?«, riss mich seine Stimme aus den Gedanken.

Ich schluckte und streckte das Kinn vor. Was, wenn ihm auf einmal einfiel, dass er mich zu jung fand? Zögernd nickte ich.

»Dann ist doch alles gut. Mit fünfzehn kannst du deinen Glauben selbst wählen, und du hast dich doch für den Islam entschieden, oder?«

»Ja, das habe ich«, sagte ich fest.

»Weißt du, was das Wort ›Islam‹ bedeutet?«

Ich schüttelte den Kopf und musste mir eingestehen, dass ich mir diese Frage nie gestellt hatte.

»Es bedeutet ›Unterwerfung‹. Ein Muslim muss sich ohne Widerspruch an die Regeln halten und Allah aufrichtig dienen.«

»Das will ich ja.«

»Dann wirst du es auch schaffen«, sagte er und lächelte. »Es kommt nicht darauf an, ob deine Mutter davon begeistert ist.

Entscheidend ist nur, wie stark dein Glaube an Allah ist. Mein Glaube ist so stark, dass ich bereit bin, dafür zu kämpfen und zu sterben, wenn das Allahs Wille ist.«

Meine Hände waren inzwischen so nass vor Schweiß, dass ich sie unauffällig an meiner Jeans abwischte. Auch mein Glaube war stark. Ich wollte so gern, dass er mich ernst nahm.

»Es ist toll, wie stark dein Glaube ist. Ich bewundere dich dafür und wäre gern ein wenig so wie du«, erwiderte ich.

Er streckte den Arm aus und strich mit der Fingerspitze über die Kameralinse. Dabei spannten sich seine Muskeln ein wenig an und mir wurde heiß. Unter seinem Oberteil zeichnete sich sein breiter Brustkorb ab, und ich stellte mir vor, wie er mich vor allen Gefahren beschützte.

Werd bloß nicht rot, ermahnte ich mich. Konzentrier dich lieber auf den Islam.

»Dein Glaube kann auch so stark werden wie meiner. Dafür schickt dir Allah Prüfungen, die du bestehen musst. Deine Mutter ist bestimmt so eine Prüfung.«

Ja, vielleicht war sie das wirklich. Vielleicht musste das alles so sein.

»Gut möglich, aber ich werde diese Prüfung bestehen. Du kannst dich auf mich verlassen.«

»Brauchst du Unterstützung?«

Vor Erleichterung über sein Angebot kamen mir schon wieder die Tränen. Wie konnte es sein, dass er mir so sehr beistand? »Ich bin dir so dankbar und kann jede Hilfe gebrauchen.«

Er beugte sich vor, als wollte er mich umarmen. Automatisch rückte ich ebenfalls ein Stück näher zum Bildschirm.

»Meine Brüder haben eine großartige Moschee in Berlin. Sie kümmern sich gerne um junge Muslime wie dich und helfen bei den ersten Schritten. Das ist ja alles nicht so leicht, besonders, wenn man in einer anderen Kultur aufgewachsen ist.«

Es war schön, dass er so viel Verständnis für mich hatte, und ich hätte mich am liebsten in seine starken Arme gekuschelt.

Abu Salman lächelte, als könnte er meine Gedanken lesen. »Der Imam, Abu Ilhan, kann den Koran toll erklären. Ich hatte selbst einige Zeit Unterricht bei ihm, als ich in Deutschland war. Soll ich ihm deine Nummer geben?«

»Das wäre wirklich toll. Ich freue mich, wenn er sich bei mir meldet.«

»Er ruft dich bestimmt an. Versprochen. Mach dir keine Sorgen wegen deiner Mutter.«

Bei diesen Worten sah er mich fest an. Seine faszinierenden Augen zogen meinen Blick wie ein Magnet an, und ich hatte das Gefühl, in ihnen zu versinken. Endlich das gefunden zu haben, was ich schon so lange suchte. Für eine Sekunde, eine Minute oder eine Ewigkeit hörte alles andere auf zu existieren. Es gab keine Gedanken mehr an Mama, die Schule, an Kayla, noch nicht einmal mehr an Papa.

Abu Salman lockerte schließlich seinen Blick und gab mich frei. »Du bist wirklich ein tolles Mädchen. Du siehst nicht nur süß aus, sondern hast auch eine schöne Seele. Ich hatte gleich so ein Gefühl und habe es jetzt in deinen Augen gesehen. Der Charakter einer Frau ist wichtiger als ihr Aussehen, hat schon unser Prophet gesagt.« Er grinste jetzt ein wenig verschmitzt. »Natürlich schadet es nicht, dass du auch noch sehr hübsch bist.«

»Findest du mich wirklich hübsch?« Ich konnte das gar nicht oft genug hören.

»Sehr sogar. Hier wären alle Männer verrückt nach dir, ich will dich aber nur für mich haben. Du bist mein Juwel, so rein.« Er sah mir erneut in die Augen. »Ich meine es ernst, Aisha. Ich will mit dir zusammen sein.«

Seine Worte brachten mein Blut zum Kochen, und ich merkte,

dass ich über das ganze Gesicht strahlte. »Ich finde dich auch toll, aber wie können wir zusammen sein?«

»Wir finden eine Lösung. Das verspreche ich dir.«

»Ich wünsche es mir so sehr.«

Er erzählte mir noch ein wenig davon, wie heiß es im Augenblick in Syrien war und dass er in der mörderischen Hitze über eine Stunde auf einen Lastwagen gewartet hatte. Ich hörte ihm zu, obwohl nicht viel von dem, was er sagte, bei mir ankam. Meine Gedanken waren viel zu sehr mit dem beschäftigt, was er vorher gesagt hatte. *Wir finden eine Lösung, das verspreche ich dir.*

Irgendwann beendeten wir den Skype-Call, und ich blieb vor dem Monitor sitzen, der wieder den Screensaver mit Missys Foto zeigte. Abu Salmans Gesicht erschien mir wie eine Fata Morgana. Wie gern hätte ich ihn festgehalten, ihn hier bei mir behalten, in meinem Zimmer. Als einzige Verbindung zu ihm blieb jetzt lediglich dieses neue Gefühl in meinem Herzen. Als er mich so eindringlich angesehen hatte, war zwischen uns etwas eingerastet. Wie eine Kette mit einem Schloss, das zugeschnappt war. Ich gehörte jetzt ihm und es fühlte sich gut an.

IM WEDDING

Die nächsten Tage verbrachte ich wie in Trance. Ununterbrochen dachte ich an Abu Salman, der mir mehrmals am Tag Nachrichten schickte. Es gab nichts anderes mehr. Nichts, was auch nur annähernd so wichtig war wie er. Wenn ich nicht in der Schule war, verschlang ich den Koran von vorne bis hinten und lernte die arabischen Gebete auswendig. Beim Beten fühlte ich mich ihm besonders nah. Dann stellte ich mir vor, dass wir nebeneinanderknieten, und gab mir große Mühe, alles richtig zu machen. Er sollte stolz auf mich sein.

Wir redeten darüber, wie gern wir zusammen sein würden. Wie sehr wir uns nach einander sehnten. Immer wieder versprach mir Abu Salman, dass er nach einer Lösung suchte. Und dann zog ich an einem der vielen Tage ohne ihn auf dem Nachhauseweg von der Schule mein Telefon aus der Tasche und öffnete die Nachricht, die endlich etwas in Bewegung brachte.

›Hallo, Aisha, ich bin Abu Ilhan, ein Freund von Abu Salman. Darf ich dich heute Nachmittag anrufen? Ich würde dich gerne in unsere Moschee im Wedding einladen.‹

Ich wusste sofort, worum es ging.

›Klar. Das können Sie machen‹, schrieb ich zurück. ›Ich freue mich.‹

Am späten Nachmittag klingelte mein Handy, und ich riss es aus der Tasche, um den Anruf anzunehmen.

»Hallo, Aisha, kannst du sprechen? Bist du allein?«

»Ja, ich bin in meinem Zimmer.«

»Hast du am Freitagnachmittag Zeit, in unsere Moschee zu kommen? Du könntest am Freitagsgebet teilnehmen und anschließend würde ich dir und anderen jungen Muslimen etwas über den Koran erzählen.« Abu Ilhan hatte eine angenehme, tiefe Stimme und ich fasste sofort Vertrauen zu ihm.

»Das hört sich gut an. Ich komme gerne. Wann fängt es an und wo soll ich hinkommen?«

Er gab mir eine Adresse im Stadtteil Wedding. Für einen Moment zögerte ich, weil es knapp werden könnte. Wenn ich aber direkt nach der Schule losfuhr und nichts dazwischenkam, konnte es klappen.

Abu Salman freute sich, als ich ihm davon berichtete, und versprach mir, dass ich mich in der Gemeinschaft wohl und aufgefangen fühlen würde.

Die Tage bis zum Freitag zogen sich wie Kaugummi, und Mama machte mir ständig Vorwürfe, dass ich so gereizt und unaufmerksam war.

Als der Tag endlich gekommen war, überlegte ich, wie ich mich am besten anziehen sollte. Für die Moschee brauchte ich auf jeden Fall andere Kleidung als die, die ich normalerweise in der Schule trug. Unschlüssig stand ich vor meinem Kleiderschrank und ärgerte mich, dass ich nicht schon vorher darüber nachgedacht hatte. Gerade wollte ich meine üblichen Jeans anziehen, zögerte dann aber doch. Was würde Abu Salman machen?, überlegte ich. Er steht zu Allah und hält sich an die Regeln. Er würde es nicht gut finden, wenn ich heimlich unterwegs meine Kleidung wechselte. Ich musste endlich dazu stehen, dass ich jetzt Muslima war, das hatte er mir gesagt. Also schnappte ich mir den Rock und die Tunika, die ich schon in Kaylas Moschee getragen hatte. Außerdem wickelte ich mir mein hellblaues Lieblingstuch um den Kopf.

Mama trank im Stehen einen Kaffee in der Küche. »Ich habe einen Arzttermin und bin schon spät dran.« Sie hob den Blick und stutzte. »Was hast du denn da auf dem Kopf? Trägt man das jetzt statt Mütze?«

Ich lachte, obwohl mir vor Aufregung richtig schlecht war. »Nein, das ist keine Kapuze oder so was. Ich möchte heute zum Freitagsgebet in die Moschee und gehe schon so in die Schule.«

Sie verschluckte sich und starrte mich so entsetzt an, dass ich mich fragte, ob sie den Kaffee wieder ausspucken würde. »Du gehst mit einem Kopftuch in die Schule? Bist du irre geworden?«

»Nein, bin ich nicht. Das ist doch nichts Besonderes, sondern einfach nur ein Kopftuch. Ein Tattoo wäre schlimmer, oder? Das hast du zumindest bisher immer gesagt. Ein Tattoo wäre das Allerschlimmste.«

»Richtig, das habe ich gesagt. Da wusste ich ja noch nicht, dass es noch schlimmer kommen kann.« Sie warf einen Blick auf die Uhr und griff nach ihrer Handtasche. »Wir reden später darüber. Aber sei dir sicher, dass ich das nicht dulden werde.«

Ich nickte stumm und wartete auf wackligen Beinen, dass sie endlich ging.

An der Tür drehte sie sich noch einmal nach mir um. »Du wirst schon merken, was du davon hast. Deine Mitschüler werden sich über dich lustig machen.«

»Das werden wir ja sehen«, sagte ich, aber mir wurde klar, dass Mama damit wahrscheinlich recht hatte. In der Schule trugen längst nicht alle Musliminnen ein Kopftuch und erst recht kein anderes deutsches Mädchen.

Als meine Mutter weg war, ging es mir zwar ein wenig besser, aber das mulmige Gefühl hatte sich in meiner Magengegend festgesetzt und wollte nicht weichen. Ich rührte mir ein paar Cornflakes in kalte Milch, schüttete aber nach ein paar Bissen alles weg. Der Appetit war mir gründlich vergangen. Als ich die Schale ausspülte, beobachtete ich das Wasser, das im Abfluss verschwand. Vielleicht hatte ich ja vor ein paar Minuten gerade Allahs erste Prüfung bestanden. Schließlich war ich standhaft geblieben und hatte mich zu seiner Religion bekannt. Und so schwer war es nicht gewesen. Wenn meine Mitschüler lästerten oder mich auslachten, würde ich das auch überstehen. Dass Abu Salman zu mir hielt, was das Wichtigste, nur ihn wollte ich nicht enttäuschen.

»Allah loves you«, sang ich auf dem Schulweg vor mich hin, um mir Mut zu machen. Allah wollte diese Kleidung und würde mich ganz sicher davor bewahren, dass ich Probleme damit bekam.

Vor dem Schulgebäude lief ich Kayla in die Arme. Ich dankte Allah, dass ich nicht allein in den Klassenraum gehen musste.

»Hey, Allah Girl«, sagte Kayla. »Ich glaube es ja nicht. Du trägst jetzt tatsächlich ein Kopftuch!«

Ich kicherte, weil mir der Ausdruck »Allah Girl« gefiel. »Irgendwann muss ich ja damit anfangen.«

Sie riss die Augen auf. »Du willst jetzt *immer* eins tragen? Im Ernst?«

»Ja, ich will mich an die Regeln des Islam halten. Sonst hätte ich ja Atheistin bleiben können.«

Als wir beim Klassenraum angekommen waren, ließ Kayla mir den Vortritt. Ich sah noch, wie sie den Kopf schüttelte, dann ging ich schnell zu meinem Platz und setzte mich mit einer künstlichen Selbstverständlichkeit, als hätte ich das Kopftuch schon immer im Unterricht getragen.

Frau Wiegand sah mich zwar ein paarmal kritisch an, dann aber verging die Englischstunde wie immer. Ich beteiligte mich am Unterricht und versuchte, möglichst normal zu wirken. Als es endlich klingelte, hatte ich schon fast vergessen, dass ich anders angezogen war als sonst. Dann aber hörte ich ein paar Mädchen hinter mir tuscheln und kichern.

»Jetzt trägt sie auch noch Kopftuch!«

Mir wurde warm. Was ging die das eigentlich an? Mein Kopftuch sah auf jeden Fall besser aus als ihre missglückte erdbeerrosa Haarfarbe.

Den ganzen Vormittag über kam ich mir vor wie ein exotisches Tier im Zoo und war nicht ganz sicher, ob ich lachen oder wütend werden sollte. In der Pause lief ich schnell hinter den anderen her auf den Hof und hielt nach Kayla Ausschau, aber sie war nirgendwo zu sehen. Das war seltsam, und ich fragte mich, ob sie mir aus dem Weg ging.

Nach der Schule sauste ich los, um rechtzeitig zur S-Bahn zu kommen. Am Westkreuz musste ich umsteigen und hoffte, dass ich es rechtzeitig schaffen würde, da ich mich im Wedding nicht besonders gut auskannte. Während der Fahrt rief ich auf dem Telefon noch einmal die Wegbeschreibung auf, um wirklich sicher zu sein, dass ich nicht aus Versehen in die falsche Richtung ging, dann sagte ich in Gedanken die Gebete auf. Später in der Moschee wollte ich auf gar keinen Fall einen Fehler machen. Schließlich kannte Abu Salman den Vorbeter, und es war gut möglich, dass sie sich über mich austauschten.

Gerade noch pünktlich und ein wenig außer Atem erreichte ich das Haus mit der Moschee. Vor dem Eingang wartete ein Mann, der winkte, als er mich sah.

»Bist du Aisha?«

»Ja, hallo.«

»Ich bin Abu Maahir. Abu Ilhan hat mich gebeten, dich zu empfangen. Schön, dass du da bist.« Er gab mir mit festem Druck die Hand. »Wir gehen jetzt nach oben zum Freitagsgebet. Die Moschee ist hier.« Er zeigte auf mehrere Fenster im zweiten Stock. »Warst du schon mal in einer Moschee?«

Ich nickte und war froh, nicht vollkommen ahnungslos zu sein.

»Gut, dann kennst du dich ja aus. Der Raum für die Frauen ist am Ende des Ganges. Der Imam spricht bei den Männern und ihr könnt alles auf einem Monitor verfolgen.« Grinsend hielt er mir die Tür auf.

Wir hasteten die Treppen nach oben und blieben im zweiten Stock vor einer weißen Tür stehen, die mit Graffiti beschmiert war. Aus dem Raum neben der Eingangstür war Gemurmel zu hören. Mein Begleiter deutete den Gang hinunter und ging selbst in das Zimmer, aus dem die Stimmen kamen.

Ich öffnete die andere Tür und huschte in den Gebetsraum der Frauen. Eine ältere Muslima winkte mich neben sich und dann fing auch schon das Gebet an.

»Ashadu alla ilaha illallahu wahdahu la scharika lahu wa aschhadu anna muhammadan«, beteten wir.

Mit Erleichterung stellte ich fest, dass es diesmal alles nicht ganz so fremd war, weil ich inzwischen mehr Routine hatte und mich nicht mehr auf jedes Wort konzentrieren musste.

Verstohlen hob ich meinen Kopf und sah mich um. Die Frauen waren anders gekleidet, als ich das von dem Moschee-Besuch mit Kayla kannte. Ich hatte als Einzige ein farbiges Kopftuch, die anderen trugen mindestens eine schwarze Kopfbedeckung, einige waren ganz in Schwarz gehüllt. Beim nächsten Mal würde ich auf jeden Fall auch ein dunkles Tuch nehmen, um keine Aufmerksamkeit auf mich zu ziehen.

Nach dem Gebet ging ich mit den anderen Frauen in den Flur. Die Frau, die mir Platz gemacht hatte, lächelte mir freundlich zu und sprach mich an. »Ich bin Kabirah. Bist du neu hier? Ich sehe dich heute zum ersten Mal.«

Ich nickte und wusste nicht genau, ob es ein gutes Zeichen oder ein schlechtes Zeichen war, dass man mir meine Unerfahrenheit sofort ansah.

»Bist du ein deutsches Mädchen?«

»Ja, ich heiße Anna. Aisha«, verbesserte ich mich.

»Da wird Malika sich freuen. Sie hieß früher Melanie und ist bisher die einzige Deutsche. Sie ist mit einem unserer Brüder verheiratet und wird ihm bald nach Syrien folgen. Sie steht dort drüben.« Kabirah deute auf eine Frau im Niqab, die mit anderen ebenfalls verschleierten Mädchen zusammenstand. »Komm, ich stelle dich ihr vor.«

Sie eilte voraus, und ich folgte ihr, weil ich nicht unhöflich sein wollte.

»Malika, du musst Aisha kennenlernen. Sie gehört jetzt zu unserer Gemeinde, unserer Umma.«

Die Frau, von der ich nicht einmal erahnen konnte, wie alt sie war, streckte mir die Hand entgegen und sah mich durch den Sehschlitz ihres Schleiers eindringlich an. Ich kam mir vor, als würde ich geprüft werden, und es war mir unangenehm. Worum ging es? Wollte sie mich einschätzen? Das ungute Gefühl trieb mir einen kalten Schauer über den Rücken, und ich wollte schon den Blick senken, um den stechenden grauen Augen zu entfliehen, als sie sagte: »Willkommen, Aisha. Gehst du anschließend zum Koranunterricht bei unserem Imam?« Ihre Stimme klang viel jünger, als ich gedacht hatte.

Ich nickte und versuchte, mich zu entspannen. »Ja, der wurde mir empfohlen.«

»Das ist ja interessant. Von wem denn?«

Was hatte ich jetzt schon wieder angestellt? Sollte ich dieser fremden Frau von Abu Salman erzählen? Es war unwahrscheinlich, dass sie gemeinsame Bekannte hatten, aber sicher wusste ich es nicht. »Von einem Freund«, sagte ich daher nur und winkte ab.

»Ein Freund? Vielleicht kenne ich ihn.«

»Das glaube ich nicht. Er lebt in Syrien.«

»Aha«, sagte sie und schrieb etwas auf einen Zettel, den sie mir in die Hand drückte. »Hier ist meine Telefonnummer. Du kannst mich jederzeit anrufen, wenn du Fragen hast. Gibst du mir deine?«

Auch wenn mir dabei nicht ganz wohl war, wollte ich nicht zögern und tippte Malikas Nummer in mein Handy ein. Dann ließ ich es bei ihr klingeln. »Jetzt hast du meine Nummer.«

»Prima, wir bleiben in Kontakt«, sagte sie und tätschelte meine Schulter.

»Aisha, da bist du ja«, hörte ich eine männliche Stimme hinter mir und drehte mich um. Ein großer, hagerer Mann mit einem Käppi auf dem Kopf und grauem Vollbart stand vor mir und lächelte warm. »Ich bin Abu Ilhan, der Imam. Komm, hier geht's zum Koranunterricht.«

Der Raum, den wir betraten, war etwa so groß wie ein Klassenzimmer und wurde von einer einzigen Deckenlampe erhellt.

Auch die Tische und Bänke erinnerten mich an die Schule. Eigenartig war nur, dass auch hier Jungs und Mädchen getrennt voneinander saßen.

Zwei Mädchen mit dunkelgrünen Kopftüchern sahen einander so ähnlich, dass sie Schwestern sein mussten. Die Jungs schossen kleine Papierkügelchen durch die Gegend und handelten sich umgehend einen mahnenden Blick von Abu Ilhan ein. Er wies mir einen Platz in der dritten Reihe zu.

Ein Stück weiter links saß ein dunkelhaariger Junge, der gerade seinen Sitznachbarn fragte: »Was macht man bei Kopfschmerzen?«

»Kopf abschlagen«, antwortete der andere Junge, was zu schallendem Gelächter führte.

Jungs haben manchmal einen ätzenden Humor, dachte ich. Wer erzählte schon Witze übers Kopfabschlagen?

»Schluss jetzt!«, rief der Imam, und es wurde sofort ruhig. »Heute begrüßen wir unsere neue Schwester Aisha. Sie ist gerade zum Islam übergetreten und kann eure Hilfe gebrauchen.«

Dann fing der Unterricht an. Es ging um einen Text, in dem Gott Moses einen Stab gab, mit dem er Wunder vollbringen konnte. Der Imam erklärte uns, wie wir den Koran aufsagen sollten. Er sprach den Text melodisch vor, sodass er sich auch ohne Musik wie ein Lied anhörte. Dann wählte er Jungen oder Mädchen aus, die die Suren, wie er die Strophen im Koran nannte, nachsprechen sollten.

Zu einem Jungen sagte er: »Deine Rezitation ist wunderschön. Ich habe sie in meinem Herzen gespürt.«

Ein anderer kam nicht so gut weg. »Du darfst das nicht so runterleiern. Mehr Gefühl. Allah soll sich daran freuen.«

Ich war ziemlich erleichtert, dass ich heute nicht an die Reihe kam. Für die nächste Woche sollten wir einige Suren auswendig lernen, um sie den anderen vorzutragen. Mir war klar, dass mich das eine Weile beschäftigen würde, aber ich freute mich darauf, weil es bedeutete, dass ich etwas Neues lernen konnte. Und vor allem hätte ich etwas, wovon ich Abu Salman berichten würde.

»Was unterscheidet einen guten Moslem von einem schlechten?«, fragte der Imam gegen Ende der Stunde.

Ich ahnte, dass die Antwort etwas mit dem Befolgen von Regeln zu tun hatte, meldete mich aber nicht, weil ich mich nicht blamieren wollte, falls ich unrecht hatte.

»Die Stärke seines Glaubens und dass er sich an die Scharia, das islamische Gesetz, hält«, sagte ein Mädchen, das viel jünger wirkte als ich.

Jetzt ärgerte ich mich ein wenig, dass ich mich nicht gemeldet hatte, weil es doch genau die Antwort war, die mir in den Sinn gekommen war.

»Sehr gut«, lobte der Imam. »Du hast vollkommen recht. Nur Menschen, die an Allah und seine Gesetze glauben, sind rein, ehrlich und vorbildlich. Das Gegenteil könnt ihr euch in Berlin jeden Tag angucken. Wie die Frauen hier rumlaufen! Sie haben kaum was an und nennen es Freiheit! Nur die Scharia Gottes schützt die Frauen vor gierigen Blicken und gibt ihnen Respekt und Würde zurück. Das nenne ich Freiheit!« Sein Blick schweifte über die Koranschüler, bis er auf mir verharrte. Der Imam hob den Zeigefinger und sagte: »Die Ungläubigen müssen zur Wahrheit finden und das islamische Gesetz sich über die ganze Welt verbreiten. Gott sei Dank erkennen das immer mehr Menschen, wie unsere neue Schwester Aisha hier. Sie ist erst fünfzehn und schon so ein leuchtendes Beispiel. Allahu akbar.«

Ich spürte, wie die Hitze in mein Gesicht schoss, so sehr freute ich mich über das Lob. Jetzt war ich noch motivierter, alles schnell zu lernen und richtig zu machen.

»Habt ihr noch Fragen?« Der Imam schaute wieder aufmerksam in die Runde.

Ein kleiner Junge meldete sich. »Wie sieht Allah eigentlich aus? Ist er ein Mann oder eine Frau?«

Das war ja cool. Diese Frage hatte ich mir auch schon ein paarmal gestellt. Ich setzte mich aufrechter hin und war gespannt auf die Antwort.

Doch der Imam runzelte die Stirn und sah den Jungen streng an. »Diese Frage dürfen Muslime nicht stellen. Das ist Gotteslästerung. Der Teufel flüstert dir so etwas ein, weil er will, dass du nach deinem Tod in die Hölle kommst und dort ewige Qualen leidest. Wenn du wieder eine solche Frage oder andere Zweifel in deinem Kopf hörst, bete und bitte um Vergebung. Hast du das verstanden?«

Der Junge nickte und guckte betreten. Ich dagegen war froh, dass ich die Frage nicht gestellt hatte, obwohl ich nicht wirklich verstand, was das mit Gotteslästerung zu tun hatte. Vielleicht konnte ich Abu Salman um eine Erklärung bitten. Andererseits war das vielleicht keine gute Idee. Wenn es wirklich so schlimm war und gleich von Teufeln und Zweifeln geredet wurde … Mein Magen kugelte sich zusammen. Bevor ich wirklich alles beherrschte, würde ich ziemlich aufpassen müssen, nichts Falsches zu sagen.

Auf dem Nachhauseweg holte ich das Handy raus, weil ich Abu Salman gleich alles berichten wollte.

›Ich war heute in der Moschee, die du mir empfohlen hast. Der Koranunterricht war interessant. Der Imam hat mich gelobt und gemeint, dass ich ein gutes Beispiel bin. Ich habe auch eine andere Deutsche kennengelernt, die konvertiert ist. Sie reist bald nach Syrien zu ihrem Freund.‹

Er schickte erst einen erhobenen Daumen und antwortete ein paar Minuten später. ›Siehst du, ich habe es dir gesagt. Unsere Männer sind begehrt. Pass auf, dass mich keine andere wegschnappt.‹

Mein Herz setzte einen Schlag aus, und ich wartete auf den Smiley, aber der kam nicht. Klar wusste ich, dass er nur scherzte, aber mir wurde übel bei dem Gedanken, dass er dort unten mit einer anderen Frau zusammen sein könnte. Schließlich litt ich schon genug, weil er so weit weg war.

›Wann skypen wir mal wieder?‹

Ich konnte es kaum erwarten, ihn wiederzusehen und ihm nahe zu sein, so nahe, wie es eben ging, wenn man nur digital zusammen sein konnte.

›Ich bin noch unterwegs. Heute war hier wieder einiges los. Ich versuche es heute Abend, spätestens morgen. Versprochen!‹

WIE IST DER KRIEG?

Ab 19 Uhr bewegte ich mich keinen Zentimeter vom Schreibtisch weg, weil ich Angst hatte, Abu Salmans Call zu verpassen. Ich traute mich nicht einmal zur Toilette, obwohl ich so dämlich gewesen war, ein ganzes Glas Cola zum Abendessen zu trinken. Vor mir auf dem Tisch lag der Koran, und ich las bestimmt zum fünften Mal die Passage, die wir auswendig lernen sollten. Die Minuten zogen sich wie Kaugummi, und es kribbelte in meinen Fingern, es einfach bei ihm zu versuchen. Was aber, wenn er sich gestört fühlte? Ich durfte auf gar keinen Fall etwas falsch machen. Und überhaupt: Er hatte versprochen, sich zu melden. Wenn es heute nicht klappte, dann eben morgen. Wer wusste schon, was er in diesem Kriegsgebiet heute wieder erlebt hatte?

Schon früher hatte ich gelegentlich Nachrichten über Syrien im Fernsehen gesehen. Seit ich Abu Salman kannte, interessierten mich die ganzen Zusammenhänge natürlich viel mehr. Die

Beiträge zeigten Bilder von zerstörten syrischen Städten, die abwechselnd von Russland, der syrischen Armee und mehreren anderen Kriegsparteien bombardiert wurden. Abu Salman kämpfte für den Islamischen Staat, den sie auch Daesh oder das Kalifat nannten, das hatte er mir erzählt. Er und seine Männer bezeichneten sich als Gotteskrieger, weil sie für Allah kämpften.

Abu Salman schien der Krieg nicht viel auszumachen, gerade dafür bewunderte ich ihn ja. Ich konnte mir gar nicht vorstellen, wie ich mich fühlen würde, wenn ich dort wäre. Aber ein wenig Normalität schien es dennoch zu geben. Erst vor einigen Tagen hatte er mir ein Video geschickt, das ihn mit seinen Kameraden in einem Restaurant beim Pizzaessen zeigte. Die Männer winkten fröhlich in die Kamera und wirkten wie eine normale Feierabendrunde. Hoffentlich geht es ihm heute auch so gut, überlegte ich gerade, als auf dem Bildschirm ›Eingehender Anruf‹ aufblinkte. Im selben Moment strömte pures Adrenalin durch meine Adern. Endlich!

»Hallo, mein Schatz«, begrüßte ich ihn und schämte mich nicht einmal für das Zittern in meiner Stimme.

»Schön, dass ich dich erwische. Ich dachte, du schläfst vielleicht schon.«

»Nein, natürlich nicht. Es ist nicht mal zehn. Ich bin noch wach und lese im Koran. Wir haben in der Moschee Hausaufgaben bekommen. Kannst du dir das vorstellen?«

»Das ist normal. Wie geht's dir heute?«

»Gut. Aber erzähl du mal. Du hast geschrieben, dass viel los gewesen ist. Was hast du gemacht?«

»Wir verteidigen das Kalifat und kämpfen für Allah.«

Er sah mir fest in die Augen, und es war, als stünde er direkt vor mir. Ich vergaß die vielen Kilometer, die zwischen uns lagen. Es war nicht mehr wichtig, dass er nicht mich, sondern ein Kameraauge ansah. Mein erster Gedanke war gewesen, ihn zu fragen, ob dieser Krieg wirklich nötig war, bei dem so viele Menschen starben. Als ich aber sah, wie müde und erschöpft er wirkte und wie liebevoll er mich dennoch anlächelte, entschied ich, ihn jetzt nicht mit meinen Bedenken zu belasten. Er hatte andere Sorgen, die ich nicht einmal erahnen konnte, egal, wie sehr ich versuchte, mich in seine Situation einzufühlen. Ich saß hier in Berlin und war in Sicherheit.

Daher erwiderte ich seinen Blick zärtlich und sagte: »Du bist der mutigste Mann, den ich kenne, mein stolzer Löwe.«

»Meine kleine Löwin, ich bin froh, dass du das erkennst. Ich wünschte, diese Ungläubigen hätten deinen Verstand. Stattdessen werfen sie Bomben auf uns und bringen unsere Kinder um. Jeden Tag gibt es neue Bilder davon, sogar in euren verlogenen westlichen Medien. Wenn du hier wärst, könntest du den Kindern helfen. Wir wären endlich zusammen und du hättest deine eigene Aufgabe. Dein Platz ist hier bei mir. Die Kinder brauchen jede Hilfe«, sagte er mit flehendem Blick.

»Das kann ich mir vorstellen, ich wäre auch so gern bei dir«, antwortete ich. »Und ich würde auch gerne helfen. Aber wie soll das gehen? Würde man mich überhaupt dorthin lassen? Ich bin noch nicht volljährig und sogar für die letzte Klassenfahrt nach Hamburg brauchte ich eine Erlaubnis meiner Mutter. Ich kann mir nicht vorstellen, dass ich so einfach ins Ausland fliegen kann.«

»Das ist kein Problem. Wir kümmern uns um alles. Du hast doch einen Pass?«

Ich nickte erleichtert. »Wir wollten mit Papa noch in die USA fliegen. Leider ging das nicht mehr. Er war dafür schon zu krank.«

»Dass dein Vater gestorben ist, tut mir sehr leid. Aber du wirst es schaffen, glaub mir. Du bist stärker als jedes andere Mädchen, das ich kenne. Und auf eine Reise nach Amerika kannst du getrost verzichten. Das ist ein Land der Ungläubigen ohne Moral. Sie werden schon sehen, was sie davon haben. Sei froh, dass du rechtzeitig zur richtigen Seite gewechselt hast und Muslima geworden bist.« Er holte tief Luft.

Ich streckte meine Hand zum Bildschirm aus und er verstand die Aufforderung sofort. Eine Weile saßen wir einfach nur da und sahen uns an. Ich spürte eine Nähe zu ihm, wie ich das noch bei keinem anderen Menschen erlebt hatte. Wir schauten uns tief in die Augen, während die Spitzen unsere Zeigefinger sich auf dem Monitor berührten.

Irgendwann hatte ich das Gefühl, den Zauber durchbrechen zu müssen, weil mir schon wieder die Tränen in die Augen stiegen. Vor Freude darüber, dass er in mein Leben getreten war. Aber das wusste er ja nicht, und ich wollte nicht wirken, als wäre ich eine Heulsuse.

»Ich bin auch so froh darüber. Wenn mir damals der Mann in der U-Bahn das Flugblatt nicht in die Hand gedrückt hätte, hätte ich mir nicht dein Video angesehen und wir hätten uns nicht kennengelernt.«

Und ich hätte mich nicht in dich verliebt.

Bisher hatte ich das nicht ausgesprochen, weil ich wollte, dass er es als Erster sagte.

»Du wurdest auserwählt«, sagte er lächelnd. »Ich habe meine Brüder dorthin geschickt, damit sie eine Prinzessin für mich finden.«

»Du machst Witze.«

»Ja, irgendwie schon. Aber ich bin sehr froh, dass es so gekommen ist. Ich habe tatsächlich das Gefühl, dass du meine Prinzessin bist. Ich habe mich in dich verliebt, Aisha.«

Jetzt hatte er es tatsächlich gesagt. Es war alles genau so gekommen, wie ich es mir gewünscht hatte. Ich wollte aufspringen, jubeln, durchs Zimmer tanzen, aber ich konnte nicht. Meine

Knie waren weich und in meinem Bauch kribbelte es seltsam. Es fühlte sich so an, als wäre alles Blut aus meinem Kopf nach unten gerutscht und hätte ein Vakuum hinterlassen. Um nicht vom Stuhl zu kippen, umklammerte ich die Schreibtischkante mit den Händen und hielt mich so fest, bis die Fingerkuppen ganz weiß wurden. Ich hätte nicht sagen können, ob mein Herz sich überschlug oder ganz langsam war. Mir war lediglich bewusst, dass nichts, was mein Mund formulieren konnte, auch nur entfernt die Gefühle beschrieb, die gerade in mir tobten.

»Ich … ich …«, versuchte ich es trotzdem und musste über mein Stottern grinsen. »… bin auch in dich verliebt«, stieß ich dann hervor.

Dann rutschte ich auf dem Stuhl nach vorn, beugte mich zu Abu Salman und drückte einen Kuss auf meinen Monitor. Nur ganz langsam zog ich mich zurück und beobachtete, wie er mich ansah. Der Stolz in seinem Blick wärmte mich.

»Du machst mich sehr glücklich. Wenn du bei mir wärst, würde ich dich jetzt in den Arm nehmen und dein Haar streicheln. Es sieht so seidig und weich aus. Ich würde auch deine Augen küssen. Sie sind das Schönste, was ich je gesehen habe. Du musst nach Syrien kommen, Baby. Sonst können wir nicht zusammen sein.«

»Ich will mit dir zusammen sein, unbedingt«, sagte ich zärtlich. Ich sehnte mich so sehr nach ihm, dass es mir fast die Brust zerriss. Wir schwiegen erneut, und ich überlegte, ob das tatsächlich funktionieren könnte, allein dorthin zu reisen.

Er schien über das Gleiche nachzudenken und sagte: »Wir müssen heute dafür keine Lösung finden. Das Wichtigste ist, das wir beide es wollen. Dann wird Allah uns einen Weg weisen. Es kann schneller gehen, als du jetzt vielleicht denkst.«

Ich nickte. Abu Salman machte mich so unfassbar glücklich, es konnte nichts Verkehrtes an unserer Beziehung sein. Er war in mich verliebt und wollte mit mir leben. Mir ging es genauso. Noch vor zwei Monaten war ich einsam und traurig gewesen. Jetzt hatte ich einen tollen Freund und war schon morgens so glücklich, dass ich »Allah loves you« vor mich hin sang. *Life is good*, fielen mir die Werbeplakate ein, die immer noch in der U-Bahn hingen. Jetzt endlich auch für mich.

SCHWESTERN

In der Schule hatten sich die anderen allmählich an mein Kopftuch gewöhnt. Anfangs hatten sie hämische Kommentare gemacht und sich dann aber ziemlich bald wieder mit anderen Dingen beschäftigt. Die Zeit war hart gewesen, aber ich wusste ja, wofür ich es tat. Der Islam war gut für mich, das war mir von Anfang an klar gewesen. In der Schule gab es zwar keine Gleichgesinnten, doch in Berlin war es schon lange nichts Besonderes mehr, zum Islam überzutreten. Einige Promis hatten sich sogar schon als Neu-Muslime geoutet. Die Hofpausen verbrachte ich meistens mit Kayla und manchmal ein paar ihrer Freunde, aber das war auch vor meinem Übertritt so gewesen.

»Mike Tyson und Muhammad Ali sind Muslime«, sagte Finn, der sich fürs Boxen interessierte, und wedelte scherzhaft mit seiner Faust durch die Luft.

»Ja und mit ihnen noch eine Milliarde mehr Menschen«, antwortete Kayla lapidar und scheuchte ihn mit einer Handbewegung weg. »Wie hat es deine Mutter eigentlich aufgenommen?«, fragte sie und sah mich aufmerksam an.

»Sie war überhaupt nicht begeistert. Seit ich ihr klargemacht habe, dass ein Tattoo noch schlimmer wäre, versucht sie es zu ignorieren. Das wäre die Pubertät, hat sie neulich zu meiner Tante gesagt. Falls sie damit meint, dass ich es mir noch mal überlege, hat sie sich allerdings getäuscht.«

Wir hakten uns unter und gingen ein paar Schritte bis zu einer Bank. Dort setzten wir uns und genossen den vielleicht letzten schönen Herbsttag. Bald würde es kalt werden und Berlin im üblichen Schneematsch versinken. Mir graute schon bei dem Gedanken daran. Diese feuchte Kälte war nichts für mich.

»Vielleicht ist es aber wirklich nur eine Phase bei dir«, überlegte Kayla. »Wie kommst du denn mit dem Beten und allem anderen zurecht?«

Erst wollte ich aufbrausen, weil sie mich schon wieder nicht ernst nahm. Dann überlegte ich es mir anders und sagte: »Gut. Es klappt immer besser. Ich kann die Gebete schon fast auswendig und gehe regelmäßig zum Koranunterricht.«

»Im Ernst? Davon hast du mir gar nichts erzählt. Wo gehst du denn hin?«

»Tut mir leid, irgendwie gab es nie die passende Gelegenheit. Ich habe zufällig davon gehört und bin dann einfach mal hingegangen. Die Moschee ist im Wedding, und es sind noch andere junge Frauen dort, die gerade erst übergetreten sind. Es hat mir gut gefallen.«

»Im Wedding?« Kayla klang irritiert. »Da läufst du doch sonst nicht rum.«

»Ja, stimmt. Ich war auch noch nicht oft da. Es scheint aber interessant zu sein, irgendwie multikulti.«

»Du hättest auch in unserer Moschee zum Koranunterricht gehen können«, sagte Kayla, und ich hatte das Gefühl, dass sie ein wenig beleidigt war.

Schnell nahm ich ihre Hand und lächelte sie an. »Sorry, das wusste ich nicht. Ich möchte trotzdem in der anderen Moschee weitermachen, ich habe die Hausaufgaben von letzter Woche schon gemacht. Das wäre sonst alles umsonst.« Natürlich wollte ich lieber in die Moschee gehen, die Abu Salman mir empfohlen hatte. Hoffentlich war Kayla mir deshalb nicht allzu böse.

»Wenn du meinst«, sagte sie schnippisch. »In letzter Zeit entscheidest du ja alles alleine.«

Oje, sie war sauer. Ich zog sie fester an mich.

»Nimm es nicht persönlich. Das hat mit dir gar nichts zu tun. Mir geht es viel besser und das ist doch die Hauptsache.«

»Da hast du recht. Sorry, dass ich gezickt habe. Natürlich ist es schön, dass du happy bist.« Kayla erwiderte meine Umarmung. »Komm doch mal wieder zu uns zum Essen. Meine Mutter fragt immer nach dir.«

»Das würde ich gerne. Im Moment habe ich nur wenig Zeit, weil ich ja zusätzlich zu dem ganzen Schulkram noch den Koran auswendig lernen muss«, stöhnte ich. »Grüß deine Mutter schön von mir. Ich komme bald. Versprochen!«

Am frühen Abend, als ich gerade die Spülmaschine ausräumte, bevor Mama zurück war, kam eine Nachricht von Malika, der jungen Frau aus der Moschee.

›Hallo, Aisha, am Wochenende treffen sich ein paar Mädchen und Frauen aus der Moschee bei mir. Wir lesen ein bisschen im Koran und reden. Es wird bestimmt nett, und ich würde mich freuen, wenn du kommst.‹

Das war jetzt wirklich blöd. Ich hatte tatsächlich viel zu tun und am Samstag wollte ich eigentlich zum Tanztraining. Aber das konnte ich auch mal ausfallen lassen. Schließlich würde Malika bald nach Syrien fliegen und vielleicht konnte ich sie darüber ausquetschen. Außerdem interessierte es mich, wer der Mann war, wegen dem sie diesen großen Schritt wagte.

›Gerne. Wann und wo? Kann ich was mitbringen?‹, schrieb ich zurück.

Sie antwortete sofort, als hätte sie auf meine Nachricht gewartet. ›Du kannst einen Salat machen, wenn du möchtest. Denk dran, es muss alles halal, also erlaubt, sein. Sonst dürfen wir es nicht essen.‹

Dann schickte sie mir ihre Adresse, die gar nicht so weit von Kaylas Wohnung entfernt war. Das passte doch perfekt. Und wenn sie ganz in der Nähe wohnte, konnten wir uns vielleicht öfter treffen. Die Wege in Berlin waren lang. Von einem Ende der Stadt bis zum anderen konnte es anderthalb Stunden dauern.

Bis Samstag waren es nur noch zwei Tage, und ich würde auch noch einkaufen müssen, wenn ich wirklich einen Salat mitnehmen wollte. Aber was sollte ich machen? Meine Mutter musste ich erst gar nicht fragen, ich konnte mich nicht erinnern, wann sie das letzte Mal einen Salat frisch zubereitet hatte. Wenn wir Appetit auf Grünzeug bekamen, kauften wir meistens im Supermarkt eine fertige Mischung und schütteten Dressing aus der Flasche darüber. Aber das erschien mir nicht angemessen, um es zu einer Einladung mitzunehmen.

Auf dem kleinen Bord schräg über dem Herd stand das einzige Kochbuch, das es in unserem Haushalt gab. Schweinefleisch war haram, also verboten. Aber was genau erlaubt war und was nicht, davon hatte ich keine Ahnung. Zur Sicherheit klickte ich mich durchs Internet und las, dass Fleisch ohnehin nur erlaubt war, wenn das Tier nach muslimischen Riten geschlachtet wurde. Auch Essig und Gelatine waren verboten. Bevor mich die ganzen Informationen total verunsicherten, entschied ich mich für einen Tomatensalat mit Schafskäse. Das war vegetarisch und schmeckte auch ohne Essig.

Am Samstag wickelte ich einen schwarzen Schal, von denen ich mir mehrere zugelegt hatte, um den Kopf und fuhr mit dem Rad zu Malikas Wohnung.

»Komm rein. Du bist die Erste«, sagte die junge Frau mit den kurzen blonden Haaren, die mir die Tür öffnete. Nur an ihren Augen erkannte ich Malika und streckte ihr meine Hand entgegen. Sie lachte herzhaft, beugte sich vor und küsste mich auf beide Wangen. »Schön, dass du so pünktlich bist, da haben wir noch etwas Zeit für uns.«

Sie führte mich ins Wohnzimmer und entschuldigte sich kurz. Während sie in der Küche mit Geschirr klapperte, schaute ich mich ein wenig um. Auf einem Regal standen Fotos, die eine Frau im Niqab mit einem Mann vor einer Wüstenlandschaft zeigten. Er hatte das gleiche schwarz-weiße Tuch umgewickelt, das Abu Salman auch trug.

»Bist du das?«, fragte ich, als Malika mit einem Tablett voller Tassen vor mir stand und begann, den niedrigen Tisch zu decken.

Sie nickte. »Das war bei meinem letzten Aufenthalt in Syrien, und das ist Abu Sahabi, der Mann, den ich heiraten werde.«

»Im Ernst? Du warst schon mal in Syrien? Auch in Raqqa? Ich kenne jemanden, der dort lebt.« Nur mit großer Mühe konnte ich mich bremsen, fast hätte ich Malika gleich die ganze Geschichte erzählt.

»Ja, das Foto wurde in einem Dorf bei Raqqa aufgenommen. Dort ist es ruhiger. Raqqa war mal eine sehr schöne Stadt. Jetzt ist viel zerstört. Aber wir werden alles wieder aufbauen, wenn wir die Ungläubigen vertrieben haben. Ich gehe zurück nach Daesh, um dabei zu helfen. Es ist die Aufgabe der Frauen, unsere Mudschahedin, unsere mutigen Kämpfer, im Dschihad zu unterstützen. Interessierst du dich dafür?«

Ich nickte heftig. »Auf jeden Fall. Allah belohnt uns, wenn wir uns für ihn einsetzen, oder?«

»Das tut er.« Malika lächelte. »Sprichst du Englisch?«

»Ja, ganz gut.«

»Hier, da habe ich was für dich.«

Sie gab mir mehrere ausgedruckte Seiten, die an der Ecke zusammengeheftet waren. Mir war klar, dass das vielleicht ein wenig unhöflich wirkte, aber ich warf sofort einen neugierigen Blick darauf.

»Das Manifest der Schwestern« stand auf der ersten Seite in Großbuchstaben.

»Worum geht es?«

»Um die Rolle der Frauen im Dschihad, wie sie ihre Männer am besten unterstützen können.«

Das passte ja wunderbar. Am liebsten wäre ich aufgestanden und hätte sie umarmt, aber das traute ich mich nicht. Vielleicht irgendwann mal, wenn wir uns besser kannten.

»Darüber möchte ich mehr wissen. Der Dschihad ist schließlich das Wichtigste.« Inzwischen hatte ich das so oft gehört und die entsprechenden Passagen im Koran gelesen, dass es mir selbstverständlich schien.

Sie nickte. »Du hast vollkommen recht, kleine Schwester.«

Nach und nach trudelten die übrigen Frauen ein. Sie waren von oben bis unten verschleiert, zogen aber in der Wohnung ihre schwarzen Gewänder aus. Darunter kamen eng sitzende Klamotten nach der neuesten Mode zum Vorschein. Eine junge Frau hatte sogar ein Tattoo auf dem Unterarm.

Als sie meinen Blick bemerkte, sagte sie: »Das war eine Jugendsünde. Heute würde ich das nicht mehr machen. Mit dem Übertritt zum Islam werden einem zum Glück alle früheren Sünden erlassen.« Sie zog die Schultern nach oben und lachte mich offen an. »Du hast noch nicht viele Sünden begangen. Das sieht man gleich. Du hattest noch nichts mit Jungs, oder?«

Diese direkte Frage war mir peinlich und ich schüttelte stumm den Kopf. Patrick hatte ich nur geküsst, mehr nicht. Mit Abu Salman wäre das was anderes, da war ich mir sicher. Bei ihm war es für mich vollkommen unvorstellbar, dass er sich mit vorsichtigen

Küssen aufhalten würde. Das sollte er auch nicht. Er konnte alles von mir haben, wenn er wollte.

»Das ist gut. Ein Mädchen muss bis zur Ehe Jungfrau bleiben. Dein zukünftiger Ehemann wird sich freuen«, sagte die Frau.

Ich fragte mich gerade, ob sie Abu Salman vielleicht kannte, als mich eine andere Frau ansprach, die sich als Dimah vorstellte. »Du musst Aisha sein. Malika hat mir erzählt, dass du neu in unserer Moschee bist. Trägst du einen Niqab?«

»Nein, nur ein Kopftuch.«

Dimah legte ihre Hand auf meine Schulter. »Warum? Der Niqab ist viel besser. Ich fühle mich darin völlig frei. Ich werde nicht nach meinem Äußeren bewertet und muss nicht das schönste Kleid oder die knappste Jeans tragen, kann das aber, wenn ich will.«

Sie lachte und drehte sich zur Seite, um ihren tollen Hintern zu zeigen.

»Niemand soll mir vorschreiben, was ich zu tragen habe. Nur ich bestimme, wer meinen Körper zu sehen bekommt«, sagte sie fast kämpferisch. Wenn man es so betrachtete, war man unter diesem schwarzen Ding tatsächlich frei.

Ich zögerte noch mit einer Antwort, da tippte Malika mich an und hielt mir eine Visitenkarte hin. »Hier, das ist ein super Laden. Da kannst du einfach mal einen Niqab anprobieren und gucken, wie du dich damit fühlst. Er ist in Neukölln. Du kommst gut mit der U-Bahn hin und die Leute da sind sehr nett.«

»Danke«, sagte ich und steckte das Kärtchen in die Tasche. »Ich fahre nächste Woche mal hin.«

»Das ist eine gute Idee. Falls du dir einen kaufst, solltest du ihn aber nicht in der Schule tragen.«

»Was meinst du damit? Geht es nicht darum, sich immer und überall zu Allah zu bekennen?«

Sie rieb sich über die Stirn und schien zu überlegen. »Ja, da hast du natürlich recht. Aber in der Schule würdest du Ärger bekommen. Deine Lehrer, dein Direktor – sie alle haben keine Ahnung vom Islam, diese ungläubigen Kuffar. Sie wollen uns die Ausübung unserer Religion am liebsten ganz verbieten. Das Tragen eines Niqabs ist in den meisten Schulen untersagt. Lass es am besten gar nicht darauf ankommen. Das sorgt nur für unnötiges Aufsehen. Unsere mutigen Brüder kämpfen dafür, dass sich der Islam über die ganze Welt verbreitet. Dann werden wir frei sein. Der Zeitpunkt wird kommen, da bin ich ganz sicher.« Malika wartete mein zustimmendes Nicken ab, dann wandte sie sich um und rief in die Runde: »Okay, Mädels. Wollen wir jetzt im Koran lesen und dann essen?«

Drei Stunden später wunderte ich mich, wie schnell der Nachmittag vergangen war.

»Wir sehen uns bald wieder, Schwester«, sagte Malika zum Abschied. »Wir haben noch viel zu besprechen.«

Am Abend holte ich die zusammengehefteten Textseiten über die Rolle der Frauen beim Dschihad hervor, die Malika mir am Nachmittag in die Hand gedrückt hatte. Da ich nicht alles verstand, ließ ich es im Internet übersetzen.

Es war eine Menge Arbeit, alles einzutippen, aber ich machte sie mir gern, weil ich ja schließlich so viel wie möglich dazulernen wollte. Endlich war ich fertig und las den deutschen Text auf dem Bildschirm.

Eine reine muslimische Frau sollte spätestens mit sechzehn verheiratet sein. Das sei das beste Alter, um eine Familie zu gründen. So etwas in der Art hatte mir Abu Salman ja auch erzählt und hier stand es jetzt schwarz auf weiß. Ich wollte so gern seine Frau werden und es schien tatsächlich möglich zu sein. In Deutschland konnte eine Fünfzehnjährige unmöglich heiraten, während es in Syrien üblich zu sein schien. Zum ersten Mal erlaubte ich mir, ernsthaft an eine Hochzeit mit Abu Salman zu denken. Es war gar nicht so schwierig, ich musste es nur irgendwie nach Syrien schaffen. In meiner Vorstellung sah ich mich glücklich in einem weißen Kleid neben Abu Salman stehen.

NIQABI

Die nächsten Wochen flogen so schnell an mir vorbei, dass ich gar nicht wusste, wo die Zeit blieb. Ich ging in die Schule, in die Moschee und traf mich mit meinen neuen Freundinnen Malika und Dimah, die zu meinen Schwestern wurden.

Kayla sah ich nur noch selten, was mir irgendwie leidtat. Eine von uns hatte immer was anderes vor, so sagten wir zumindest. Wenn ich aber ehrlich war, hatte ich nicht mehr ganz so viel Lust wie früher, mich mit Kayla zu treffen. Mit Dimah und Malika verstand ich mich besser, sogar mit Rana, die ab und zu auch dabei war. Wir hatten die gleichen Ansichten über haram und halal, konnten über alles reden und hielten uns an die Regeln. Wer Allah liebte, benahm sich auch gut, da waren wir uns einig und unterstützten uns bei der Einhaltung der muslimischen Vorschriften. Augenbrauenzupfen und Popmusik waren für uns alle tabu.

Seit vierzehn Tagen ging ich auch nicht mehr zum Tanztraining. Die Hip-Hop-Musik, zu der ich jahrelang in knappen Outfits rumgehüpft war, war absolut haram. Damit war jetzt Schluss. Die Frauen aus der Moschee hörten Nasheeds, die islamischen Lieder, die auch Abu Salman mochte und von denen er mir immer wieder neue Versionen per WhatsApp schickte.

Meine freie Zeit nutzte ich für das Koranstudium, das mir nie langweilig wurde. Ich konnte mittlerweile alle Gebete auswendig und der Imam hatte mich neulich wieder gelobt.

»Du hast gesprochen wie ein Engel und damit mein Herz erwärmt«, hatte er vor allen Schülern gesagt. Ein größeres Lob hatte noch niemand bekommen, seit ich beim Koranunterricht dabei war.

Ansonsten war ich praktisch ständig online, um mit anderen muslimischen Mädchen zu chatten oder mir Informationen über meinen neuen Glauben zu beschaffen, der sich aber zum Glück gar nicht mehr so neu für mich anfühlte. Für Abu Salman wollte ich die tollste Frau sein, und das bedeutete, eine gute Muslima zu werden.

Malika machte mich regelmäßig auf Twitter-Accounts und andere Neuigkeiten von Frauen aufmerksam, die die Hidschra, die Auswanderung nach Syrien oder in den Irak, bereits angetreten hatten. Ich bewunderte sie für ihre Gelassenheit, denn ihre Reise stand kurz bevor und sie dachte bestimmt an nichts anderes mehr, obwohl sie sich das nicht anmerken ließ. Ich dagegen beneidete sie darum, dass sie schon bald bei ihrem Mann sein durfte, der sie wahrscheinlich ebenfalls sehnlich erwartete.

Schon ein paarmal war ich in dem Laden in Neukölln gewesen und hatte mich neulich endlich für einen Niqab entschieden. Bisher hatte ich ihn nur beim Skypen mit Abu Salman angezogen, schließlich waren wir nicht verheiratet.

Heute würde ich ihn zum ersten Mal bei einem Treffen mit meinen Schwestern tragen. In der U-Bahn nach Wilmersdorf, wo wir uns heute bei Rana verabredet hatten, trug ich noch meine normale Kleidung. Als alle da waren, warf ich mir mit Malikas Hilfe dann endlich den Niqab über. Im ersten Moment fühlte ich mich unsicher, weil ich nichts mehr sehen konnte. Die Kapuze saß nicht richtig und ich zupfte ständig daran herum.

Die Frauen klatschten und pfiffen. Eine rief: »Allahu akbar.«

Endlich hatte das Kopfteil seinen richtigen Platz gefunden und ich schaute in die Runde.

»In dem Sehschlitz wirken deine Augen riesengroß. Du bist wunderschön. Wie eine Braut«, sagte Rana und tänzelte um mich herum.

»Dann hätte sie einen weißen Niqab an«, gab eine andere Frau zurück und lachte.

»Ja, natürlich. Ich meine ihre Ausstrahlung. Sie ist eine Braut, findet ihr nicht?«

»Den Niqab trägst du ab sofort immer, außer in der Schule«, schaltete sich Malika ein. »Er gehört zu dir. Alle können das sehen.«

Ich nickte und atmete tief durch. Damit hatte ich nicht gerechnet, sondern gedacht, ich könnte mir mit dem Niqab noch Zeit lassen.

»Du willst doch nach Syrien und den Dschihad unterstützen? Dann musst du dich an den Niqab gewöhnen. Dort unten musst du sogar Handschuhe tragen, um deine Hände zu verbergen«, erklärte mir Malika.

Natürlich wollte ich nach Syrien, das war sogar mein allergrößter Wunsch. Aber woher wusste Malika davon?

Als könnte sie meine Gedanken lesen, sagte sie: »Das habe ich mir gleich gedacht, als wir uns in der Moschee begegnet sind. So eine wie dich brauchen wir da unten. Du bist hübsch und hast ein gutes Herz. Außerdem hältst du was aus. Das stimmt doch?«

Ich nickte schon wieder und dachte an die schlimme Zeit, die ich durchgemacht hatte. Papas Krankheit, sein Tod. Malika hatte recht, ich konnte was aushalten.

Bevor ich etwas erwidern konnte, schob Malika hinterher: »Dann ist das also abgemacht. Wir dürfen keine Zeit verschwenden. Du musst dich vorbereiten. Syrien ist kein Ponyhof!«

Die anderen Frauen lachten und wieder rief eine: »Allahu akbar. Möge er dich segnen!«

Nach ein paar Stunden verließ ich die Wohnung im Niqab und musste aufpassen, dass ich nicht stolperte. Kaum etwas zu sehen, verunsicherte mich noch immer, und außerdem schien das Ding sich bei jedem Schritt zu verheddern.

Ich war froh, dass ich mich in der U-Bahn hinsetzen konnte. Der Typ gegenüber starrte mich an.

Da kannst du lange glotzen. Bei mir siehst du nichts mehr.

Sollte er doch lieber die Frau dahinten angucken. Ihr Rock war so kurz, dass es schon peinlich war. Er starrte aber weiter auf mich und kratzte sich am Kopf.

»Hast du blaue Kontaktlinsen?«, rief er mir zu.

Ich schüttelte den Kopf. Dass jetzt nichts Gutes folgen würde, war mir instinktiv klar.

»Bist du etwa Deutsche und trägst so ein schwarzes Ding?« Er wies mit angeekeltem Blick auf meinen Niqab. »Spinnst du? Wir wollen diese Muselmanen loswerden und du verbündest dich mit denen? Du brauchst einen richtigen deutschen Mann, dann hättest du so was nicht nötig.« Er stand auf und kam in meine Richtung.

Wollte er mir etwas tun? Hilfe suchend schaute ich zu den anderen Fahrgästen, die so taten, als bemerkten sie nichts. Aus dem Lautsprecher kam die Ansage für die nächste Station. Ich musste aussteigen. Fieberhaft suchte ich nach einer Idee, wie ich an dem Typen vorbeikommen konnte.

»Verpiss dich«, zischte ich. »Oder ich schlage dir den Kopf ab.«

Der Mann stoppte und sah mich erschrocken an.

Jetzt oder nie. Ich machte einen großen Satz und sprang aus der Tür, die sich gerade öffnete. So schnell ich konnte, rannte ich den Bahnsteig entlang und guckte mich um, ob mir der Typ nachkam. Die U-Bahntüren schlossen sich und der Zug fuhr weiter. Der Mann war nicht zu sehen. Ich atmete schnell und überlegte angestrengt, wo die nächste Toilette war, damit ich das Ding loswerden konnte.

Als ich schon in die Richtung laufen wollte, fiel mir ein, dass Allah jeden Muslim prüfte. Das hier war bestimmt wieder so eine Prüfung. Ich durfte mich nicht einschüchtern lassen und musste zeigen, dass mein Glaube stark war.

Angestrengt atmete ich durch. Jetzt erst recht, machte ich mir Mut und stieg in die nächste U-Bahn.

Von da an trug ich den Niqab, sobald ich das Haus verließ, außer in der Schule. Er war wie eine Trophäe, ein Stück Freiheit, das ich mir erkämpft hatte. Überall fiel ich auf und bekam ständig Kommentare über mein neues Outfit. Ein kleiner Junge fragte mich im Supermarkt: »Bist du eine Ninja?«

»Nein, ich bin eine Niqabi, eine Frau mit einer Vollverschleierung«, antwortete ich, und wir lachten beide.

Die meisten Reaktionen waren nicht so nett. Auf der Straße wurde mir hinterhergerufen: »Geh dahin, wo du herkommst.«

Ich fand das absurd. Ich war doch da, wo ich herkam. Deutschland war ein freies Land, warum sollte ich also keinen Niqab tragen? Im Kalifat machten das alle Frauen. Da ging keine ohne ihren Schleier auf die Straße. Meine Schwestern, die ihre Hidschra schon gemacht hatten, schwärmten in Blogs und Twitter-Nachrichten von ihrem Leben im Islamischen Staat.

›Endlich darf ich frei sein, meinen Niqab tragen, so wie ich will, ohne Spott zu hören‹, schrieb eine Frau, die sich »die Auswanderin« nannte.

Wenn es nur in Syrien möglich war, mich so anzuziehen, wie Allah es von mir erwartete, dann musste ich auch dorthin. Besser früher als später. Für Malika und meine anderen Freundinnen schien es sowieso schon beschlossene Sache zu sein. Und Abu

Salman ließ damit auch nicht locker. Es verging kein Chat oder Skype-Call, in dem er nicht sagte: »Baby, bitte, ich halte es nicht mehr aus. Wann kommst du endlich?«

IM FEUER

Der einzige Grund, warum ich überhaupt noch zögerte, war Mama. Obwohl ich sie gar nicht so schockieren wollte, haute sie der Niqab völlig um. An einem Nachmittag kam ich, ohne nachzudenken, im Schleier aus meinem Zimmer, so wie immer, weil sie normalerweise um diese Uhrzeit noch gar nicht zu Hause war. Als ich ihr im Flur begegnete, starrte sie, als wollte sie mich anspringen und mir den Schleier runterreißen. So wütend hatte ich sie noch nie gesehen. Blitzschnell rannte sie zur Tür, postierte sich davor wie eine Wache und brüllte: »So gehst du nicht aus dem Haus. Ich verbiete dir, damit auf die Straße zu gehen. Zieh das schreckliche Ding sofort aus.«

»Du kannst mir gar nichts verbieten«, sagte ich und hoffte, dass ich möglichst cool klang. Tatsächlich aber raste mein Herz. »Ich kann mit fünfzehn frei entscheiden, welchen Glauben ich haben will. Das nennt man Religionsmündigkeit. Warum versuchst du nicht einfach, mich wenigstens zu verstehen? Du musst es ja nicht gut finden.«

Sie sog scharf die Luft ein, und ich sah ihr an, dass sie kurz vor einer Explosion stand.

Wenn das wieder eine von Allahs Prüfungen war, dann fiel sie mir diesmal schwerer als alle anderen zuvor. Ich wollte Mama nicht verletzen, aber wenn es nicht anders ging, dann würde ich es tun.

»Ich bin Muslima und möchte diesen Schleier tragen. Akzeptiere es bitte«, sagte ich versöhnlich und hoffte, dass wir uns nicht weiter streiten mussten.

»Anna, du musst damit aufhören. Was ist denn bloß passiert, dass du auf einmal so drauf bist? Lass uns in Ruhe darüber reden. Wir werden eine Lösung finden.«

Ich nickte und musste aufpassen, dass mir dabei der Schleier nicht vor die Augen rutschte. »Wir können später darüber sprechen, aber mach dir keine Hoffnungen, mir das ausreden zu können. Ich bin kein kleines Kind mehr und ich habe mich bewusst dafür entschieden.«

Meine Mutter rang die Hände und ich sah Tränen in ihren Augen glitzern. Wenn ich nicht aufpasste, würden sie mich damit weichbekommen; aber Allah war wichtiger als meine Mutter.

»Jetzt lass mich bitte durch, ich muss zu einer Verabredung.«

Mama gab die Tür frei und sagte mit versteinertem Gesichtsausdruck: »Das wirst du bereuen, Anna. Das wirst du richtig bereuen.«

»Nein, das glaube nicht«, sagte ich und ging.

Als ich die Treppe runterlief, dachte ich an Abu Salman. Was würde er wohl dazu sagen?

Das hast du gut gemacht, Baby, hörte ich seine Stimme in Gedanken. Warum fühlte es sich bloß so schwer an, wenn es doch das Richtige war?

Freitags im Koranunterricht saß ich mittlerweile ganz vorne und hatte mich sogar an die Jungs gewöhnt, für die es kaum ein anderes Thema als Enthauptungen zu geben schien.

»Hast du dir schon die Küken gekauft?«, fragte heute der Dunkelhaarige mit der Hakennase seinen Freund. »Der Imam hat doch letzte Woche gesagt, dass wir ihnen mit einem Messer die Köpfe abschneiden sollen, um schon mal zu üben.« Beide lachten.

Daran konnte ich mich gar nicht erinnern. Hatte der Imam wirklich so was gesagt? Ich war jedenfalls nicht dabei gewesen, da war ich sicher.

An diesem Tag sprach der Imam über die Ungläubigen, die gegen die Muslime vorgehen wollten.

»Schaut euch doch die westlichen Medien an! Alles nur Propaganda gegen uns. Sie wollen den Islam vernichten.«

Ich dachte an die Ablehnung, die ich allein wegen meines Niqabs erfuhr. An Mamas Blicke, wenn wir uns über den Weg liefen. Sie hatte ein paarmal versucht, mich zu überreden, endlich wieder die Alte zu werden. Irgendwann hatte sie aufgegeben und mein Leben war ein wenig leichter geworden.

Am Ende des Unterrichts kam der Imam und nahm mich zur Seite. »Lass uns in mein Büro gehen. Es muss ja nicht jeder zuhören«, sagte er.

Wir betraten einen Raum, der neben dem Gebetsraum für Männer lag. Der Imam öffnete einen Schrank und hängte sein Sakko hinein. Für einen Moment sah ich ein Plakat mit schwarzer Schrift, das an der Innenseite der Schranktür angebracht war.

»One god. One ummah. One struggle. One state. One caliphate« stand da.

Als er meinen Blick bemerkte, lächelte er mich an und sagte: »Ich habe gehört, dass du auch ins Kalifat nach Syrien willst. Stimmt das?«

Mir stockte der Atem. So sicher war das noch gar nicht. Was sollte ich ihm sagen?

»Ich denke darüber nach«, antwortete ich schließlich. Das war ja auch die Wahrheit. Ständig grübelte ich darüber nach und malte mir aus, wie schön es wäre, wenn Abu Salman mich endlich in seine Arme nähme.

»Allah wird dir danken, dass du bereit bist, unsere Kämpfer

zu unterstützen. Er möge dich segnen.« Der Imam sah mich an. »Ich war schon oft in Daesh und kann dir helfen.«

»Wirklich? Das wäre toll«, sagte ich und war sofort ganz aufgeregt.

»Kennst du dort jemanden?«

Die Frage machte mich verlegen. Bisher hatte ich das Geheimnis um Abu Salman gehütet. Niemand wusste davon, noch nicht mal Malika, die selbst auf dem Weg nach Syrien war. Den Imam anzulügen, war bestimmt eine schlimme Sünde, außerdem kannte er doch Abu Salman, der hatte ihn mir schließlich empfohlen, um Anschluss zu finden.

»Ja, Abu Salman in Raqqa. Sie kennen ihn auch, glaube ich. Wir haben uns im Internet kennengelernt und er ist jetzt mein Freund.« Es tat gut, alles zu erzählen.

»Das ist schön. Ich kenne ihn gut. Er war auch bei mir zum Islamunterricht, bevor er nach Daesh gegangen ist. Er ist ein toller Kämpfer, der es weit bringen wird, vielleicht sogar bis zum Emir. Dann steht er direkt unter unserem Kalifen. Dass du mit ihm zusammen bist, ist wunderbar. Wollt ihr heiraten?«

Ich platzte fast vor Stolz, dass mich so ein wichtiger Mann heiraten wollte.

»Er hat mir bisher keinen Antrag gemacht oder so was«, antwortete ich verlegen. »Aber er spricht immer davon, dass wir heiraten, sobald ich dort bin.«

»Wenn ihr heiraten wollt, helfe ich euch wirklich gerne. Wenn ich das vorher gewusst hätte, hätte ich dich noch besser bei deinen ersten Schritten im Islam unterstützt. Das können wir ja noch nachholen«, sagte er. »Ich weiß auch genau das Richtige. Alle zwei Wochen halte ich Treffen für die Brüder und Schwestern ab, die ins Kalifat reisen wollen. Sie wollen die Hidschra machen. Unser nächstes Treffen ist am Donnerstag.«

SCHWARZE KRÄHE

»Wir setzen uns am besten dahin.« Kayla zeigte auf einen Tisch im Café, der etwas abseits stand.

»Schön, dass wir uns endlich wieder auch nach der Schule treffen. Erzähl mal, was du unbedingt mit mir bereden wolltest«, sagte ich und wollte sie wie üblich umarmen. Sie zuckte zurück und bestand darauf, dass wir uns erst setzten.

»Deine Mutter hat am Wochenende bei uns angerufen.«

»Oh nein«, rief ich. »Was wollte sie?« So was Blödes. Ich hatte gedacht, dass die Sache erledigt war. Es war mir peinlich vor Kayla.

»Sie hat mit meiner Mutter gesprochen und ihr Vorwürfe gemacht. Was das solle, dass du jetzt einen Niqab trägst, und wie sie dir das einreden konnte«, sagte Kayla wütend. »Meine arme Mutter. Sie wusste bisher gar nichts davon und ich auch nicht. Weil ich dich ja nur noch in der Schule sehe.« Ihre Stimme klang bitter.

»Ich habe ihr das so auch nicht erzählt. Von dir oder deiner Familie habe ich gar nichts gesagt. Das muss sie zusammengesponnen haben. Es tut mir wirklich leid. Ich werde mich bei deiner Mutter entschuldigen«, sagte ich und dachte fieberhaft darüber nach, wie ich das wieder in Ordnung bringen konnte.

»Was glaubst du, was ich mir hinterher von meiner Mutter anhören musste? Die war total sauer, dass ich ihr nichts davon gesagt habe, dass du jetzt eine Niqabi bist. Sie wollte wissen, wie es dazu gekommen ist. Sie macht sich wohl Sorgen, dass ich auch zu diesen Steinzeit-Islamisten überwechseln könnte.«

Jetzt fühlte ich mich wirklich schlecht. Ganz bestimmt hatte ich nicht gewollt, dass Kayla meinetwegen Schwierigkeiten bekam. Aber einiges von dem, was Kayla gesagt hatte, ließ mich aufhorchen. Was sollte dieses Gerede von Steinzeit-Islamisten? Was war das überhaupt für ein Wort? Meinte Kayla damit etwa meine Brüder aus der Moschee?

Ich wollte gerade was sagen, als Kayla die Hand hob. »Was machst du auch für einen Scheiß! Kapierst du nicht, dass das skrupellose Typen sind, die unseren schönen Koran als Rechtfertigung für ihre Enthauptungen, Steinigungen und was weiß ich noch alles verwenden? Die suchen nur nach der dunklen Seite der Texte und nehmen alles wörtlich. Ich kann mir nicht vorstellen, dass Allah das so will!«

Jetzt schüttelte ich energisch den Kopf und griff an meinen Schleier, um mir die Ohren zuzuhalten. Mir das weiter anzuhören, war bestimmt eine Sünde.

Kayla ließ sich nicht stoppen und redete sich immer weiter in Rage: »Ich habe dir das damals schon in der U-Bahn gesagt, als uns diese singenden Typen ihre Flugblätter in die Hand gedrückt haben. Von denen muss man sich fernhalten! Wann kapierst du endlich, dass das keine Muslime, sondern Idioten sind? Wenn ich geahnt hätte, dass du mal eine ihrer schwarzen Krähen mit einem Niqab wirst, hätte ich dir nie einen Koran in die Hand gegeben.« Sie schnappte nach Luft. »Du kannst das nicht verstehen. Diese Religion ist kompliziert. Leute, die keine Ahnung haben, so wie du, fallen schnell auf die Falschen rein. Es ist noch nicht zu spät. Hör einfach auf damit und zieh dieses schwarze Ding aus!«

Kayla fasste an mein Niqab. Ich riss den Arm hoch und stand auf. Es reichte mir! Das musste ich mir nicht anhören. Was wusste Kayla schon über den richtigen Islam? Für einen winzigen Moment sah ich ihr noch mal direkt ins Gesicht, bevor ich mich umdrehte. Dass ich jetzt ging, gehen musste, versetzte mir einen Stich, der so tief war, wie ich es mir gar nicht hatte vorstellen können. Kayla war meine beste Freundin gewesen, immer hatte sie zu mir gestanden. Und jetzt sollte das alles vorbei sein? Allein wegen eines Kleidungsstücks, bei dem sie nicht einsehen wollte, dass es auch für sie viel besser wäre, es zu tragen? Ich war erst so kurze Zeit dabei, aber über den Islam wusste ich schon jetzt besser Bescheid als sie. Wir hätten doch darüber reden können. Ich wäre gern bereit gewesen, ihr die Regeln richtig zu erklären oder sie wenigstens zum Koranunterricht mitzunehmen, wenn sie mir nicht glaubte. Aber so? Ich musste wohl einsehen, dass Kayla nicht der richtige Umgang für mich war. Im Islam gab es nur erlaubt oder verboten und Kayla mit ihrem negativen Gerede war definitiv auf der falschen Seite.

»Tschüs, Kayla. Mach's gut«, sagte ich kühl und verließ das Café.

»Hoffentlich weißt du, was du tust«, rief sie mir nach.

Natürlich wusste ich, was ich tat, sehr gut sogar. Aber schwer war es trotzdem, und ich fragte mich, wie viele Prüfungen durch Allah ich wohl noch überstehen musste, bis er mich endlich zu Abu Salman nach Syrien ließ. Heiße Tränen liefen über meine Wangen, als ich in Richtung U-Bahn eilte.

Zu Hause angekommen, traf ich auf meine Mutter, die sich in der Küche einen Kaffee machte. Mir wäre es lieber gewesen, etwas mehr Zeit zu haben, um mir eine Strategie für das Gespräch mit ihr zurechtlegen zu können.

Als sie ihren Blick auf mich richtete, sah ich den Vorwurf in ihren Augen, und ein Tornado aus Wut wirbelte durch meinen Kopf.

»Wie kannst du es wagen, hinter meinem Rücken bei Kaylas Mutter anzurufen?«

»Nun mal langsam. Kaylas Mutter und ich kennen uns gut. Sie hat uns nach Papas Tod besucht und wir haben uns lange unterhalten. Da werde ich sie ja wohl anrufen dürfen, wenn es ein Problem gibt.«

Ach, jetzt war ich also wieder nur ein Problem?

»Nein, das darfst du nicht. Zumindest nicht, ohne mich vorher zu fragen. Kayla ist *meine* Freundin«, zischte ich.

»Was ich von Kaylas Mutter dazu gehört habe, klang anders. Ihr habt euch vor den Herbstferien im Mauerpark das letzte Mal getroffen. Da warst du noch normal angezogen und hattest nicht dieses Ding an.« Meine Mutter zeigte auf den Niqab, der noch über meinem Arm hing.

»Was für ein bescheuertes Argument ist das denn? Ich sehe Kayla jeden Tag in der Schule!«

An diesen Nachmittag im Mauerpark wollte ich lieber nicht denken. Wenn meine Schwestern wüssten, dass ich vor knapp zwei Monaten noch im knappen Tanktop neben kiffenden Jungs auf der Wiese gelegen hatte, wären sie entsetzt. Ich wollte nicht mehr daran erinnert werden und schon gar nicht von meiner Mutter, die als Ungläubige keine Ahnung vom Islam hatte.

»Das ist typisch für dich«, schrie ich meine Wut heraus. »Wenn du nicht weiterweißt, ziehst du andere Leute mit rein. Erst diese wildfremde Frau in Warnemünde und jetzt Kaylas Mutter. Aber das ist total sinnlos, weil du überhaupt keine Ahnung davon hast. Wenn du so weitermachst, fährst du sowieso zur Hölle.«

Als sie den Arm hob und ausholte, sah ich den Schlag kommen und wehrte ihn mit dem Unterarm ab.

»Wage es ja nicht!«, brüllte ich und lief aus der Küche.

Wenn sie mir nachkommt, raste ich aus.

Ein paar Minuten später fiel die Wohnungstür ins Schloss. Ich fühlte mich erschöpft und ausgelaugt, als hätte ich eine Schlacht geschlagen. Mit zitternden Fingern griff ich nach meinem Handy, öffnete WhatsApp und wollte Abu Salman schreiben, dass ich auf der Stelle nach Syrien kommen wollte. Dann klärte sich der Nebel in meinem Kopf, ich löschte wieder, was ich eingetippt hatte und schrieb: ›Lass uns skypen. Bitte sofort!!!!‹

Als kurze Zeit später sein Anruf kam, saß ich bebend vor dem Monitor und ließ die Tränen einfach laufen.

Zum Glück merkte Abu Salman sofort, was mit mir los war. »Was ist passiert, Habibti? Erzähl mir alles, du weißt, dass du mir immer vertrauen kannst. Ich bin für dich da, egal, was es ist.«

»Ich habe mich total mit meiner Mutter verkracht. Sie ruft einfach irgendwelche Leute an, weil sie nicht versteht, dass das, was ich tue, das Richtige ist.«

Er streckte die Hand zur Kamera aus und sagte in tröstendem Tonfall: »Deine Mutter weiß es nicht besser. Ihr werdet euch schon wieder versöhnen.«

»Nein! Genau das glaube ich eben nicht. Ich werde in der Schule blöd angemacht, meine Mutter will mich ununterbrochen davon überzeugen, dass ich so werden soll wie früher. Aber das will ich gar nicht. Ich möchte einfach nur frei sein. Das verstehst du doch?«

»Natürlich verstehe ich das. Was denkst du denn, warum ich aus Schweden weg bin? Es waren dieselben Gründe.«

»Da siehst du es. Ich möchte auch nach Syrien.«

»Dann komm her. Ich warte schon so lange auf dich. Dein Platz ist hier, an meiner Seite.«

Ich starrte ihn an und konnte kaum glauben, wie gut es mir auf einmal wieder ging. Das Gefühl, das meinen Körper flutete, was so intensiv, so gut, dass ich mich fast selbst vor der Heftigkeit ängstigte. Mein Platz war bei ihm. An seiner Seite war ich zu Hause und nirgendwo sonst auf der Welt.

»Das würde ich so gern tun, mein Löwe. Aber ist es nicht zu gefährlich?«, flüsterte ich.

»So jung stirbst du nicht. Das wäre doch schade. Allah hat sich mit dir solche Mühe gegeben.« Abu Salman lachte, und es war dieses warme Geräusch, das ich so sehr liebte. »Im Ernst. Du musst dir keine Sorgen machen. Unsere Armee verteidigt Raqqa und wird unsere Feinde besiegen. Sonst gehen wir nach Libyen oder in den Jemen. Das wird alles schon vorbereitet. Falls es hier zu brenzlig wird, nehme ich dich natürlich mit.«

»Bist du sicher?«, fragte ich nach und wollte seinen Worten so gern glauben.

»Ja, natürlich. Sonst würde ich es dir so nicht sagen. Hier sind Tausende von jungen Mädchen aus der ganzen Welt, denen es bei uns gut gefällt. Sie sind mit tollen Männern verheiratet und sehr glücklich. Bist du etwa weniger mutig als die anderen Mädchen? Ich habe dich bisher für eine Löwin gehalten. Enttäuschst du mich etwa?«

»Natürlich bin ich mutig«, sagte ich schnell. »Du wirst bald sehen, dass ich eine Löwin bin.«

»Heißt das, du kommst?«, fragte er, und ich meinte, ehrliche Hoffnung in seiner Stimme zu hören.

»Ja, ich komme!«, antwortete ich fest. »Ich möchte so schnell wie möglich hier weg. Meine Mutter ist eine Katastrophe. Heute hätte sie mir fast eine runtergehauen, weil ich einen Niqab trage. Ich möchte in einem Land leben, in dem ich deswegen nicht ständig Probleme habe.«

»Du wirst hier endlich frei sein, das verspreche ich dir. Du musst nicht mehr lange aushalten. Wir sind gut organisiert und kümmern uns um alles. Ich spreche mit Ilhan, dem Imam. Er holt dich ab und wird dich ins Flugzeug nach Istanbul setzen.«

»Wie viel kostet denn so ein Flug?«, fragte ich, als mir einfiel, dass ich im Grunde ziemlich pleite war.

»Das bezahlen wir. Du brauchst kein Geld, Baby. Du hast jetzt mich.«

DAS BRAUTKLEID

Bereits am nächsten Tag bekam ich eine WhatsApp-Nachricht vom Imam, der sich am Nachmittag mit mir treffen wollte. In einem Café erklärte er mir ausführlich und geduldig, wie alles ablaufen würde. Man würde mich in Spandau abholen, mir die nötigen Papiere geben und mich zum Flughafen bringen. Offensichtlich sah er mir an, dass ich noch immer Zweifel hatte, denn er betonte, dass alles bestens organisiert sei. Ich müsse mir nur eine Ausrede für meine Mutter einfallen lassen, damit die nicht sofort Verdacht schöpfte.

Das war mir natürlich auch klar, aber ich drängte es zur Seite und sagte selbstbewusster, als ich mich fühlte: »Das ist kein Problem. Ich lege ihr einen Zettel hin. Wir sprechen sowieso nicht mehr miteinander.«

Irgendwie schaffte ich es, mir einzureden, dass das stimmte. Abu Ilhan nickte und signalisierte der Kellnerin, dass sie die Rechnung bringen sollte.

»Dann ist ja alles geregelt. Mach dir keine Sorgen. Dutzende Mädchen machen jede Woche diese Reise«, beruhigte er mich, während er Türmchen aus Kleingeld vor sich auf die Tischplatte stapelte.

Ich konnte einfach nur hoffen, dass er recht behielt.

Bereits eine Woche später sollte es losgehen. Obwohl dies seit Langem mein Wunsch gewesen war, wurde ich zunehmend unsicherer. Auf einmal wirkte mein Zuhause so schön, so gemütlich und sicher. Auch das nasskalte Wetter, das Berlin seit Tagen fest im Griff hatte, störte mich nicht mehr. Nur die Skype-Sitzungen mit Abu Salman rissen mich aus meiner trübseligen Stimmung. Wenn ich mit ihm redete, ihn sah, seine Stimme hörte, dann ließ die Vorfreude auf meine Zukunft mit ihm meine Haut prickeln.

Nach außen bemühte ich mich, alles möglichst normal wirken zu lassen, und ging weiter zur Schule. Sobald ich aber zu Hause war, schrieb ich mir stundenlang Nachrichten mit Malika, die sich auf ihre eigene Reise in ein paar Wochen vorbereitete. Sie war viel besser informiert als ich und gab mir Tipps, was ich unbedingt einpacken sollte.

›Vergiss nicht, Tampons mitzunehmen‹, riet sie mir zum Beispiel.

An so etwas denken zu müssen, kam mir seltsam vor. Die bekam man doch mit Sicherheit auch dort unten im Supermarkt, wo Abu Salman das Nutella kaufte. Sicherheitshalber schrieb ich dennoch Tampons auf meine Liste, die immer länger wurde.

Am letzten Nachmittag fuhr ich in die Innenstadt, um noch die restlichen Besorgungen zu machen. Die Einkaufsliste Punkt für Punkt abzuarbeiten, half mir, einen klaren Kopf zu bewahren. Erst vor einem Geschäft mit Brautkleidern hielt ich inne und betrachtete durch die Scheibe das schönste Kleid, das ich je gesehen hatte. Es war aus weißer Spitze, hatte einen Schleier und war über und über mit kleinen silbernen Perlen bestickt.

Genau so eines wollte ich tragen, wenn ich Abu Salman heiratete. In meiner Vorstellung sah ich uns tanzen, ich würde mich drehen, mein Rock würde um meinen Körper schwingen und Abu Salman mich stolz ansehen. Leider reichte mein Geld bei Weitem nicht aus, um einfach in den Laden zu spazieren und es zu kaufen, aber vielleicht konnte ich ein ähnliches Kleid in Syrien bekommen. Kurz entschlossen betrat ich in den Laden, um das Kleid aus der Nähe anzuschauen.

»Kann ich Ihnen helfen?« Eine Verkäuferin im dunkelblauen Kostüm kam auf mich zu und musterte misstrauisch meinen Niqab.

»Ich heirate demnächst und finde dieses Kleid so schön. Würden Sie bitte ein Foto davon machen? Ich möchte es meinem Freund schicken.«

»Ja, natürlich. Wollen Sie sich danebenstellen?«, fragte sie.

Ich trat neben die Puppe mit dem Kleid und befühlte den seidigen Stoff, während die Frau mehrmals auf den Auslöser drückte.

Dann gab sie mir das Handy zurück und lächelte mich an. »Ich wünsche Ihnen viel Glück.«

»Danke schön. Das kann ich gut gebrauchen. Ich habe eine lange Reise vor mir«, antwortete ich und senkte den Blick.

Endlich war der letzte Abend vor meiner Abreise angebrochen. Sämtliche notwendigen Dinge waren besorgt, mein Koffer war gepackt und mich machte meine eigene Ungeduld fast irre. Also setzte ich mich zu Missy aufs Bett und kraulte sie am Bauch, genau so, wie sie es mochte.

»Glaub mir, es wäre dort nichts für dich, sonst würde ich dich mitnehmen. Dein Foto habe ich aber eingepackt und ich werde jeden Tag an dich denken.« Als ich merkte, dass mir die Tränen runterliefen, verbot ich mir diese Trauer und murmelte: »Das Paradies wird einem nicht geschenkt. Niemand hat behauptet, dass es leicht sei. Ich mache es für Allah.« Und für Abu Salman, fügte ich in Gedanken hinzu.

Obwohl wir in den letzten Tagen nur das Nötigste miteinander geredet hatten und uns ansonsten aus dem Weg gegangen waren, fiel es mir schwer, dass ich mich nicht von meiner Mutter verabschieden konnte. Ich wollte nicht, dass sie in der Hölle landete, bloß weil sie es nicht besser wusste. War ich eine schlechte Tochter? Hätte ich energischer versuchen müssen, sie zu überzeugen? Schließlich war sie die Einzige, die mir geblieben war seit Papas Tod. Ich nahm mein Telefon und scrollte durch den Chat-Verlauf mit Abu Salman. Er war auch für mich da. Er mochte mich so, wie ich war. Zu keinem Zeitpunkt hatte er versucht, mir etwas einzureden. Vielleicht war dies die letzte von Allahs Prüfungen, und wenn das der Fall war, dann musste ich meine Mutter einfach vergessen. Ich hatte den Zettel, den ich ihr hinlegen würde, bereits geschrieben. Jetzt konnte ich nur noch hoffen, dass sie darüber hinwegkommen würde. Aber vielleicht fiel es ihr auch leichter als mir, schließlich hatte sie ja sowieso immer so getan, als wäre ich ihr lästig.

Dann fiel mir ein, dass ich Abu Salman noch gar nicht das Foto mit dem wunderschönen Hochzeitskleid geschickt hatte. Ich lud das Bild bei WhatsApp hoch und schrieb dazu: ›Ich kann es nicht abwarten, dich zu heiraten.‹

Er antwortete sofort. ›Ich auch nicht, Baby. Möge Allah dich auf deiner Reise beschützen. Inshallah.‹

TEIL 3
DIE REISE

TÜRKEI

Am Morgen fuhr mich der Imam zum Flughafen Tegel. Die Uhr auf dem Armaturenbrett zeigte an, dass es halb neun war. Um diese Zeit hatte ich sonst Geografie bei Herrn Martens. Ich stellte mir Kayla und die anderen vor, die wie immer im Klassenraum saßen, und verspürte einen Hauch von Wehmut. Dann schüttelte ich den Kopf. Worum beneidete ich sie eigentlich? Mir stand ab jetzt alles offen. Ich würde frei sein und die Welt endlich wirklich kennenlernen. Sie konnten getrost weiter über Büchern brüten oder sich alles mit Google Earth angucken.

Ich bin heute Mittag schon in Istanbul und fange ein neues Leben an.

Vor dem Flughafengebäude holte der Imam schnell mein Gepäck aus dem Kofferraum und reichte es mir.

»Ich muss gleich weiter. Wir haben ja alles besprochen. Du gehst zum Turkish-Airlines-Schalter. In Istanbul holt dich jemand ab. Mach dir keine Sorgen. Gute Reise.« Dann hielt er kurz inne, wühlte in seiner Manteltasche und hielt mir zwei Formulare hin.

»Danke«, flüsterte ich und schob sie in meinen Rucksack.

Aufgeregt schaute ich zur Schalterhalle und wollte dann Ilhan noch mal zuwinken, doch der war schon weg.

Den Koffer hatte ich selbst gepackt, aber erst als ich ihn hinter mir herzog, bemerkte ich, wie schwer er war. Kein Wunder bei der Menge an alltäglichen Dingen, die ich eingepackt hatte. Hoffentlich überschritt er nicht das Höchstgewicht, sonst würde ich Geld bezahlen müssen, das ich nicht hatte. Glücklicherweise kannte ich mich im Flughafen ganz gut aus, weil ich regelmäßig mit meinen Eltern in den Urlaub geflogen war. In der Türkei war ich noch nie gewesen, aber auf Mallorca und in England.

Als es Zeit war, checkte ich ein und ging durch die Sicherheitskontrolle. Eine Beamtin durchsuchte mich von oben bis unten und forderte mich sogar auf, meine Schuhe auszuziehen. Meinen Herzschlag spürte ich bis zum Hals, aber ich beruhigte mich ein wenig, als ich sah, dass die Sicherheitsleute mit den anderen Passagieren auch nicht anders umgingen. Ich versuchte, ruhig und gelassen zu wirken, um sie nicht auf mich aufmerksam zu machen, und war froh, dass ich mich heute für normale Kleidung entschieden hatte. In Jeans und Sweatshirt erregte ich wenigstens kein Aufsehen. Die Niqabs hatte ich im Koffer verstaut und würde sie erst in Istanbul wieder anziehen.

Dutzende Mädchen machen jede Woche diese Reise, rief ich mir die Worte des Imams in Erinnerung. Wenn er das sagte, dann stimmte das, und ich würde es auch schaffen. Jetzt musste ich nur das Boarding hinter mich bringen.

Als ich oben auf der Gangway stand, wandte ich mich noch einmal um und winkte in Gedanken meiner Heimatstadt zu. Ich hatte keine Ahnung, wann ich Berlin wiedersehen würde. Mir war noch nicht einmal klar, ob ich das überhaupt wollte. Syrien war das Land, in dem Abu Salman auf mich wartete. Und mit ihm die Freiheit, so zu sein, wie ich wirklich war. So zu sein, wie es Allah gefiel.

Als das Flugzeug für den Start beschleunigte, jubilierte ich innerlich. Endlich! Ich flog in die Freiheit! Das traurige Schulmädchen blieb für immer zurück. Jetzt konnte ich komplett die neue Anna sein. Ich konnte Aisha sein. Nun war ich eine junge Frau, die zu ihrem zukünftigen Ehemann flog. Wir würden ein tolles Leben zusammen haben und in Raqqa den Islamischen Staat aufbauen. Obwohl ich mir das in Gedanken immer wieder sagte wie ein Mantra, konnte ich es kaum fassen. Wie schnell alles gegangen war, wie sehr ich mich danach gesehnt hatte. Und jetzt passierte es wirklich!

Den Start verkraftete ich ganz gut, aber bereits nach einer halben Stunde ruckte es im Flugzeug, und es fühlte sich immer wieder aufs Neue so an, als würden wir abstürzen. Den Blick fest auf die Tragfläche gerichtet, die ich durch das kleine Fenster rechts neben mir sehen konnte, versuchte ich, die Übelkeit in den Griff zu bekommen, die meinen Magen umklammerte. Zwei Frauen neben mir tuschelten irgendwas über Luftlöcher und Turbulenzen und hielten einander an den Händen. Mir trat der Schweiß auf die Stirn, und mein Kopf fühlte sich an, als würde er im nächsten Augenblick zerplatzen.

Nach knapp drei Stunden landeten wir endlich in Istanbul, und ich stolperte zum Bus, der auf dem Flugfeld wartete.

Am Gepäckband stand ich neben Frauen mit Kopftüchern und Männern in der traditionellen muslimischen Kleidung.

Endlich bin ich in der islamischen Welt, dachte ich und konnte es nicht abwarten, meinen Niqab wieder anzuziehen. Als mein Gepäck auf dem Band heranrollte, dachte ich kurz darüber nach, ihn aus dem Koffer zu holen. Ich hatte die Hand schon nach dem Reißverschluss ausgestreckt, als ich mich dagegen entschied. Irgendjemand würde kommen, um mich abzuholen. Wie sollte der mich im Niqab erkennen?

Die Türen der Ankunftshalle öffneten sich und ich schaute mich um. Da ich keine Ahnung hatte, wie der Mann aussah, der auf mich wartete, musste ich mich darauf verlassen, dass er mich erkannte.

»Er hat ein Foto von dir«, hatte der Imam gesagt. »Das reicht.«

Tatsächlich kam ein Mann im dunklen Anzug auf mich zu und wedelte mit einem Zettel.

»Bist du Aisha?«, fragte er auf Englisch und zeigte auf mein Foto, das er ausgedruckt hatte.

»Ja, das bin ich. Hallo.« Gerade wollte ich ihm zur Begrüßung die Hand hinstrecken, als mir einfiel, dass das nicht üblich war.

Muslimische Männer und Frauen, die nicht miteinander verheiratet waren, durften einander nicht berühren.

Er kniff die Augen zusammen und ein Netz von Fältchen zog sich auf einmal über sein dunkles Gesicht. Stumm nahm er meinen Koffer und bedeutete mir, ihm zu folgen. Dann durchquerte er mit so eiligen Schritten das Flughafengebäude, dass ich kaum hinterherkam. Zum Glück hatte ich mich gegen den Niqab entschieden, mit dem ich noch immer nicht schnell laufen konnte, ohne mich in dem Stoff zu verheddern.

Wir nahmen den Ausgang zum Parkhaus, betraten in einem Flur aus rohem Beton einen Fahrstuhl und fuhren hinauf in die dritte Etage, wo wir in ein schwarzes Auto stiegen, dessen Lack von Staub ganz trübe war. Im Innenraum roch es nach Schweiß und irgendwelchen Kräutern. Kaum hatte ich mich auf dem Beifahrersitz angeschnallt, gab der Mann bereits Gas.

Jetzt war ich also in einem fremden Land, in einer fremden Stadt und hatte mich einfach so zu einem Kerl ins Auto gesetzt, den ich überhaupt nicht kannte.

Bei dem Gedanken, was mir alles passieren konnte, kämpfte sich ein saurer Geschmack meine Speiseröhre hoch.

»Vertrau mir, Baby«, hatte Abu Salman mir immer wieder gesagt. Klar musste ich ihm vertrauen, etwas anderes blieb mir jetzt auch gar nicht übrig.

Wir fuhren in einem Höllentempo durch die Stadt, von der alle sagten, dass sie wunderschön war. Ich versuchte, ein paar Eindrücke in mich aufzunehmen, aber es war aussichtslos. Anonyme Gebäude rasten an mir vorbei, Menschen rannten über die Straßen, überall waren Autos, die hupten und deren Fahrer aus heruntergelassenen Seitenscheiben mit den Armen wedelten. Selbst die Sonne hatte sich hinter einer dichten Wolkendecke versteckt, als wollte sie sich das Verkehrschaos nicht ansehen.

Ständig wechselte der Mann die Spur und überholte, wie es

ihm passte. Dabei hupte auch er unentwegt. Wenn meine Mutter das hätte sehen können, hätte sie endlich aufgehört, über den Verkehr in Berlin zu schimpfen. Der war gar nichts gegen das, was hier ablief.

»Dort ist der Bosporus«, riss der Mann mich aus meinen Gedanken. »Wir fahren über die Brücke da vorne in den asiatischen Teil Istanbuls.«

Neugierig starrte ich aus dem Fenster. Wie lange wir wohl unterwegs sein würden? Auf einmal hatte ich das Gefühl, gleich verdursten zu müssen, traute mich aber nicht, den Mann nach Wasser zu fragen. Der guckte ohnehin schon so grimmig.

»Wir sind gleich da«, sagte er unvermittelt. »Hier kommst du erst mal unter, bevor es nach Syrien geht.« Er warf mir einen Seitenblick zu und grinste. »Unsere Brüder warten bestimmt schon auf dich.«

Es dauerte tatsächlich nur noch ein paar Minuten, bis er vor einem einfachen Wohnhaus hielt und meinen Koffer zu einer Wohnung im dritten Stock trug. Wie ein Hund trottete ich hinter ihm her und hoffte, dass die Leute, zu denen er mich brachte, nett zu mir waren. Was sollte ich tun, wenn keiner von ihnen Englisch sprach?

Die Art, mit der er dreimal klopfte, klang nach einem geheimen Zeichen, vielleicht spielte mir aber auch meine Fantasie einen Streich. Als nichts passierte, wiederholte er das Klopfen, dann endlich ging die Tür langsam auf, und vor uns stand eine magere Frau mittleren Alters.

»Da seid ihr ja. Ich habe schon auf euch gewartet. Ist alles gut gegangen?«

»Ja, keine Probleme«, sagte der Mann. »Wann soll ich die Nächste abholen?«

»Morgen. Sie kommt aus Paris mit Air France. Die Ankunftszeit kennst du ja.«

»Alles klar. Bis morgen«, verabschiedete er sich und ging zur Treppe.

Die Frau schob mich durch die Tür. »Komm rein, mein Mädchen. Herzlich willkommen. Ich bin Nehir.«

Sie führte mich in ein Zimmer, in dem drei Frauen um einen Tisch saßen. Zwei waren in Nehirs Alter, die andere kaum älter als ich. Sie begrüßten mich herzlich und nahmen mich in die Arme.

»Das ist Mariam. Sie kommt aus Großbritannien und ist auch auf dem Weg nach Syrien«, stellte Nehir mir das Mädchen vor.

»Hallo, ich bin Anna«, sagte ich.

»Hast du keinen muslimischen Namen?«

»Doch, natürlich. Mein muslimischer Name ist Aisha.«

»Bist du überhaupt Muslima, wenn du deinen Namen nicht verwendest?«, fragte Nehir und sah mich prüfend an.

Ich nickte nur und nahm mir vor, dass mir das nicht noch mal passieren würde, egal, wie müde oder aufgeregt ich war. Ich war Aisha. Anna gab es nicht mehr.

Aus einer Messingkanne schenkte mir Nehir ein Glas Tee ein, das ich gierig nahm. Ich trank ein paar Schlucke. Das tat gut. Endlich.

»Ihr bleibt für einen oder zwei Tage hier. Morgen kommt noch eine junge Frau aus Frankreich. Sobald alles geregelt ist, bringe ich euch nach Syrien. Bis dahin ist es besser, wenn ihr in der Wohnung bleibt. Wir wollen doch nicht, dass euch was passiert«, erklärte Nehir Mariam und mir.

Schon wieder bloß warten? Und dann auch noch hier in dieser Wohnung? Ich hatte gehofft, Istanbul kennenzulernen und die berühmte Blaue Moschee zu besichtigen. Mariam guckte auch nicht gerade begeistert, aber wir blieben stumm und nickten nur.

»Komm, ich zeige dir, wo du schläfst«, sagte Nehir nach ein paar Minuten des Schweigens, die immer länger wurden. Alles war besser, als hier rumzusitzen. Ich sprang auf und folgte ihr mit meinem Koffer.

Sie führte mich in eine kleine Kammer, die nur mit einem Vorhang vom Flur abgetrennt war. Ich hob den Koffer auf die schmale Pritsche, über die eine dunkelgraue Decke gebreitet war, und wollte ihn gerade öffnen, als Nehir mich aufhielt.

»Hast du ein Handy dabei?« Sie führte eine Hand auf Ohrhöhe zu ihrem Kopf, als wäre sie nicht sicher, ob ich sie verstand.

Ich nickte verwirrt. Natürlich hatte ich eins dabei, das war doch normal. Was sollte die Frage?

»Gib es mir«, sagte Nehir und machte eine fordernde Geste.

War das wirklich notwendig? Nehir wedelte erneut mit der Hand und sah nicht so aus, als würde sie es sich anders überlegen. Also holte ich notgedrungen das Handy aus der Tasche und hielt es zögernd in der Hand.

»Ich habe meiner Mutter noch nicht geschrieben.« Dafür würde sie doch hoffentlich Verständnis haben.

»Na gut, schreib ihr, dass sie dich nie wiedersehen wird, und dann gib mir endlich das Ding!« Ihr energischer Blick erstickte jeden Protest, zu dem ich ansetzen wollte, im Keim.

Ich holte tief Luft und tippte unter Nehirs prüfenden Blicken eine letzte WhatsApp-Nachricht an meine Mutter: ›Ich bin auf dem Weg nach Syrien. Such mich nicht. Ich werde heiraten und glücklich sein. Ich wünsche dir auch ein schönes Leben.‹

»Braves Mädchen«, sagte Nehir, als sie das Handy einsteckte. »Ruh dich aus. Später gibt's Essen.«

Auch wenn ich mich wochenlang danach gesehnt hatte, mich endlich auf den Weg nach Syrien machen zu dürfen, lief das alles total anders als in meiner Vorstellung. Gegen Nehir war meine Mutter ja der liebevollste und netteste Mensch auf der Welt. Wenn Abu Salman das wüsste, würde er sie vermutlich anständig in ihre Schranken weisen. Aber er wusste es nicht und ich konnte ihm nicht einmal davon schreiben. Im Moment würde ich wohl auf seinen Beistand verzichten müssen. Aber nicht mehr lange, dann waren wir endlich zusammen, und niemand auf der ganzen Welt durfte unfreundlich zu mir sein.

Am nächsten Tag kam das französische Mädchen, das sich als Sadia vorstellte. Sie redete ohne Unterbrechung davon, wie froh sie sei, so tolle Schwestern im Glauben gefunden zu haben, die auch für die gerechte Sache kämpften.

Während wir im Wohnzimmer zusammensaßen, fiel mir auf, dass Nehir ständig zum Fenster ging, immer wieder auf ihr Handy guckte und Nachrichten schrieb.

»Wir brechen morgen früh auf«, sagte sie unvermittelt. »Wir fahren mit dem Bus in die Osttürkei nahe der Grenze. Von dort aus ist es kein Problem, nach Syrien zu kommen. Seid im Bus ruhig und quatscht nicht die ganze Zeit«, mahnte sie mit einem strengen Blick auf Sadia. »Falls euch jemand anspricht, sagt ihr, dass wir Verwandte besuchen.«

»Was ziehen wir an?«, fragte ich. »Sollen wir unsere Niqabs tragen?«

»Das ist in der Türkei nicht überall üblich und wir würden damit auffallen. Den Niqab wirst du noch lange genug tragen, wenn du erst in Syrien bist.« Nehirs Augen funkelten spöttisch und sie sah auf einmal aus wie eine kleine dürre Hexe. Sie hatte etwas gegen mich, da war ich mir sicher. Aber egal, die gute Nachricht war schließlich, dass wir uns bereits morgen auf den Weg nach Syrien machten. Dort würde Abu Salman auf mich warten, mich halten und trösten und all meine Tränen einfach wegküssen.

Kurz nach Tagesanbruch fuhren wir in einem Taxi zum Busbahnhof. Wir Mädchen quetschten uns zu dritt auf die Rückbank, während Nehir vorne neben dem Fahrer saß. Sie sagte die ganze Fahrt kein Wort und wir blieben ebenfalls stumm.

Der Busbahnhof war riesig, viel größer als der am Funkturm in Berlin. Hier herrschte genau die Art von Trubel, die ich mit Istanbul verband. Leute schrien durcheinander, Motoren dröhnten, und Händler liefen durch die Menge, um Süßes und anderen Proviant zu verkaufen. Das musste ich unbedingt fotografieren. Meine Hand glitt in die Tasche und suchte nach meinem Handy. Als ich es nicht fand, brach mir kurz der Schweiß aus, dann fiel mir ein, dass ich es ja hatte abgeben müssen. Nicht so wichtig, dachte ich. So etwas würde ich ab jetzt vermutlich noch öfter zu sehen bekommen.

»Hier lang. Da steht schon unser Bus«, rief Nehir und wedelte mit den Fahrkarten. Sie drückte jeder von uns eine in die Hand und ermahnte uns, ruhig zu sein. Als ich einstieg, machte Sadia ein Zeichen, dass ich mich neben sie setzen sollte. Das war mir ganz recht, ich mochte das lebhafte französische Mädchen und ließ mich auf den Platz fallen.

»Weißt du, wo wir genau hinfahren?«, fragte ich.

»Nach Gaziantep. Das ist die übliche Route. Das weiß ich von Schwestern, die schon in Daesh sind. Ich kann es gar nicht abwarten, meinen zukünftigen Mann zu treffen. Ich bin so glücklich«, schwatzte Sadia vor sich hin. Erst ein strenger Blick von Nehir brachte sie zum Schweigen.

Ich hatte nicht damit gerechnet, dass wir den ganzen Tag und die ganze Nacht im Bus verbringen würden. Alle vier Stunden hielt der Fahrer für eine Pinkelpause an, allerdings nur einmal an einer Tankstelle, wo wir echte Toiletten benutzen und uns etwas zum Essen kaufen konnten. Jedes Mal, wenn ich wieder zurück auf den unbequemen Sitz kletterte, sank mein Mut weiter. Natürlich tat ich das alles gern für Abu Salman. Ich hoffte nur, dass er diese Quälerei, die ich für ihn auf mich nahm, zu schätzen wusste.

Erst am nächsten Morgen kamen wir in Gaziantep an. Als

wir ausstiegen, sprang Nehir beschwingt die Stufen des Busses hinunter und raunte mir zu: »Jetzt sind wir in Sicherheit.«

Wieder ging es mit dem Taxi zu einer Unterkunft. Im Vorbeifahren sah ich, dass die Menschen und die Gebäude hier in Gaziantep arabischer wirkten als in Istanbul. Das war gut, genau so hatte ich mir meine neue Heimat vorgestellt.

Allerdings waren wir noch gar nicht wirklich in der neuen Heimat, dem Land der schwarzen Flagge, wie Sadia es ständig nannte. Abends erklärte uns Nehir, dass wir am nächsten Tag mit dem Auto die syrische Grenze überqueren würden. Von dort ginge es in die Nähe von Raqqa, wo wir warten müssten, bis der IS nach uns riefe. Das könne wochenlang dauern.

Das konnte doch unmöglich ihr Ernst sein! Wochenlang warten? Warum? Abu Salman konnte es kaum noch aushalten ohne mich, das hatte er selbst gesagt. Außerdem warteten er und ich seit Monaten darauf, endlich zusammen sein zu dürfen. Ich hatte damit gerechnet, Abu Salman spätestens am nächsten Tag in die Arme schließen zu können. Besonders schlimm war ja, dass ich gar nichts von ihm hörte. Hätte man mir nur nicht mein Handy weggenommen … In Gedanken führte ich ein kurzes Selbstgespräch mit Argumenten, um Nehir zu überzeugen, es mir zurückzugeben. Als ihr finsterer Blick mich aber traf, wagte ich es nicht, auch nur den leisesten Ton von mir zu geben. Sie konnte mich tatsächlich nicht leiden, obwohl ich ihr nicht das Geringste getan hatte. Das war beunruhigend. Ich war völlig auf sie angewiesen und wusste nicht, wie weit ich ihr trauen konnte. Aber im Moment konnte ich das nicht ändern und würde wohl oder übel tun müssen, was sie mir sagte. Allah würde seine Hand über mich halten, darauf musste ich hoffen. Eine andere Wahl hatte ich nicht.

WARTEN

Am nächsten Tag hielt ein Auto vor dem Haus, in dem wir die Nacht auf einem Lager aus staubigen Matratzen verbracht hatten. Nehir befahl uns, unsere Sachen zu nehmen.

»Husch, husch, beeilt euch! Denkt ihr, wir haben ewig Zeit? Was seid ihr doch für nutzlose, verwöhnte Mädchen. Das ist der Fahrer, der euch nach Syrien bringen wird.«

Mein Herz klopfte vor Aufregung so stark, dass mir sogar die Beleidigungen egal waren, die sie über uns ausschüttete. Syrien! Endlich! Nun konnte es ja nicht mehr lange dauern, bis ich endlich Abu Salman traf.

Wir rannten zum Auto, und Nehir sprach durch das runtergekurbelte Fenster mit dem Fahrer: »Du weißt Bescheid. Bring sie in das Haus für die Europäerinnen bei Raqqa. Ich fahre nach Istanbul zurück und kümmere mich um die Neuankömmlinge.«

Dann scheuchte sie uns ins Auto und der Fahrer ließ den Motor an.

In Nehirs Wohnung in Istanbul schien ja reger Betrieb zu herrschen. Die ganze Fahrt über dachte ich darüber nach, was das wohl bedeutete. Der Imam in Berlin hatte auch von Dutzenden Mädchen gesprochen, die wöchentlich ankamen. Dass ich jetzt dazugehörte, war ein schönes Gefühl. Aber ich konnte nicht sagen, ob es gut oder schlecht war, dass es so viele von uns gab. Irgendwie hatte ich wohl gehofft, dass ich etwas Besonderes war. Eine mutige Löwin, ein Mädchen ohne Angst vor dem Unbekannten.

Ich wusste nicht, wie lange wir schon unterwegs waren, als der Fahrer plötzlich rief: »Willkommen in Syrien!« Ich zuckte aus meinen Gedanken. Schnell wandte ich mich zum Fenster und ärgerte mich, dass ich nicht aufgepasst hatte, als wir die

Grenze überquerten. Hätte uns der Mann am Steuer nicht darauf aufmerksam gemacht, hätte ich gar nicht gemerkt, dass wir nun in Syrien waren. Hier sah es ähnlich aus wie in der Türkei. Die Landschaft war flach und weit und braun. Je weiter wir nach Süden Richtung Raqqa fuhren, änderte sich mein Eindruck allerdings. Auf unserem Weg kamen wir durch ein menschenleeres Geisterdorf nach dem nächsten. Die Wände der Häuser waren von Einschusslöchern durchsiebt und am Straßenrand lagen ausgebrannte Autowracks. Vor einem der Häuser war eine Wäscheleine gespannt, an der noch Fetzen von Kleidern hingen. Als wir bereits vorbeigefahren waren, drehte ich mich noch einmal um, damit ich durch die Rückscheibe schauen konnte. Das sah alles so unwirklich aus. Angst legte sich um meinen Brustkorb und drückte ihn fest zusammen. Was machte ich hier? Was sollte ich tun, wenn hier immer noch geschossen wurde?

Als ich den Fahrer danach fragte, schüttelte er den Kopf. »Es sind alle weg.«

Nachdem wir ein paar Ortschaften hinter uns gelassen hatten, fuhren wir lange durch eine ausgedörrte Landschaft, über der die Luft flirrte. Irgendwann hielten wir in einem Dorf vor einem Haus an. Eine ältere Frau trat auf die Straße, sie war noch magerer als Nehir. Ohne Begrüßung führte sie uns hinein und zeigte uns das Haus, das aus einem einzigen Zimmer und einer Küche bestand. Auf dem Boden lagen dünne Matratzen und Kissen. Tische oder Stühle gab es nicht. Die Toilette war draußen.

Die Frau sagte in schlechtem Englisch: »Ich bin Rasha. Willkommen in meinem Haus. Bleibt drinnen. Geht nur raus, wenn es sein muss.«

Das kennen wir ja schon, seufzte ich innerlich. Da ich es mir mit Rasha nicht gleich verderben wollte, nickte ich nur.

Vor uns waren offenbar schon zwei andere Mädchen angekommen, eines davon stammte aus Köln.

Die Tage vergingen. Rasha teilte uns Hausarbeiten zu, und ich war froh, dass sie mich meistens in der Küche einsetzte. Obwohl ich bei meiner Mutter nicht viel darüber gelernt hatte, interessierte mich das Kochen, und Rasha brachte mir bei, wie man die arabischen Gerichte aus Schaf- oder Lammfleisch mit Gemüse und Reis zubereitete.

»Dein Mann wird sich freuen, wenn du gut kochen kannst«, sagte sie. »Es ist deine Aufgabe, dich um ihn zu kümmern.«

Anfangs machte es mir Spaß, zu schneiden, in Töpfen zu rühren, abzuschmecken und das Essen in großen Schüsseln aufzutragen. Aber es war auch ermüdend und wurde mir bald langweilig. Ich konnte mir nicht vorstellen, als Abu Salmans Frau den ganzen Tag mit Kochen und Putzen im Haus zu verbringen. Das musste ich auch nicht, er hatte schließlich immer gesagt, dass ich nach Syrien kommen sollte, um den Kindern zu helfen und sie zu unterrichten. Darauf freute ich mich, das war der Platz, den ich im Leben gesucht hatte, nicht eine Küche. Ich konnte es gar nicht abwarten, bis endlich die Kinder um mich herumwuselten. Im Haus stehen, Wäsche waschen und kochen würde ich erst, wenn ich eigene Kinder hatte. Obwohl der Gedanke auch beängstigend war, konnte ich mir doch vorstellen, dass es vielleicht gar nicht mehr so lange dauerte, denn Abu Salman mochte Kinder ebenfalls. In dem ersten Video, das ich von ihm gesehen hatte, war das deutlich geworden, als er Eis an eine Meute Kinder verteilte. In meiner Fantasie sah ich mich neben ihm stehen und wir beide lachten. Aber das musste ich Rasha ja nicht auf die Nase binden.

Sie war zwar sehr viel netter als Nehir und konnte mich offenbar ziemlich gut leiden, doch ich hatte sehr schnell begriffen, dass es besser war, mit ihr nicht zu diskutieren. Schon am ersten Tag hatte sie eines der anderen Mädchen wütend angefahren, weil es sich weigerte, den Fußboden zu fegen.

»Gibt es hier keinen Staubsauger?«, hatte das Mädchen gemault.

Rasha hatte gefaucht: »Wenn du einen Staubsauger willst, musst du wieder dahin gehen, wo du hergekommen bist. Solche verwöhnten Dinger wie dich können wir nicht gebrauchen.«

So eine Szene wollte ich auf gar keinen Fall riskieren, sonst kam sie womöglich noch auf die Idee, mich wieder zurückzuschicken.

Die Sehnsucht nach Abu Salman fraß mich fast auf. Am schlimmsten war es, wenn ich neben den anderen auf dem harten Fußboden lag und die Decke über mein Gesicht zog, damit sie meine Tränen nicht sahen. Manchmal stieg ein so starkes Schluchzen in mir auf, dass ich es kaum unterdrücken konnte. Ich fühlte mich so allein, so einsam, dass ich mir wünschte, ich hätte jemanden zum Reden, Kayla oder meine Mutter. Ich war dankbar, dass die anderen Mädchen hier waren, meine neuen Schwestern im Islam. Trotzdem konnte ich die Gedanken an zu Hause nicht ganz unterdrücken und das durfte ich ihnen nicht verraten. Wenn ich wenigstens die Chats mit Abu Salman in meinem Handy hätte nachlesen können, irgendetwas gehabt hätte, was mich an ihn erinnerte, das Warten auf ihn wäre erträglicher gewesen. Aber es gab nichts, was mich tröstete.

Ich wollte ihn endlich in die Arme schließen! Meinen Löwen. Nur deshalb tat ich alles, was Rasha von mir wollte, und war freundlich zu ihr, obwohl es mir jeden Tag schwerer fiel, mich zu verstellen.

Abends saßen wir alle oft zusammen und redeten über den Islam und wie toll es war, den Dschihad zu unterstützen.

»Endlich können wir einen eigenen muslimischen Staat haben«, schwärmte ein Mädchen namens Dilara.

»Die Welt wird noch lange von uns reden«, war Mariam sich sicher.

»Genau«, ergänzte ich. »Andere gucken Nachrichten und wir machen welche.« Ich freute mich, als die anderen eifrig nickten.

Die einzige Abwechslung in diesem Haus im Nirgendwo zwischen der Türkei und Raqqa waren andere Frauen, die fast jeden Nachmittag zu Besuch kamen. Sie waren begeistert, dass ihre Schwestern aus Europa gekommen waren, um für die gerechte Sache unter der schwarzen Flagge zu kämpfen. Der Islamische Staat sei etwas anderes als die verkommenen Sitten im Westen. Hier gäbe es Frieden, Bildung und Reinheit.

An einem der langen Abende stand Rasha in der Küche, und ich hatte Gelegenheit, alleine mit dem Mädchen aus Köln zu sprechen, das eigentlich Sophie hieß, deren muslimischer Name aber Namika war.

»Hast du eine Ahnung, was das für Frauen sind, die hier nachmittags zu Besuch kommen? Sind das alles Freundinnen von Rasha?«, fragte ich sie.

Namika lachte, und ich hatte das Gefühl, dass sie sich über meine Unwissenheit amüsierte. »Nee, ich glaube nicht. Diese Französin, die angeblich so viele Freundinnen hat, die schon die Hidschra gemacht haben, erzählt, dass wir hier geprüft werden. Glaubst du, die lassen jeden nach Raqqa? Die werden sich doch keine Läuse in den Pelz setzen und Spione reinlassen.«

Ich zuckte zusammen und nahm mir vor, in Zukunft noch vorsichtiger damit zu sein, wem ich was erzählte. Schnell wechselte ich das Thema.

»Welches Datum haben wir?«

»Keine Ahnung. Das ist unwichtig. Wir müssen warten, bis wir vom IS gerufen werden. Es kommt nicht darauf an, welcher Tag heute ist«, sagte Namika und sah mich verständnislos an.

»Natürlich, das weiß ich auch. Ich habe nur gerade überlegt, ob heute nicht Heiligabend ist. Ich bin Mitte Dezember aus Berlin weg und jetzt sind wir schon über eine Woche unterwegs. Wäre doch möglich, dass …«

»Du bist Muslima. Was kommst du mir da mit Weihnachten?«, unterbrach sie mich und starrte mir entsetzt ins Gesicht.

»Ja, du hast natürlich recht. Ich bin erst vor ein paar Monaten zum Islam konvertiert und fand Weihnachten vorher immer ganz schön, die Geschenke und die Lieder und das alles …« Ich senkte den Blick. Auch wenn ich es vor Namika niemals zugegeben hätte, erinnerte ich mich gern an die Weihnachtsfeste mit meinen Eltern. Sogar Missy war zu Weihnachten verwöhnt worden. Würde es das ab jetzt wirklich nie wieder geben?

»Lass das bloß niemanden hören, dass du Weihnachten gut findest. Die Wände haben hier Ohren. Das habe ich dir doch gerade erklärt«, sagte Namika und sah sich aufmerksam um. »Ich will damit jedenfalls nichts zu tun haben.«

»Verstehe.« Ich konnte nicht verhindern, dass mir Tränen in die Augen stiegen.

»Unser Ramadan ist sowieso viel schöner als Weihnachten. Da feiern wir jeden Abend nach dem Fastenbrechen.« Sie zog mich in ihre Arme und strich mir tröstend eine Strähne aus der Stirn. »Du wirst sehen, alles wird gut.«

»Wann ist der Fastenmonat?«

»Das ist jedes Jahr zu einem anderen Zeitpunkt. Unseren ersten Ramadan in Raqqa werden wir nächstes Jahr im Mai erleben.« Namika wirkte auf einmal ganz aufgeregt, sie nahm meinen Arm und schüttelte ihn ein wenig. »Das wird großartig. Wir können tolles Essen vorbereiten und unsere Männer abends richtig verwöhnen. Da gibt es alles, Lamm, Linsensuppe, Auberginen …«

Ihre Begeisterung war so ansteckend, dass ich grinsen musste. Namika schien schon alles durchgeplant zu haben.

In dieser Nacht drängte ich die Erinnerung an vergangene

Weihnachtsfeste weit von mir und dachte ausschließlich an Abu Salman. Nur für ihn hatte ich das alles auf mich genommen, aber er war definitiv jedes Opfer wert.

FAHRT NACH RAQQA

Drei Tage später erschienen zwei Männer, die ganz in Schwarz gekleidet waren. Ich stand am Fenster und traute mich nicht, sie direkt anzusehen, sondern bestaunte sie aus dem Augenwinkel. Diese Kämpfer sahen genauso aus, wie ich sie aus dem Internet und von Abu Salmans Videos kannte. Sie hatten lange Bärte und Maschinengewehre über den Schultern. Rasha wuselte um sie herum und bot ihnen Tee an, den sie jedoch ablehnten.

Dann riefen sie zwei Namen, einer davon war Aisha. Als ich begriff, dass ich gemeint war, stieg Panik in mir auf.

Was bedeutete das? Wurde ich jetzt zu Abu Salman gebracht oder abgeholt und zurückgeschickt, weil ich einen Fehler gemacht hatte? Ich schaute mich nach Namika um, die wegsah. Ihr Name war nicht aufgerufen worden.

Rasha rüttelte mich am Arm. »Nun mach schon. Hol deine Sachen!«

Obwohl ich fast starr vor Angst war, riss ich mich von ihr los und beeilte mich, mein Zeug in den Koffer zu werfen. Als ich ihn zugemacht hatte, trug ich ihn zur Tür.

Die Männer saßen bereits in einem offenen Jeep und schienen auf mich und Mariam zu warten. Sie folgte mir, und ich konnte spüren, dass es ihr ähnlich ging wie mir.

»Viel Glück!«, wünschte Rasha uns im Rausgehen.

»Jalla, jalla«, riefen die Männer.

Ich verstand genug Arabisch, um zu wissen, dass das so viel wie vorwärts bedeute. Mit großer Mühe hievte ich den schweren Koffer hinter die Rückbank des Jeeps und stieg ein. Als wir komplett waren, ging es los.

Es war heiß und der Staub wirbelte während der Fahrt hinter uns auf. Da niemand auch nur ein einziges Wort sagte, versank ich tief in meinen Gedanken. Jetzt würde ich hoffentlich endlich meinen Löwen treffen und es wurde auch Zeit. Niemand hatte mich auf eine so lange Reise vorbereitet, und ich spürte, dass meine Nerven mit jedem Tag schwächer wurden.

Als wir nach etwa einer Stunde eine Stadt erreichten, flüsterte Mariam mir zu: »Das muss Raqqa sein. Endlich!«

Wir fuhren an einem Fluss entlang und erreichten das Stadtzentrum, wo viele Menschen durcheinanderliefen. Ich staunte. Alle Frauen waren hier verschleiert und die Männer trugen kurze Hosen und lange Gewänder, genau so, wie Abu Salman es mir beschrieben hatte. Auf einem kleinen Basar verkauften Händler ihre Waren. Allerdings fiel mir schnell auf, dass es hier nicht viele Geschäfte gab. Die meisten schienen geschlossen zu sein, aber ich würde schon nicht verhungern. Für einen Moment musste ich über die sinnlosen Sorgen lachen, die mir durch den Kopf gingen. Abu Salman würde für mich sorgen, wie es ein guter Ehemann tat. Er würde mich beschützen und mich trösten, wenn ich traurig war. Das hatte er bisher immer getan.

Wir bogen um einige Kurven, überquerten eine schmale Brücke und hielten dann vor einem Haus. Sofort sprang einer der Männer aus dem Jeep und deutete mit dem Finger auf mich.

»Komm mit. Du steigst hier aus.«

Das Haus war von einer Mauer umgeben, und erst als der Mann das Tor öffnete, konnte ich sehen, was dahinter war. Wir traten in den Garten, der einmal schön gewesen sein musste, jetzt aber verdorrt war. Das entsprach überhaupt nicht dem, was ich mir für mein erstes Treffen mit Abu Salman vorgestellt hatte, trotzdem rannte ich fast über die braune Erde, um ihn endlich in die Arme schließen zu können. Als er mir weder draußen entgegenkam noch am Eingang auf mich wartete, wurde mir klar, dass ich mich noch immer würde gedulden müssen.

Im Flur eilten mir zwei verschleierte Frauen entgegen, die mich in einen Wohnraum mit Sofa und Fernseher führten. Auf dem Boden lagen Kissen.

»Setz dich.« Eine der Frauen nickte mir zu und wies auf das Sofa.

»Ich muss weiter«, sagte der Mann. »Wir haben noch ein anderes Mädchen abzuliefern. Ihr Bräutigam wartet schon ungeduldig.«

»Kein Problem, ich zeige ihr alles«, rief die Frau.

Im ersten Augenblick war da nur Freude, dann erfüllte mich Aufregung. Das hier war also keine weitere Zwischenstation, sondern mein neues Zuhause? Ich hörte Geräusche aus dem Flur und reckte meinen Hals. War das endlich Abu Salman?

Für einen Moment schloss ich die Augen und rief mir die Erinnerung an ihn ins Bewusstsein, seine Blicke aus den wunderbar blauen Augen streichelten mich liebevoll. Als ich die Lider wieder öffnete, stand ein verschleiertes Mädchen mit einer Kanne vor mir und goss Tee ein. Hölzern bedankte ich mich und versuchte, meine Enttäuschung zu verbergen.

»Ich bin Laiba«, stellte sie sich vor. »Das sind Abeera und die kleine Haniya. Sie ist in deinem Alter und mit unserem Bruder Bekir verheiratet.«

Abeera schaltete den Fernseher ein. »Du hast Glück, dass wir heute Strom haben«, sagte sie. »Das ist in letzter Zeit nicht immer so.«

Die Frauen schwatzen bei laufendem Fernseher miteinander und sprachen mich zwischendurch auf Englisch an. Sie wollten alles genau wissen, wo ich bisher gewohnt hatte, wie alt ich war und was ich auf der Reise erlebt hatte. Obwohl ich sie gern nach Abu Salman gefragt hätte, hielt mich irgendetwas zurück, und ich beantwortete jede ihrer Fragen so ausführlich wie möglich. Hoffentlich merkten sie nicht, dass ich überhaupt nicht bei der Sache war. Als die Enttäuschung mich immer stärker in den Griff bekam, rief ich mich selbst zur Ordnung. Endlich war ich in Raqqa. Das war die Hauptsache!

»Heute bekommst du einen Ehemann«, sagte Haniya fröhlich, und die Frauen warfen sich vielsagende Blicke durch ihre Sehschlitze zu. Das brachte mich durcheinander. Wieso waren sie sich so sicher, dass ich heute heiraten würde? Ich hatte doch Abu Salman noch nicht mal kennengelernt. Und ein Kleid hatte ich auch nicht. Wie stellten sie sich das vor?

»Hallo, Habibti«, hörte ich plötzlich eine vertraute Stimme.

Ich schnellte hoch und da stand er. Genau so, wie ich ihn mir vorgestellt hatte. Die Erinnerungen an unsere Chats, unsere Gespräche, an die Videos und an die Kraft, die er mir geschenkt hatte, strömten auf mich ein. Endlich war ich bei Abu Salman, der mich seit Monaten jede Nacht im Traum besuchen kam.

»Ich bin der, den du im Internet kennengelernt hast, dein zukünftiger Ehemann.« Er strahlte mich aus diesen endlos tiefen blauen Augen an, die mich einluden, darin zu versinken.

Ich konnte nur nicken, so sprachlos war ich. Er sah noch viel besser aus als auf den Fotos. So groß und mit noch viel breiteren Schultern. Sein ganzes Auftreten war unglaublich männlich. Ich hatte alles richtig gemacht.

Danke, Allah, dass ich hier bei ihm sein darf!

Zögernd trat ich einen Schritt vor. Wollte er mich gar nicht in den Arm nehmen? Ich hatte mich so auf den ersten Kuss von ihm gefreut, hatte mir alles in stundenlangen Tagträumen ausgemalt. Vielleicht störten ihn die anderen Mädchen, aber konnte er sie nicht einfach aus dem Raum schicken, damit wir allein waren und uns richtig kennenlernen konnten?

Langsam machte ich den nächsten Schritt nach vorn, doch er streckte ablehnend die Hand aus.

»Ich bringe heute Abend den Imam mit und dann heiraten wir«, sagte er.

»So schnell?«, fragte ich und konnte nicht fassen, dass er das offenbar ernst meinte. »Ich habe doch noch gar kein Brautkleid.«

»Unsere Schwestern kümmern sich um alles«, sagte er und warf einen Blick auf die anderen Frauen.

Als er mir zuzwinkerte und sich umdrehte, blieb ich wie erstarrt zurück und lauschte dem Klang seiner Stiefel, der im Flur verhallte.

HOCHZEIT

Als er wieder weg war, brach Hektik unter den Frauen aus, während mich das alles auf einmal überforderte.

»Jalla, jalla«, rief Laiba, die hier das Kommando zu führen schien.

Alle redeten auf Arabisch durcheinander. Meine Gedanken rasten. Was sollte ich anziehen? Ich hatte mir so sehr ein Kleid gewünscht, wie ich es in dem Laden in Berlin gesehen hatte. Falls es so was in Raqqa überhaupt gab, würde ich das niemals bis zum Abend besorgen können. Ich hatte keine Ahnung, wie ich mit dieser Enttäuschung umgehen sollte, und merkte, dass Tränen in mir aufstiegen. Es war doch nicht zu viel verlangt, dass ich für Abu Salman die schönste Braut sein wollte. Trotzdem durfte ich jetzt auf gar keinen Fall vor all den anderen weinen.

Was sollten sie von mir denken? Tapfer schluckte ich die Tränen hinunter und wollte gerade die Sache mit dem Kleid ansprechen, als Abeera vorschlug: »Du kannst das Kleid anziehen, das ich zur Hochzeit anhatte. Das müsste dir passen.«

»Gute Idee«, sagte Laiba. »Nimm sie mit nach oben, damit sie es anprobieren kann.«

Abeera machte mir ein Zeichen, ihr zu folgen. Im Obergeschoss schien es mehrere Zimmer zu geben. Abeera öffnete eine der Türen und machte eine einladende Geste. »Das ist euer Zimmer.«

Ich warf einen Blick in den einfach möblierten Raum, in dem ein Bett und ein Tisch standen, und wollte gerade hineintreten, als Abeera mich am Ärmel weiterzog.

»Und hier ist unser Zimmer«, sagte sie und öffnete die nächste Tür.

Ich war mir nicht ganz sicher, ob ich sie richtig verstanden hatte. Wieso ihr Zimmer? Wohnte sie etwa auch hier? Würde ich kein eigenes Haus mit Abu Salman haben?

Ich starrte sie an und sah dann wieder auf die vielen Türen an beiden Seiten des Flures. »Wie viele Leute leben hier?«

»Wir alle natürlich«, gab Abeera zurück. »Wir sind vier Paare und haben hoffentlich bald auch viele Kinder. Bei Haniya ist schon eins unterwegs.«

Bei dem Gedanken daran, dass Haniya auch erst fünfzehn war, schluckte ich schwer. Vor ein paar Tagen waren eigene Kinder noch ein Gedankenspiel gewesen, jetzt schien eine Schwangerschaft plötzlich nur noch eine Frage der Zeit.

Ich folgte Abeera in ihr Zimmer, das ähnlich eingerichtet war wie das andere, das ich mit Abu Salman bewohnen sollte. Sie öffnete eine Kiste in der Ecke des Raumes und zog ein helles Kleid mit langen Ärmeln raus. Dann kramte sie weiter und murmelte mürrisch vor sich hin.

»Hier ist ja auch der Schleier«, sagte sie schließlich zufrieden.

Vorsichtig befühlte ich den rauen Stoff mit den Fingerspitzen und dachte sehnsüchtig an das schöne Brautkleid in Berlin. Aber es half nichts, Abu Salman schien darauf zu bestehen, dass die Hochzeit bereits in wenigen Stunden stattfinden sollte, und ich hatte keine Möglichkeit, ihn von der Entscheidung abzubringen.

Tatsächlich kam er erst am Abend zurück und brachte mehrere Männer mit. Einer von ihnen war der Imam. Ich stand in Abeeras Brautkleid vor dem Spiegel und betrachtete mein Gesicht, das vor Aufregung gerötet war. Meine Hände zitterten, als ich die Ärmel zurechtzupfte, und ich wusste auf einmal nicht mehr, ob es in Ordnung war, was ich tat. Bisher hatte es sich richtig angefühlt, mehr als alles andere, wofür ich mich im Leben je entschieden hatte. Natürlich sehnte ich mich danach, mit Abu Salman verheiratet zu sein, und vermutlich sollte ich es als Kompliment auffassen, dass es ihm nicht schnell genug gehen konnte. Aber warum hatte er mich nicht ein einziges Mal in den Arm genommen, mich geküsst, an seine Brust gepresst? Waren die Regeln hier wirklich so streng? Durfte er mich nicht einmal mit seiner Hand berühren, obwohl wir einander versprochen waren?

Abeera schlich um mich herum und betrachtete alles mit kritischen Blicken. Dann zog sie den Schleier herunter. Das war gut, denn so würde mir niemand meine Aufregung ansehen.

Da ich durch den engen Schlitz kaum etwas sah, führte mich Abeera die Treppe hinunter ins Wohnzimmer, wo noch immer der Fernseher lief. Ein kleiner Junge mit einer schmutzigen Latzhose saß auf dem Schoß eines Mannes und spielte mit einem Patronengürtel. Die anderen Gäste hockten auf den Kissen am Boden. Das alles kam mir unwirklich vor, es fühlte sich an, als wäre ich in einem Traum gefangen, bei dem ich nicht sicher war, ob ich nicht einfach nur aufwachen wollte.

Mir blieb keine Zeit, darüber nachzudenken, ob es nicht besser war, sofort von hier zu verschwinden, da war Abu Salman schon neben mir und lächelte mich warm an. Augenblicklich fühlte ich mich besser.

Der Imam stellte sich vor uns und dann ging alles ganz schnell. Von den Worten, die er sagte, verstand ich nichts, aber es klang feierlich, und er redete langsam und gemessen. Nachdem er fertig war, hob Abu Salman meinen Schleier und küsste mich zum ersten Mal. Fordernd presste er seine Lippen auf meine, und ich wartete darauf, dass mein Bauch zu kribbeln begann. Langsam schob er mich von sich weg und wandte sich zu den anderen um.

Die Gäste klatschten, und nachdem mich alle beglückwünscht hatten, zogen sich die Frauen in ein anderes Zimmer zurück. Als Habiya das Essen brachte, wusste ich bereits, dass ich keinen Bissen herunterbringen würde. Meine Kehle war wie zugeschnürt, mein Magen hatte sich zu einem festen Ball zusammengerollt.

»Für mich nicht. Danke«, sagte ich.

»Das ist die Aufregung wegen der Hochzeitsnacht.« Habiya grinste.

Eine der anderen Frauen sagte lachend: »Mach dir keine Sorgen. Wir haben es alle überlebt.«

Krampfhaft versuchte ich, den sauren Geschmack herunterzuschlucken, aber er stieg immer wieder aufs Neue in meinem Hals hoch. Diese Situation war wirklich krass. Heute hatte ich Abu Salman zum ersten Mal gesehen und ihn ein paar Stunden später geheiratet. Gleich würden wir zum ersten Mal miteinander schlafen, was für mich immerhin *das* erste Mal war. Er dagegen hatte mit Sicherheit bereits Erfahrung und ich wollte ihn auf gar keinen Fall enttäuschen.

Nachdem wir mit dem Essen fertig waren, sagte Laiba: »Du gehst jetzt besser nach oben und wartest da auf deinen Mann.«

Ich nickte, winkte den anderen zu und ging langsam die

Treppe hinauf. Stufe für Stufe wurde das seltsame Gefühl in mir stärker. Im Zimmer setzte ich mich aufs Bett und überlegte, ob ich mich ausziehen sollte. Doch ich vermutete, dass es ihm wahrscheinlich lieber war, das selbst zu machen. Immerhin traute ich mich, den Gesichtsschleier nach hinten zu schlagen, um besser Luft zu bekommen. Noch immer war mir unklar, warum die Frauen bei der Hitze auch im Haus voll verschleiert rumliefen.

Schließlich riss Abu Salman die Tür auf und stürmte mit eiligen Schritten herein. Was sollte ich jetzt bloß machen? Warum half mir Allah in dieser Situation nicht? Wieso hatte mich niemand darauf vorbereitet? Klar war ich aufgeklärt, aber … ganz bestimmt erwartete er doch irgendetwas von mir. Dabei kannten wir uns noch gar nicht. Wir hatten uns heute zum ersten Mal gesehen und waren jetzt verheiratet. Ging er wirklich davon aus, dass ich jetzt mit ihm schlafen würde?

Als ich aufstand, wurde mir schwindelig. Ich schwankte ein wenig, aber Abu Salman stürzte nach vorn und fing mich auf.

»Alles okay, mein Liebling? Hier, trink erst mal einen Schluck.« Er schenkte mir Wasser aus einer Karaffe ein, die auf dem Tisch stand.

Ich trank mit großen Schlucken.

»Komm, wir setzen uns aufs Bett«, sagte er, lehnte sich zurück und zog mich neben sich. Dann nahm er mich endlich in den Arm. »Geht es dir etwas besser? Es war ja auch eine lange Reise.«

Ich nickte. »Ich kann immer noch nicht glauben, dass ich jetzt wirklich hier bin. Bei dir.«

»Ich erinnere mich gut an meine eigene Hidschra. Es ist ein großer Schritt.«

Während wir nebeneinandersaßen, streichelte er meine Hand und erzählte von seinem Leben, wie er zum IS gekommen war und wie großartig alles war, was sie hier in Syrien machten. Dann strich er über meinen Rücken und meinen Kopf, beugte sich vor und küsste mich auf die Augen. Erst auf das eine, dann auf das andere. Ganz langsam fiel die Anspannung von mir ab und der Krampf in meiner Kehle löste sich. Er drehte sich zu mir und küsste mich erneut. Diesmal kribbelte es in meinem Bauch, als wäre dort eine ganze Ameisenstraße. So fühlte sich das also an.

Ich schloss die Augen und schämte mich dafür, dass ich an ihm gezweifelt hatte. An ihm, an dieser Reise und daran, dass Syrien wirklich der Ort war, an den ich gehörte. Abu Salman küsste mich fordernder, bat mit seiner Zunge um Einlass und ich öffnete bereitwillig meinen Mund. Er war so anders als ich. Nichts an ihm fühlte sich weich oder nachgiebig an. Sein Brustkorb, an den er mich presste, war hart, die Haut an seinen Wangen rau. Und trotzdem fühlte ich mich so lebendig wie noch nie in meinem Leben. Es war toll, ihn zu küssen, ihn anzufassen und zu streicheln. Allein dass ich ihn jetzt endlich spüren konnte, war alles wert gewesen.

Als ich merkte, dass Abu Salman begann, mich auszuziehen, kam die Angst zurück. Ich hatte natürlich eine ungefähre Ahnung, was jetzt passieren würde, trotzdem wusste ich nicht, wohin mit meinen Händen, was ich tun oder wie ich mich verhalten sollte. Das Herz schlug mir bis zum Hals.

Dann ging alles ganz schnell. Ohne Vorwarnung drang er hart in mich ein und ein brennender Schmerz fuhr durch mich hindurch. Abu Salman keuchte laut und stieß sein Becken vor und zurück. Im Raum war es schwül und feucht, ich hätte gern das Fenster geöffnet, aber ich starrte an die Decke und zwang mich, seinen schweren Körper nicht von mir zu schieben.

Auf dem Schulhof in Berlin hatte ich das Gespräch zwischen zwei Mädchen aus der Zehnten belauscht. Sie hatten einander von ihrem ersten Mal erzählt, wie sie es nannten. Ich erinnerte mich an ihr Kichern und daran, wie eine der beiden verschämt die Hand vor den Mund gepresst hatte. Ihr Tonfall war schwärmerisch gewesen, und ich hatte den Eindruck gehabt, als wäre Sex für sie das Allerschönste auf der ganzen Welt. Als Abu Salman sich auf die Unterarme stützte, mich kurz prüfend musterte, um dann fester zuzustoßen, biss ich mir auf die Unterlippe. Ich würde Kayla nie von diesem Erlebnis berichten können. Auf eine seltsame Art beruhigte mich der Gedanke. Sie hatte ganz sicher noch Illusionen und ich wollte sie ihr nicht nehmen. Seine Hände kneteten meine Brüste, ein neuer Ruck, dann war es vorbei und sein Körper erschlaffte.

Abu Salman rollte sich neben mich, sah mir fest in die Augen und sagte zufrieden: »Jetzt bist du meine Löwin.«

Ja, das war ich wohl, obwohl ich mich nicht so glücklich und zufrieden fühlte, wie ich es mir vorgestellt hatte. Aber das würde hoffentlich noch kommen, dann könnte ich es genießen wie alle anderen auch. Einige Mädchen hatten in der Schulpause kaum ein anderes Thema als das erste Mal gehabt und wie super alles gewesen war. Eng kuschelte ich mich an die Brust meines Ehemannes und genoss den Gedanken, dass wir jetzt tatsächlich verheiratet waren und von nun an unser Leben gemeinsam verbringen würden.

Es dauerte nicht lange, bis sein tiefes Atmen mir zeigte, dass er eingeschlafen war. Alles war so schnell gegangen. Auf einmal war ich verheiratet, hatte mit Abu Salman geschlafen. Und das alles, obwohl wir uns überhaupt nicht richtig kannten.

Am nächsten Morgen küsste er mich und flüsterte: »Du bist jetzt meine Frau und musst mir gehorchen.« Dabei strahlte er mich an. »Ich möchte, dass du im Haus bleibst und nur für Besorgungen mit den anderen Frauen rausgehst. Hier ist Krieg, und du kannst nicht einfach rumspazieren, wie es dir passt. Außerdem gehört sich das für eine muslimische Frau sowieso nicht.«

Ich starrte ihn nur an, dann nickte ich, als ich merkte, dass er das tatsächlich ernst meinte. Obwohl mich der Tagesablauf in den beiden Zwischenstationen meiner Reise auf so etwas hätte vorbereiten können, stemmte ich mich innerlich gegen die Vorstellung. Ich beschloss, erst einmal auf seine Wünsche einzugehen und mich so zu verhalten, wie er es von mir erwartete. Später konnte ich Abu Salman immer noch fragen, wann ich mit den Kindern arbeiten konnte. Aus diesem Grund war ich schließlich hergekommen. Ich wollte helfen, wollte dafür sorgen, dass die Kleinen trotz all dem Leid, das sie erleben mussten, eine schöne Kindheit hatten.

Als ich eine halbe Stunde später unten in die Küche trat, warteten die anderen Frauen schon und schauten mich gespannt an.

Laiba fragte: »Bist du jetzt eine richtige Ehefrau?«

Ich nickte verlegen und kicherte ein wenig.

DIE CHEFIN

Wenn ich geglaubt hatte, dass Abu Salman den Tag mit mir verbringen würde, hatte ich mich getäuscht. Ohne ein Wort verschwand er mit den anderen Männern und ließ mich bei den Frauen zurück. Wie ein Roboter erledigte ich die Arbeiten, die Laiba mir auftrug. Aus den Gesprächen hielt ich mich raus.

Später packte ich meine Sachen aus und richtete mich in unserem Zimmer ein. Das Foto von Missy stellte ich auf den Tisch, wo ich es immer sehen konnte. Am Nachmittag kam Laiba und schaute sich aufmerksam um. Als sie das Foto sah, stieß sie einen entsetzten Schrei aus.

»Bist du irre geworden? Versteck sofort das Bild, bevor dein Mann es sieht.«

»Wieso? Abu Salman liebt Katzen, genauso wie der Prophet«, antwortete ich.

Laiba schnaubte empört und stemmte die Hände in die Hüften. »Willst du mich etwa über den Islam belehren? Das lass mal gleich bleiben. Hier habe ich das Sagen, falls dir das noch nicht aufgefallen ist. Wenn ich es sage, kommt das Foto weg.«

Sie wischte den Rahmen mit dem Ärmel ihres Niqabs vom Tisch, es klirrte und das Glas lag zerbrochen am Boden. Als sie wutentbrannt aus dem Raum stürmte, hörte ich sie Worte ausstoßen, die ich nicht verstand. Ich wollte ihr folgen, sie zur Rede stellen, konnte jedoch nichts anderes tun, als Missy anzustarren, die mich durch die Scherben vorwurfsvoll ansah. Plötzlich gaben meine Knie nach und ich musste mich setzen. Mir schossen Tränen in die Augen, und ich holte tief Luft, um mich nicht schluchzend aufs Bett zu werfen. So unbedeutend die Sache schien, nach all der Anspannung, seit ich aus Berlin aufgebrochen war, nach den langen Tagen des Wartens und der Enttäuschung der letzten Nacht kam mir dieser zerbrochene Bilderrahmen wie der letzte Faden vor, der mich noch mit Deutschland verband. Und nun war er durchgeschnitten. Worauf hatte ich mich da nur eingelassen?

Am Abend konnte ich es kaum erwarten, mit Abu Salman endlich allein zu sein. Ich brauchte ihn, seinen Zuspruch, sein Verständnis. Er würde mir Mut machen, weil er verstand, wie schwierig die erste Zeit der Eingewöhnung war.

Ich wartete, bis er sich auf das Bett gesetzt hatte, kniete mich vor ihn und legte meinen Kopf auf seine Knie.

»Sie hat geschrien und das Foto vom Tisch gefegt. Hier, guck dir das an. Der Rahmen ist zerbrochen.« Ich griff zu dem Foto und zeigte auf die Scherben, die noch auf dem Boden lagen.

Abu Salman warf einen kurzen Blick darauf und zuckte mit den Schultern. »Sie hat vollkommen recht. Abbildungen von Tieren sind verboten. Die Engel mögen so etwas nicht und meiden sonst unser Haus.«

Ich hielt inne. Das war alles, was er dazu zu sagen hatte? Kein Trost? Kein Kuss? Kein »Habibti, nimm es nicht so schwer, du wirst das alles noch lernen«? Ich hatte erwartet, dass er Partei für mich ergreifen und vielleicht sogar Laiba zur Rede stellen würde.

Stattdessen hob er seinen Zeigefinger, schaute mich strafend an und sagte: »Leg dich nicht mit Laiba an. Sie ist die älteste Frau in unserem Haushalt und damit die Chefin. Ihr jüngeren Frauen müsst ihr gehorchen.«

Na prima. Laiba hatte heute den ganzen Tag keine Gelegenheit ausgelassen, Haniya herumzuscheuchen, die etwa im selben Alter war wie ich. Blühte mir ab sofort dasselbe? Stand ich als Neuankömmling etwa in der Rangordnung sogar noch weiter unten? Mein zukünftiges Leben hatte ich mir definitiv anders vorgestellt, aber als ich sah, wie wenig sich Abu Salman offenbar dafür interessierte, ob es mir gut ging und ich mich wohlfühlte, wurde mir klar, dass es keinen Sinn hatte, sofort mit Laiba auf Konfrontationskurs zu gehen. Ich war neu in diesem Land, kannte mich nicht aus, weder mit der Religion noch mit den Menschen, und war auf jede Hilfe angewiesen. Außerdem wollte ich keinen Ärger mit den Frauen, mit denen ich zusammenlebte. Zusammenleben musste.

In Gedanken erstellte ich eine Liste, was zu regeln war: Ich musste Abu Salman nach der Arbeit mit den Kindern fragen. Ich wollte ihn darum bitten, dass er mir ein Handy besorgte, damit ich wenigstens ab und zu Kontakt zur Außenwelt aufnehmen konnte. Und ich würde ihn überreden, in ein anderes Haus zu ziehen, in dem wir allein leben konnten.

In den nächsten Tagen gab ich mir besondere Mühe, nicht noch einmal bei Laiba anzuecken, und half im Haushalt, wo es nur ging. Die meiste Zeit verbrachte ich wieder in der Küche und genoss Laibas Überraschung darüber, wie gut ich bereits die Zubereitung der syrischen Gerichte beherrschte. Das hatte ich allein Rasha zu verdanken.

An den Abenden saßen wir alle im Wohnzimmer zusammen und ich hörte den anderen bei ihren Schwärmereien über den Islamischen Staat zu. Im Hintergrund dudelten die Kampf-Nasheeds in einer Dauerschleife. Die gemeinsamen Stunden wollten kein Ende nehmen, und ich freute mich jedes Mal, wenn Abu Salman und ich uns endlich auf unser Zimmer zurückziehen konnten.

Auch hier war der Ablauf immer derselbe. Wir zogen uns aus, legten uns ins Bett und schliefen jede Nacht miteinander. Noch immer empfand ich keine Freude dabei, noch immer konnte ich nicht verstehen, was alle an diesem seltsamen Akt fanden. Ich wäre gern von ihm gestreichelt worden, aber er küsste mich nur flüchtig, bevor er sich auf mich legte. Vater wollte er werden, und zwar so schnell wie möglich, das hatte er mir gesagt.

»Je mehr Kinder, desto stärker das Kalifat«, waren seine Worte gewesen.

Ein paarmal hatte ich versucht, ihm zu erklären, dass ich mich noch zu jung fühlte, um Mutter zu sein. Ich hatte ihn nach der Arbeit mit den Kindern gefragt, aber er wich mir aus, rollte sich zur Seite und schlief bereits nach ein paar Minuten ein. Oft lag ich dann neben ihm, lauschte seinen Atemzügen und starrte in die Dunkelheit.

Manchmal gab es auch schöne Tage. Dann fuhren Abu Salman und ich mit einem alten Jeep an den Stadtrand oder zum Staudamm, und er erklärte mir, was ich über das Leben in Syrien wissen musste. Wir unterhielten uns, lachten, und ich war sicher, die richtige Entscheidung getroffen zu haben. Jeder Zweifel fiel von mir ab und ich genoss stumm die Schönheit dieser Landschaft. Ganz besonders liebte ich die Pastellfarben der Wüste kurz vor Sonnenuntergang. Hier draußen war es so viel frischer und kühler als im Haus, wo ich mich mit jedem Tag eingeengter fühlte. Die Hitze und der Schleier, den ich den ganzen Tag tragen musste, machten das Haus für mich zu einem Gefängnis, aus dem ein Entrinnen unmöglich schien.

Irgendwann war ich wohl vertrauenswürdig genug, und Laiba erlaubte mir, Abeera zu Einkäufen auf den Markt zu begleiten. Als wir endlich den zwanzigminütigen Fußmarsch hinter uns hatten, starrte ich entsetzt auf die wenigen zusammengezimmerten Stände.

»Das ist der ganze Markt?« Ich hatte ihn mir viel großartiger vorgestellt. Bunter, voller fremdländischer Obst- und Gemüsesorten. Ich hatte Marktschreier erwartet. Händler, die auf Teppichen Waren anboten. Wo waren die Düfte nach Gewürzen, nach Ölen, nach Blumen und leckeren Speisen?

Abeera starrte mich mit großen Augen an. »Du bist in Raqqa. Hier herrscht Krieg. Wir können froh sein, dass wir überhaupt genug zu essen haben.«

Nachdem wir das wenige zusammenhatten, was auf der Liste stand, wollte ich noch Nutella für Abu Salman kaufen. Abeera sah mich verständnislos an.

»Na, diesen Schokoaufstrich«, erklärte ich ihr.

»Ich verstehe schon, was du meinst«, sagte Abeera. »Aber das bekommst du hier nicht.«

Ich schwieg, obwohl mich die Enttäuschung übermannte, weil nun aus der Überraschung nichts wurde. Mir blieb nichts anderes übrig, als Abu Salman bei der nächsten Gelegenheit danach zu fragen. Er wusste garantiert, in welchem Laden es das süße Zeug gab, schließlich hatte er mir das Foto geschickt.

Als ich ihn am Abend darauf ansprach, lachte er nur. »Das hast du doch nicht etwa geglaubt! Das Glas hat mir ein Bruder aus Deutschland mitgebracht und ich habe damit ein Selfie gemacht. Ich fand das lustig.«

Eine Mischung aus Enttäuschung und Wut raste durch meinen Geist. »Du weißt doch ganz genau, dass ich das geglaubt habe«, zischte ich. »Hier gibt es alles, hast du sogar dazugeschrieben.«

Abu Salmans Augen funkelten wütend, und er brüllte mich an: »Willst du etwa mit mir diskutieren? Verhält sich so eine gehorsame Ehefrau? Ich will kein Wort mehr hören!«

In diesem Moment fühlte ich mich weiter von ihm entfernt als jemals zuvor. Obwohl er direkt neben mir stand, war der Abstand zwischen uns größer als zu der Zeit, in der er sich in Raqqa und ich mich in Berlin befunden hatte. Ich atmete tief ein, wollte etwas entgegnen, wollte mit ihm darüber reden, wie schlecht ich mich fühlte, wenn er mich so behandelte. Aber ich schwieg, weil ich spürte, dass ich jetzt besser den Mund hielt.

In der Nacht wollte ich mich wie immer an ihn kuscheln, hatte das Bedürfnis, mich mit ihm zu versöhnen, doch er drehte sich weg. Was war bloß schiefgegangen? Wie konnte es sein, dass er mich erst belog und nun so tat, als hätte ich etwas falsch gemacht? Ich hatte gedacht, ich würde ihn kennen, aber der Mann neben mir war ein Fremder.

Plötzlich schien mir seine Nähe unerträglich. Die Hitze des Hauses lastete auf meiner Brust, und obwohl hinter den dünnen Mauern Menschen lagen und schliefen, kam ich mir vor wie der einsamste Mensch der Welt. Eine Welle der Panik schlug über mir zusammen, und ich presste mir die Hand auf den Mund, um nicht zu schreien. Ich schloss die Augen und zwang mich, tief Luft zu holen. Nach einiger Zeit – Minuten? Stunden? – verlangsamte sich mein Herzschlag.

Abu Salman neben mir atmete ruhig und gleichmäßig. Für diesen Mann war ich Tausende Kilometer weit gereist und hatte alles hinter mir gelassen. Ich hatte keine Ahnung, was mich noch in diesem Land erwartete, aber eine Stimme in mir sagte, dass es nichts Gutes sein würde.

DIE LÖWIN

Am nächsten Morgen schaute ich in den Spiegel und versuchte, mein verquollenes Gesicht wenigstens notdürftig in Ordnung zu bringen, bevor ich nach unten ging. Als ich die Küche betrat, war Laiba mit den Frühstücksvorbereitungen beschäftigt und summte fröhlich vor sich hin.

»Wollen wir heute mal wieder ins Internetcafé gehen?«, fragte sie, nachdem sich auch die anderen Frauen am Tisch versammelt hatten.

»Hast du schon einen Blog oder einen Twitter-Account?« Haniya sah mich an.

Ich schüttelte den Kopf. »Ich war seit der Türkei nicht mehr im Internet. Handys sind doch hier nicht erlaubt«, sagte ich unsicher.

Wollten die anderen prüfen, ob ich mich an die Regeln hielt? Zuzutrauen wäre es ihnen gewesen. Ich hatte oft das Gefühl, dass sie mich beobachteten.

Laiba lachte und es wirkte auf mich ehrlich. »Deshalb gehen die Schwestern ja ins Internetcafé, um Mails zu schreiben oder Neuigkeiten zu posten.«

Ich war skeptisch, weil ich mir kaum vorstellen konnte, dass der IS uns erlaubte, frei mit der Außenwelt zu kommunizieren. Der IS kontrollierte das Fernsehprogramm und ließ gerade die Satellitenschüsseln von den Dächern abmontieren, damit die

Syrer keine anderen Programme mehr empfangen konnten. Es wurde streng überprüft, wer in die Stadt kam oder raus wollte. Die ganze Zeit schon hatte es mich genervt, von allem abgeschnitten zu sein. Aber natürlich hatte ich dazu geschwiegen und so getan, als fände ich das selbstverständlich. Immer öfter aber kam in mir die Frage auf, wozu diese Isolation gut sein sollte, wenn der Islamische Staat wirklich so toll war.

»Als ich noch in Berlin war, habe ich getwittert und hatte auch einen Facebook-Account«, sagte ich zögernd und war mir nicht sicher, ob ihr meine Antwort gefallen würde.

»Gut«, sagte Laiba. »Die ganze Welt soll wissen, wie großartig es hier ist.«

Na ja, großartig war es nicht gerade. Die Hälfte der Stadt war zerschossen, überall lagen Trümmer und Staub. Die Frauen durften alleine nicht raus und man war ständig unter Beobachtung. Bei diesen Gedanken stellte ich erschrocken fest, dass sich die Begeisterung, mit der ich hierhergekommen war, längst in Luft aufgelöst hatte.

Trotzdem machte mich der Gedanke an einen Ausflug ganz hibbelig, und ich konnte kaum erwarten, dass es endlich losging. Die anderen schienen nicht so aufgeregt zu sein, sie spülten erst in aller Seelenruhe das Geschirr, unterhielten sich über ihre Männer und schwärmten sich gegenseitig vor, welche siegreichen Schlachten sie in letzter Zeit geschlagen hatten.

Als wir uns zwei Stunden später endlich fertig machten, überprüfte Laiba unsere Niqabs, ob auch ja kein bisschen Haut zu sehen war. »Macht mir bloß keine Schande. Die Sittenpolizei wird immer strenger.«

Wir gingen zu zweit nebeneinander die Straße entlang. Ich lief in der hinteren Reihe mit Haniya.

Wir sehen wirklich aus wie eine Schar schwarzer Krähen.

Kayla hatte schon recht gehabt, als sie die verschleierten

Frauen so nannte. Für einen Moment hatte ich die Idee, ihr einfach eine Mail zu schreiben. Ganz bestimmt hatte sie mich nicht vergessen, sondern würde sich freuen, wenn sie hörte, dass es mir gut ging. Gut ging … War das denn die Wahrheit? Ging es mir gut? Fühlte ich mich wohl? War es das Zusammensein mit Abu Salman wert gewesen, alles hinter mir zu lassen?

Ich konnte nicht verhindern, dass ich einen schweren Seufzer ausstieß. Haniya verharrte kurz, aber ich winkte nur ab und schritt schneller aus. Meine Mutter hatte nach der WhatsApp-Nachricht aus der Türkei bestimmt ganz Berlin in Aufregung versetzt. Wahrscheinlich hatte sie die Polizei und das Auswärtige Amt alarmiert und mein Verschwinden auch mit Kaylas Familie besprochen. Also besser keine Mail. Besser gar nicht erst an das alte Leben denken. Ich seufzte erneut und schob die Bilder aus Deutschland zur Seite.

Vor einem Haus mit zugenagelten Schaufensterscheiben, von dem der Putz in großen Scheiben bröckelte, blieb Laiba stehen. Sie wartete, bis ich neben ihr war, und deutete auf die Tür. »Wir sind da. Hier ist das Internetcafé.«

Nacheinander traten wir ein, und ich war gespannt auf das, was mich erwartete. Obwohl es von außen nicht den Anschein erweckt hatte, als würde es hier auch nur einen einzigen Computer geben, sah das Internetcafé aus wie viele andere, in denen ich bereits gewesen war. Mit einem einzigen Unterschied: Sämtliche Frauen, die dicht an dicht vor den Rechnern saßen, waren schwarz verhüllt.

Laiba wies mir den Platz neben Abeera zu und setzte sich ein paar Stühle weiter auf die andere Seite. Links neben mir saß eine Unbekannte, die mich sofort neugierig anstarrte.

Wusste ich es doch. Unbeobachtet ist man hier nicht.

Kaum hatte ich den Computer eingeschaltet, fühlte ich mich besser. Damit kannte ich mich aus, und wenn ich meine Umgebung ausblendete, konnte ich mir vorstellen, ich säße in Berlin an meinem Schreibtisch. Mit wenigen Klicks richtete ich einen Twitter-Account für mich ein, den ich »die Löwin« nannte. Als ich zu tippen begann, fielen mir die unzähligen Internetposts der anderen Auswanderinnen ein, die ich selbst vor meiner Reise gelesen hatte. All diese Mädchen hatten vom abenteuerlichen Leben im Islamischen Staat geschwärmt, und nun schrieb ich genauso begeistert: ›Ich bin der schwarzen Flagge nach Syrien gefolgt, um meine Pflicht als muslimische Frau zu erfüllen. Ich will die Welt verändern und für den wahren Islam kämpfen. Mein höchstes Ziel ist es, Allah und den Menschen zu dienen.‹

Meine Finger verharrten auf der Tastatur. Was sollte ich noch schreiben? Und vor allem, warum log ich so schamlos? Ich starrte hinüber zu Abeera, die wie im Rausch tippte. Nicht eine einzige Sekunde standen ihre Finger still. Wegen des Schleiers konnte ich ihr Gesicht nicht sehen, aber ich bildete mir ein, dass sich auf ihrer Stirn eine tiefe Falte gebildet hatte.

Vorsichtig hob ich den Blick und betrachtete Laiba. Auch sie schrieb, verharrte aber immer wieder und blickte auf einen Zettel, der neben ihr auf dem Tisch lag. Was tat sie da? Hatte sie bereits zu Hause alles vorbereitet, was sie posten wollte?

Ich zwang mich, meinen Blick wieder auf den Monitor zu richten, und suchte nach blumigen Worten, um zu beschreiben, wie toll es hier war. Lüge! Alles Lüge, schoss durch meinen Kopf. Wenn ich ehrlich gewesen wäre, hätte ich getwittert, wie öde das Leben in diesem abgeschotteten Haus war.

Vor Schreck presste ich die Hand dorthin, wo unter dem Niqab mein Mund war. Nein, das durfte ich weder schreiben noch sagen. Erst recht nicht in diesem Internetcafé, in dem die schwarzen Krähen sich gegenseitig beäugten. Wieder sah ich zu Abeera, die noch immer eifrig tippte. Spontan entschied ich mich, nun doch eine E-Mail an Kayla zu schreiben.

›Ich bin gut in Raqqa angekommen und habe geheiratet. Abu Salman ist ein toller Mann. Ich hoffe, dir geht's auch gut.‹

»Ich habe Neuigkeiten«, sagte Abu Salman mit ausdruckslosem Gesicht, als wir am Abend im Zimmer waren.

Ich bekam einen Schreck, weil ich nicht wusste, was für Neuigkeiten es waren, die er mir berichten wollte. War er vielleicht befördert worden? Abu Salman werde es weit bringen, hatte der Imam in Berlin gesagt.

»Ich gehe in den Irak. Unsere Brüder brauchen dort erfahrene Kämpfer wie mich.« Er legte den Kopf zurück und sah mich erwartungsvoll an.

»Was? Wir ziehen um?«, stieß ich freudig hervor. Alles war besser, als weiter in diesem Haus zu leben.

»Nein, du bleibst hier. Ich gehe auch nicht für lange und bin hoffentlich bald wieder da.«

Nein, nicht das! Ich schloss die Augen und atmete langsam aus. Er konnte mich doch nicht hier allein lassen. »Du kannst nicht weg. Was ist, wenn dir was passiert? Muss das wirklich sein? Gehen die anderen Männer auch?

Abu Salman schüttelte den Kopf. »Nein, nur ich. Mach dir keine Sorgen. Ich werde es schon schaffen. Falls nicht, komme ich als Märtyrer direkt ins Paradies.« Er lächelte mich an.

Mein Hals wurde trocken, und auf einmal fühlte es sich so an, als lastete ein schwerer Stein auf meiner Brust. Mein Leben mit Abu Salman hatte ich mir anders vorgestellt, als es bisher verlaufen war. Aber wir waren zusammen und irgendwann, wenn wir uns richtig kannten, musste es einfach besser werden. Wenn er jetzt fortging … Mir war egal, ob der Koran Märtyrern das Paradies versprach. Ich wollte Abu Salman nicht verlieren. Ohne ihn würde dieses Leben in Raqqa die Hölle für mich sein.

DIE SÜNDER

Die nächsten Tage vergingen mit der üblichen Hausarbeit, und ich fühlte mich wie ein Tiger im Käfig, so unruhig war ich wegen Abu Salmans Abwesenheit. Als Abeera an einem Nachmittag vorschlug, auf den Markt zu gehen, hätte ich vor Freude fast gejubelt. Wenigstens für kurze Zeit der Enge des Hauses entfliehen zu können, war mehr, als ich mir mittlerweile von meinen Tagen hier erwarten konnte.

Auf dem Markt stellten wir schnell fest, dass das Angebot an Lebensmitteln noch spärlicher war als sonst. Nur ein einziger Gemüsestand war an diesem Tag geöffnet und auch hier lagen lediglich ein paar Kohlköpfe übereinandergestapelt neben sandigen Rüben.

Abeera zerbrach sich den Kopf, was es in den nächsten Tagen überhaupt zu essen geben könnte.

»Ich würde gerne mal wieder Fleisch essen«, sagte ich, ohne zu überlegen. »Das hatten wir schon lange nicht mehr.«

»Jammere nicht! Wenn unsere Männer nicht beim IS wären, hätten wir es sogar noch schwerer. Die Syrer kriegen kaum noch was«, wies Abeera mich in scharfem Ton zurecht. »Mit denen habe ich aber kein Mitleid. Wenn sie an Allah glaubten, würden sie sich zu unserer schwarzen Flagge bekennen. Dann müssten sie nicht so hungern.«

Wir hatten gerade mit unseren fast leeren Taschen den Marktplatz verlassen, als eine Lautsprecherdurchsage erklang. Ich zuckte mit den Schultern und musterte Abeera, da ich noch nicht alles auf Arabisch verstand.

»Da vorne findet eine Hinrichtung statt.« Sie zeigte mit dem Finger auf den Verkehrskreisel, den wir passieren mussten, um nach Hause zu kommen. An den Seiten hatte sich schon eine gewaltige Menschenmenge versammelt, die immer größer wurde.

»Was?«, rief ich entsetzt. »Mitten in Raqqa?« Ich streckte die Hand aus und zerrte Abeera am Ärmel. »Ich will da nicht vorbei. Lass uns wieder zurückgehen.«

Sie sah mir durch den schmalen Sehschlitz beschwörend in die Augen und flüsterte: »Es ist zu spät. Wir können nicht mehr weg.«

Panisch blickte ich mich nach allen Seiten um und wollte sie in eine Seitengasse ziehen, von der ich nicht wusste, wohin sie führte. Aber das war egal. Hauptsache, weg hier. Abeera stemmte sich gegen meinen Griff und ich zog immer stärker. So lange, bis ich Nähte im Stoff reißen hörte.

»Hör auf!«, sagte sie. »Wir müssen dorthin. Die Menge wird beobachtet.« Sie deutete mit einer vorsichtigen Kopfbewegung zum Rand des Platzes.

Ich folgte ihrem Blick und sah IS-Leute, die gut an ihren schwarzen Turbanen zu erkennen waren.

»Siehst du? Bleib bloß ruhig und lass dir nichts anmerken. Sonst bist du die Nächste«, zischte Abeera.

Die Nächste … Ich kapierte sofort, was sie damit meinte, und ließ mich von ihr mitziehen. Als wir uns in die letzte Reihe stellten, zitterte ich so sehr, dass ich Angst hatte, jemand würde es bemerken. Ich sollte nicht hier sein, sollte nicht hier in dieser verdammten syrischen Sonne stehen. Ich sollte meinen Blick nicht auf die Mitte des Platzes richten. Ich war doch nur ein fünfzehnjähriges Mädchen, das einen Fehler gemacht hatte. Einen einzigen Fehler nur.

Es durfte einfach nicht wahr sein, was ich hier erlebte. Aber es war die Realität und ich durfte meinen Blick nicht senken. Musste die drei Männer anschauen, die dort vor mir auf dem Platz mit gefesselten Händen und verbundenen Augen standen und auf ihren Tod warteten. Das hier war kein verdammter Horrorfilm.

Nichts, was in meinem Leben bisher geschehen war, hatte mich auf so etwas Entsetzliches vorbereitet.

Die Männer hielten die Köpfe gesenkt, aber ich war mir sicher, dass sie ihren Geist nicht vor dem verschließen konnten, was der maskierte Mann vor ihnen von einem Zettel ablas.

»Er verkündet ihre Strafe«, flüsterte Abeera. »Sie werden enthauptet.«

Nein!, schrie alles in mir. Nein, bitte nicht.

Ich sandte ein Stoßgebet zum Himmel. Stumm betete ich zu dem Gott, an den in unserer Familie niemand geglaubt hatte, obwohl es von ihm hieß, er sei gütig. Es hieß, er würde die Menschen lieben. Allah erschien mir auf einmal so grausam, so entsetzlich brutal. Wie konnte er es zulassen, dass in seinem Namen gemordet wurde? Ich wusste nicht, welche Schuld diese Männer auf sich geladen hatten, und es war mir egal. Niemand hatte es verdient, öffentlich enthauptet zu werden. Und niemand durfte mich dazu zwingen, mir das anzuschauen.

Ich schloss die Augen. Meine Gedanken glitten zu meiner Mutter. Zu Kayla. Saß sie jetzt in der Schule oder hatte sie irgendeinen Kurs? Es fiel mir nicht ein, ich wusste nicht einmal, wie spät es war. Was tat sie jetzt in Berlin, während ich hier auf Männer starrte, die zum Tode verurteilt waren? Was machte meine Mutter? Hatte sie mittlerweile einen Job oder suchte sie noch immer?

Als die ersten »Allahu akbar«-Rufe erklangen, überlegte ich für einen Moment, mir auch noch die Ohren zuzuhalten. Abeeras Mahnung hielt mich davon ab. Wenn es stimmte, was sie sagte, durfte ich kein Aufsehen erregen, sonst würde ich mich selbst in Gefahr bringen.

Die Rufe wurden lauter und die Anspannung der Menge steigerte sich immer weiter. Jemand rempelte mich an und ich öffnete die Augen. Ein Mann in heller Kleidung drängte sich an mir vorbei und kämpfte sich durch die Menge, um näher an das Geschehen ranzukommen. Ich roch seinen Schweiß, seine Erregung und etwas anderes, von dem ich instinktiv wusste, dass es Mordlust war. Kinder weinten, Frauen klagten und die »Allahu akbar«-Rufe wurde immer lauter und folgten schneller aufeinander. Mir wurde schwindelig, die Geräusche verschmolzen in meinen Ohren zu einem einzigen Schrei. Ich schwankte, wollte mich irgendwo festhalten, aber ich traute mich nicht, jemanden zu berühren. Egal, was die Männer dort vorne getan hatten: Das, was hier passierte, war unmenschlich. Ich stand inmitten dieser Menge, inmitten von Leuten, die sich benahmen, als wären sie im Rausch. Ich stand nur da und tat nichts. Ich fühlte mich schuldig durch mein Nichtstun.

Wenn Abu Salman hier wäre, würde er etwas unternehmen, dachte ich und wusste im selben Moment, dass ich mich irrte. Er würde einfach nur zuschauen. Mit diesem kalten Blick, den ich in den letzten Wochen so oft an ihm gesehen hatte. Er würde zuschauen und den Mörder anfeuern. Vermutlich sogar applaudieren, wenn es vorbei war.

Ich schluckte trocken, versuchte, die Angst loszuwerden, die in meinem Hals steckte.

Ein unvorstellbar gellender Schrei, wie ich ihn noch nie von einem Menschen gehört hatte, zerriss die Luft über mir. Für einen Moment stand die Welt still und ich hob den Blick. Sah den Henker fest an, als könnte ich ihn mit der Kraft meiner Gedanken von seinem Tun abbringen. Aber es half nichts. Ein Sonnenstrahl ließ kalten Stahl aufblitzen. Mit einer lässigen Bewegung, mit einem einzigen Schwung seines Handgelenks schnitt er dem ersten Mann die Kehle durch. Das Blut spritzte meterweit.

Der Mann, der eben noch neben den beiden anderen gestanden hatte, röchelte ein paarmal, dann sank er leblos in sich zusammen, und mir wurde eiskalt.

»Allahu akbar! Allahu akbar!«, brüllte die Menge euphorisch und klatschte.

Ich atmete schneller, dann merkte ich, dass das ein Fehler war. Meine Nase, mein Hals, mein ganzer Körper füllte sich mit diesem süßen und metallischen Geruch. Mein Mund wurde ganz trocken, dann stieg ein bitterer Geschmack in meiner Kehle hoch, spülte den Kloß weg und ich kotzte auf meinen Niqab. Es war mir egal. Alles war mir egal.

Ein zweites Mal blitzte die Klinge auf. Ein drittes Mal.

Als es vorbei war, fühlte ich nichts mehr. Vielleicht war ich dort auf dem Platz mit den Männern gestorben. Vielleicht hatte ich mein Leben schon verloren, als ich mich auf den Weg in diese Hölle gemacht hatte.

Stumm hakte Abeera mich unter und brachte mich nach Hause. Den ganzen Weg über sagte sie kein Wort und ich war ihr unendlich dankbar dafür.

»Was ist los?«, fragte Laiba noch in der Tür, als sie sah, dass mein Niqab von oben bis unten beschmiert war.

»Gleich«, sagte Abeera und schob sie einfach zur Seite. »Lass uns erst mal rein.«

»Zieh das schmutzige Ding aus«, rief Laiba und zerrte mir im Flur den Niqab über den Kopf.

Es war seltsam, aber ich fühlte mich fast nackt in dem T-Shirt und der Jogginghose, die ich darunter trug. Nackt und kalt und schuldig. Zitternd schlang ich die Arme um meinen Körper. Noch immer war mir übel, und der Boden unter mir schwankte, als wäre ich auf hoher See.

Gleich falle ich um, dachte ich und konnte ein Kichern nicht unterdrücken. Tote stehen nicht auf zwei Beinen. Sie liegen mit durchgeschnittenen Kehlen am Boden.

Ich lachte immer lauter. Ein Krampf schüttelte meinen Körper, alles tat mir weh. Es war nicht gut zu lachen, wenn man traurig war. Ich lachte weiter, bis Tränen aus meinen Augen schossen und ich merkte, dass ich weinte. Weinen war besser. Angemessener – selbst dann, wenn man schuldig war.

Laiba schüttelte mich und schrie: »Was ist los mit dir?«

Ich blieb stumm. Wie sollte ich in Worte fassen, was da geschehen war?

»Lass sie! Das ist der Schock«, sagte Abeera und zog Laiba ein Stück von mir weg.

»Ich habe Abu Salman gleich gesagt, dass diese jungen Dinger zu wehleidig sind. Er wollte ja nicht auf mich hören.« Laiba fluchte und zeterte und dirigierte mich dann ins Wohnzimmer. Die Frauen halfen mir, mich aufs Sofa zu legen.

»Konntet ihr nicht einen anderen Weg nehmen?«, fauchte Laiba nun Abeera an. »Dann würde sie jetzt nicht so durchdrehen.«

»Gibst du mir die Schuld? Das passiert doch ständig und überall«, verteidigte sich Abeera. »In der ganzen Stadt finden täglich Hinrichtungen statt.«

Als ich das hörte, stieg erneut Übelkeit in mir auf. Ich schloss die Augen und versuchte, irgendwie die Panik wegzuatmen. Es gelang mir nicht. Jemand setzte sich neben mich und legte ein feuchtes Tuch auf meine Stirn. Abeera? Ich öffnete die Augen und nahm ihr Gesicht wie durch Nebel wahr.

»Das wird schon wieder. Du wirst dich daran gewöhnen. Wir haben uns alle daran gewöhnt. Sünder müssen eben bestraft werden. So will es der Koran.«

Kein Gott konnte so etwas wollen. Kein Allah, kein Koran, niemand durfte so etwas ungestraft tun. Nur unter größter Kraftanstrengung gelang es mir, das Schluchzen zurückzuhalten, das sich nach draußen kämpfen wollte.

»Schluss jetzt mit dem Thema. Als Frau eines Mudschahed muss sie das aushalten. Basta.«

Malikas Worte fielen mir ein: Ich könne was aushalten. Warum hatte sie mir nicht gesagt, dass sie diese brutalen Hinrichtungen damit meinte? Hätte ich auch nur geahnt, was mich erwartete, wäre ich niemals hierhergekommen.

In den nächsten Tagen verschonte mich Laiba mit der Hausarbeit. Ich sollte mich ausruhen, mich erholen. Sie gab mir Zeit, um wieder ganz die Alte zu werden. Als wäre das so einfach gewesen. Als hätte es nur die geringste Chance gegeben, dass ich das alles jemals vergessen könnte.

Ich blieb im Schlafzimmer und zog die Vorhänge zu. Unten hörte ich die Frauen lachen und schwatzen, als wäre nichts geschehen. Ich hörte die Kampflieder, die Berichte im Fernsehen. Ich hörte die schweren Stiefel der Männer, wenn sie am frühen Abend nach Hause kamen. Alle außer Abu Salman.

Von ihm hörte ich nichts. Keine Nachricht, keinen Anruf. Es war, als hätte er aufgehört zu existieren. Vielleicht ging er aus seinen Kämpfen siegreich hervor. Vielleicht aber war er schon seit Tagen tot. Ich wusste es nicht und es war mir egal. Ich hasste mich für die Gleichgültigkeit, die in mir wuchs wie ein Krebsgeschwür. Die ganze Zeit lag ich auf dem Bett, und es war egal, ob ich die Augen öffnete oder sie schloss. Die Toten waren immer da. Sie starrten mich an, als erwarteten sie von mir, dass ich ihnen half. Manchmal, wenn es ganz schlimm wurde, richtete ich mich halb auf, damit das Schluchzen einen Weg nach draußen fand. Weinen konnte ich schon lange nicht mehr.

Ein paarmal besuchte mich Abeera und setzte sich zu mir auf die Bettkante, aber ich schickte sie immer wieder fort. Dann kam Habiya mit einem Tablett herein. Ich winkte ab und drehte meinen Kopf zur Seite. Sie stellte das Tablett auf den Tisch, setzte sich neben mich aufs Bett und streichelte meinen Kopf.

»Es ist schrecklich, was du gesehen hast.«

Vermutlich wollte sie mich trösten, aber ihre Worte hatten die gegenteilige Wirkung. Ich fuhr auf und schüttelte fassungslos den Kopf. Dann setzte ich an, um ihr zu sagen, wie entsetzlich wütend ich mittlerweile war.

Mit einer Geste bat sie mich zu schweigen. »Du musst dich beruhigen. Wenn du so kopflos bist, bringst du dich in Gefahr. Was glaubst du, wie lange die Männer das mitmachen?«

Obwohl sich alles in mir sträubte, auch diesmal einfach nur gehorsam zu sein, nickte ich schließlich. Habiya hatte recht. Auch Abeera hatte mir das schon gesagt. Ich durfte mir nicht anmerken lassen, wie sehr mich das alles belastete. Ich dachte an die IS-Leute, die die Menschenmenge wie Habichte belauert hatten, und mir wurde schlagartig klar, dass es um mein Leben ging. Nein! Ich durfte meine Ablehnung auf gar keinen Fall zeigen. Sogar hier im Haus musste ich vorsichtig sein. Noch einmal nickte ich, schluckte die Tränen hinunter und versuchte, ruhiger zu atmen.

»So ist es besser«, sagte Habiya und strich erneut über meinen Kopf. »Komm, iss einen Löffel Linsensuppe.«

Ich setzte mich auf die Bettkante und ließ mich von Habiya füttern wie ein Kind.

ABU SALMANS RÜCKKEHR

Nach zwei Wochen kam Abu Salman aus dem Irak zurück. Ich erschrak, wie erschöpft und müde er aussah, und umarmte ihn mechanisch. In dieser Nacht schlief er wie ein Stein, ohne mich vorher auch nur gestreichelt oder geküsst zu haben.

Das änderte sich auch in den nächsten Tagen nicht. In manchen Nächten kam Abu Salman gar nicht nach Hause, und wenn, dann zeigte er kaum noch Interesse an mir. Zuerst war ich darüber erleichtert, mir ging im Moment so viel durch den Kopf, worüber ich mir erst mal allein klar werden musste. Als die Situation jedoch anhielt, schrillten sämtliche Alarmglocken in mir. Ich hatte diese Reise auf mich genommen, um bei ihm sein zu können. Alles hätte ich dafür getan. Und jetzt waren wir verheiratet. Auch wenn ich mir das Zusammenleben mit ihm anders vorgestellt hatte, war ich nicht bereit, einfach aufzugeben. Mama und Papa hatten sich geliebt, das wusste ich genau. Und selbst zwischen ihnen war es manchmal zu Streit gekommen.

Ich brauchte eine Weile, bis ich mich traute, aber dann fasste ich mir ein Herz und fragte, was los sei. Er brummte nur, dass ich ihn in Ruhe lassen sollte, und schaute mich warnend an. Sofort begriff ich, dass es besser war, meinen Mund zu halten.

Am nächsten Tag registrierte ich zum ersten Mal die besorgten Blicke der anderen Frauen. Ich gab mir Mühe, nicht vor ihnen zu weinen oder mir die Sorgen, die auf mir lasteten, anmerken zu lassen. Aber ich war wohl keine so gute Schauspielerin, wie ich gehofft hatte.

Laiba reichte es schließlich, und sie forderte mich auf, mich zu ihr zu setzen. Ein paar Minuten musterte sie mich stumm und trommelte mit den Fingerspitzen auf dem Küchentisch herum. Dann holte sie tief Luft. »Abu Salman kommt in letzter Zeit nachts oft nicht nach Hause, oder?«

Ich nickte und verschränkte die Arme vor der Brust. Wenn sie mir jetzt eine Standpauke halten wollte, dass ich mich nicht gut genug um meinen Mann kümmerte, würde ich schreien.

Sie aber griff nach meiner Hand und drückte sie fest. »Hier haben alle Männer Sklavinnen, die sie nachts besuchen und mit denen sie Sex haben. Er hat wahrscheinlich jesidische Mädchen aus dem Irak mitgebracht und vergnügt sich jetzt mit ihnen«, sagte Laiba ruhig.

Damit hatte ich nicht gerechnet. Vielleicht, dass er wütend auf mich war, als man ihm erzählte, wie ich auf die Hinrichtung reagiert hatte. Vielleicht, dass er erschöpft und müde und ausgelaugt von den Kämpfen war. Dass der Krieg ihn zermürbte, alles Mögliche war mir durch den Kopf gegangen. Aber eine Geliebte? Alles schien über mir zusammenzustürzen. Wie bei den Luftangriffen, von denen die Frauen manchmal erzählten, lag auf einmal alles in Trümmern. Doch dieses Mal war ich darunter verschüttet.

Abu Salman war mein Leben. Ich hatte ihn so sehr geliebt, dass ich hergekommen war und bisher alles durchgehalten hatte. Das Leben in diesem Haus, in dieser zerstörten Stadt und all die Grausamkeiten, die in Raqqa geschahen.

»Finde dich damit ab, Schwester«, hörte ich Laibas Stimme, aber ich konnte meinen Blick nicht heben. Ich starrte nur auf unsere Hände, die miteinander verschränkt auf dem Tisch lagen, als würde uns etwas verbinden. »Es ist sein gutes Recht. Der Koran erlaubt es ihm.«

Ich war es leid zu hören, was der Koran alles erlaubte. Enthauptungen, Sklavinnen und was sonst noch? Mir reichte es! Ich zog meine Hand weg, erhob mich mit so viel Würde, wie ich aufbringen konnte, und bemühte mich, nicht zu schwanken, als ich einen Schritt machte. Dann nickte ich Laiba zu und schleppte mich nach oben in unser Zimmer.

Obwohl es absolut still im Raum war, presste ich die Hände auf meine Ohren und lauschte dem Rauschen des Blutes. Vielleicht hätte ich weinen sollen. Mich ein wenig selbst bedauern und hoffen sollen, dass irgendjemand kam, der mich in den Arm nahm und tröstete. Aber es war meine Entscheidung gewesen. Ich ganz allein trug die Verantwortung für alles. Dafür, dass ich hier war, dass ich in diesem Haus lebte, dass ich alles hinter mir gelassen hatte, selbst meine Mutter und Kayla. Die beiden Menschen, die immer zu mir gestanden hatten. Klar, manchmal waren wir nicht derselben Meinung gewesen. Aber alles hätte sich in Ordnung bringen lassen. Alles wäre besser gewesen, als hier zu sein.

Als Abu Salman nach Hause kam, lag ich noch immer auf dem Bett, und ihm war anzusehen, wie sehr ihn das ärgerte.

»Stimmt das? Du hast was mit anderen Mädchen?«, brüllte ich und sprang auf.

Er kam näher, baute sich vor mir auf und ballte die Fäuste. Über seiner Nasenwurzel hatte sich eine tiefe Falte gebildet. »Ich kann machen, was ich will. Du musst mir gehorchen!«

Meine Hände zitterten. »Ich dachte, ich bin was Besonderes für dich«, zischte ich und versuchte, die Tränen wegzublinzeln. Zwecklos, sie rannen in dünnen Bächen an meinen Wangen herunter.

»Hör auf zu heulen, sonst wirst du es bereuen.« Abu Salman drehte sich um und knallte die Tür zu.

In dieser Nacht kam er nicht mehr zurück.

Die nächsten zwei Wochen durchlebte ich wie einen Albtraum, aus dem ich einfach nicht erwachen konnte. Mechanisch kümmerte ich mich um die Arbeiten im Haushalt, setzte mich an den Abenden zu den Frauen und tat so, als würde ich ihren Gesprächen folgen. Manchmal nickte ich und versuchte mich sogar an einem Lächeln. Es kam mir so vor, als würde ich mir selbst zuschauen. Als sähe ich eine Anna dort auf diesem zerschlissenen Sofa inmitten seltsam verschleierter Frauen sitzen, die alle kein Gesicht hatten, genauso wenig, wie ich eines besaß. Ich sah mich Geschirr spülen und in Töpfen rühren, beobachtete mich dabei, wie ich meinen Niqab kontrollierte, wenn ich auf die Straße ging.

Ich sah mich, aber ich kannte diese fremde Person nicht, die auf einmal mein Leben übernommen hatte.

Abu Salman kam und ging, wie es ihm passte. Die anderen Frauen ließen mich die meiste Zeit in Ruhe. Das Einzige, worauf sie wirklich bestanden, waren regelmäßige Besuche im Internetcafé. Manchmal fand ich mich dort vor dem Computer wieder und konnte mich kaum erinnern, wie ich hierhergekommen war. Laiba ließ mich keine Sekunde aus den Augen, aber auch das war mir egal. Ich funktionierte automatisch so, wie sie es erwarteten, und twitterte in die Welt, wie wunderbar es in Raqqa war.

Natürlich würden andere Mädchen auf diese falschen Berichte hereinfallen, es war mir selbst ja genauso gegangen. Natürlich hatte ich in Raqqa noch keine fröhlich lachenden Kinder gesehen, und die IS-Leute verteilten auch kein Eis, sondern brachten Tod und Verwüstung. Natürlich war diese Stadt der traurigste Platz auf der Welt. Mit jedem Tweet machte ich mich schuldig, weil ich nicht das in die Welt hinausschickte, was ich wusste. Weil ich nicht die Wahrheit twitterte, weil ich die Lügen nicht aufdeckte.

Dann, eines Tages, loggte ich mich wie gewohnt auf meinem Account ein und formulierte in Gedanken bereits die freudigen Posts, die ich schreiben wollte, da sah ich Kaylas Nachricht.

›Wir machen uns Sorgen!!! Geht es dir gut?‹

Ich spürte, wie mir schwindelig wurde, und wischte die schweißnassen Hände am rauen Stoff des Niqabs ab. Verstohlen sah ich mich um. Laiba beobachtete mich aufmerksam. Dann stand sie auf und kam in meine Richtung.

›Alles in Ordnung‹, tippte ich schnell und schloss das Fenster. So gern ich ihr die Wahrheit geschrieben hätte – es war viel zu gefährlich. Wenn mich jemand dabei erwischte, konnte ich mich gleich umbringen.

UMZUG

An diesem Abend kam Abu Salman mit außergewöhnlich guter Laune nach Hause und nahm mich in den Arm.

»Ich habe Neuigkeiten, Habibti. Gute Neuigkeiten.«

Unfähig, auch nur ein Wort zu sagen, starrte ich ihn an. Hatte er sich von den Sklavinnen getrennt?

»Wir ziehen um«, sagte er begeistert. »Ich bin befördert worden und habe nun Anspruch auf ein eigenes Haus. Es ist eine richtige Villa mit einem tollen Garten. Alles wird besser.«

Wir würden umziehen? Hatte er das wirklich gesagt oder hatte ich mir das nur eingebildet?

Abu Salman küsste mich und zog mich aus dem Haus. Zum ersten Mal betrat ich die Straße in Raqqa, ohne meinen Niqab kontrolliert zu haben und ohne Begleitung einer Gruppe Frauen. Wir fuhren zu unserem neuen Zuhause, damit ich es mir ansehen konnte, wie er mir unterwegs erklärte.

Als ich davorstand, schöpfte ich wieder Hoffnung, dass nun doch endlich alles gut werden würde. Das Haus war größer und schöner als das, in dem wir bisher gelebt hatten. Man konnte sehen, dass es mal einer wohlhabenden Familie gehört haben musste. Im Garten stand eine Schaukel, ein grüner Gummischlauch lag zusammengerollt im verdorrten Gras.

Mit den wenigen Sachen, die wir besaßen, war der Umzug schnell erledigt. Von nun an kochte ich jeden Abend für Abu Salman, gab mir die größte Mühe, eine fürsorgliche Ehefrau zu sein, nicht zu klagen oder zu streiten, und tat für ihn alles, was ich nur konnte. Es schien zu funktionieren. Immer öfter nahm er mich in den Arm, küsste mich und nannte mich wieder seine Löwin. In den Nächten schmiegten wir uns eng aneinander und machten Pläne für die Zukunft.

An einem dieser Tage kam Abu Salman früher nach Hause und forderte mich lachend auf, mit ihm hinauszukommen. Auf der Straße wies er auf den alten Jeep und machte eine einladende Handbewegung. Ich zog den Niqab fester um meinen Körper und sortierte die Stoffbahnen, als ich mich auf dem Beifahrersitz niederließ. Wir fuhren über die staubigen Straßen, vorbei an den Ruinen und zerschossenen Häusern. Die ganze Zeit über lag seine Hand auf meinem Oberschenkel, bis wir endlich vor der Staumauer hielten.

Die Wasseroberfläche des Stausees lag glatt wie ein Spiegel vor uns, und als ich die Augen schloss, war es fast so, als könnte ich den Geruch des Meeres einatmen. Die Ostsee kam mir in den Sinn, Papa mit seinen Fischbrötchen und wie sich Mama bei unserem letzten Urlaub dort gegen den Wind gestemmt hatte. Ich öffnete die Augen wieder und schluckte schwer.

Abu Salman hatte sich in den Sand gesetzt, die Maschinenpistole lag quer über seinen Oberschenkeln. Er beugte sich zu mir und zog mich zu sich.

»Meine Löwin, ich bin so froh, dass du bei mir bist. Gemeinsam werden wir viele Kinder haben.«

Ich schmiegte mich an ihn und stellte mir vor, dass sie auf der Schaukel im Garten spielen würden. »Ich freue mich darauf, Mutter zu sein.«

»Und ich weiß, dass es keine bessere als dich geben wird«, flüsterte er und hauchte einen Kuss auf meine Schläfe.

Entspannt lehnte ich mich zurück, schaute aufs Wasser und auf den Horizont, über dem die Luft von der Hitze des Tages flimmerte. Zum ersten Mal seit Langem fühlte ich mich diesem Land verbunden. Ich spürte, wie die Anspannung und die Angst der letzten Wochen sich auflösten, als würden sie in der Sonne schmelzen und in den Boden sickern. In diesem Moment war ich glücklich.

Es war richtig gewesen herzukommen. Hier war mein Platz. Hier in Raqqa, an der Seite meines Löwen.

Unser Glück dauerte eine ganze Woche, dann war es mit einem Schlag vorbei. Abu Salman kam mit drei Mädchen ins Haus und sagte zu mir: »Das sind die Jesidinnen, die ich aus dem Irak mitgebracht habe. Sie sollen dir im Haus helfen und schlafen oben in dem Zimmer neben unserem.«

In seiner Stimme lag etwas, was es mir verbot, mein Entsetzen zu zeigen. Darüber, dass er es wagte, seine Geliebten in unser Haus zu bringen, und darüber, wie erbärmlich die drei Mädchen aussahen. Sie waren jünger als ich und wirkten vollkommen verängstigt. Eine hatte ein blutunterlaufenes Auge, und ich mochte mir nicht ausmalen, wer ihr das zugefügt hatte.

»Na los. Zeig ihnen, was sie machen sollen! Sie sind nicht zum Spaß hier«, fuhr Abu Salman mich an.

Als ich begriff, dass ich nichts gegen das tun konnte, was hier gerade geschah, gab ich mir einen Ruck und ging mit den Mädchen in die Küche.

»Wie heißt ihr?«, fragte ich und musterte sie. Ihre Köpfe waren von schwarzen Tüchern bedeckt, sie trugen zerschlissene Kleider und keine Schuhe an den schmutzigen Füßen.

Eine von ihnen hob das Kinn und blitzte mich aus kohlschwarzen Augen an. »Ich bin Jilan und das sind Bahar und Sahira«, sagte sie und wies auf die anderen. »Wirst du uns schlagen?«

Ich wich zurück und hob ablehnend die Hand. Dann fiel mir Abu Salman ein, der nebenan war und mich vielleicht belauschte. Also zuckte ich mit den Schultern. »Ihr könnt mir in der Küche helfen. Ich koche gerne, aber vielleicht könnt ihr Gemüse schneiden und so etwas?«

Was ihnen bei meinen Worten durch den Kopf ging, war ihnen deutlich ins Gesicht geschrieben.

»Habt ihr schon was gegessen?«

Sie schüttelten den Kopf. Also bereitete ich ihnen ein paar Kleinigkeiten zu und sie verschlangen alles hungrig.

»Lebt euch erst mal ein«, sagte ich und schickte sie nach oben.

In der Nacht erwachte ich von einem leisen Wimmern aus dem Nebenzimmer.

»Da ist jemand im Haus«, flüsterte ich und tastete auf der anderen Seite des Bettes nach Abu Salman. Sie war leer und kalt. Verdammt, wo war er hin?

Dann ertönte ein Schrei, etwas fiel zu Boden. Was war da im Zimmer der drei Mädchen los?

Ich schlüpfte aus dem Bett und lief zur Tür. Als ich die Klinke bereits in der Hand hatte, hielt ich inne. Was würde passieren, wenn ich hinüberging und meinen Ehemann bei seinen Geliebten überraschte? In meinem Kopf rasten die Gedanken im Zickzack. So wie es sich anhörte, schlug er sie, misshandelte sie vielleicht sogar brutal. Gab es irgendetwas, was ich tun konnte, ohne mich selbst in Lebensgefahr zu bringen?

Einen Schritt nach dem anderen ging ich rückwärts zum Bett zurück und kroch wieder unter die Decke. Dann hielt ich mir die Ohren zu, um die Geräusche nicht mehr zu hören.

Abu Salman verabscheute ich für das, was er den Mädchen antat. Mich selbst jedoch hasste ich noch mehr, weil ich nichts weiter war als eine Ehefrau, die alles duldete, was ihr Mann tat. Ich schämte mich, weinte und schluchzte still.

Lange lag ich so da. Längst waren die Tränen getrocknet. Ich starrte in die Dunkelheit, und in meinem Kopf hallte jedes Wort wider, das ich seit meiner Ankunft in Syrien gehört hatte, spielte sich jeder Tag wie ein Film ab. Es genügte nicht. Die guten Momente mit Abu Salman, die Gemeinschaft im Glauben mit den anderen Frauen reichten nicht aus, um dieses Leben weiter zu ertragen.

In dieser Nacht fasste ich einen Entschluss.

Es dauerte Stunden, bis Abu Salman wieder ins Schlafzimmer zurückkam. Obwohl ich mir vorgenommen hatte, nicht sofort etwas zu ihm zu sagen, setzte mein Verstand beim Anblick seines triumphierenden Lächelns für einen Moment aus.

»Lass sie in Ruhe! Wie kannst du das tun? Du bist ein brutales Schwein!«, brüllte ich meine Wut heraus.

Unwillig schüttelte er den Kopf und wandte kurz sein Gesicht zur Seite, als hätte ich ihm eine Ohrfeige gegeben. Dann schien er sich zu besinnen. Seine Augen wurden schwarz, er presste die Lippen aufeinander und holte aus. Ohne ein Wort zu sagen, schlug er mir seine Faust heftig ins Gesicht und prügelte mit der anderen auf meine Brust ein.

Die Schmerzen waren mörderisch und raubten mir den Atem, doch meine Gedanken waren ganz klar. Wenn er so weitermacht, werde ich das nicht überleben, schoss durch meinen Kopf, und ich versuchte, mich in die andere Ecke des Bettes zu retten. Abu Salman lachte höhnisch, griff mit der Hand nach meinem Fußgelenk und riss mich brutal wieder zu sich.

»Bitte, Abu Salman. Bitte nicht …«, flehte ich, doch er lachte nur noch lauter und bog meine Hände nach hinten.

»Widersprich mir nicht, nichtsnutzige Frau! Nenn mich noch mal Schwein und ich bringe dich um!«

In mir war nichts als Leere. Dieser Mann konnte mir nichts tun. Ich war bereits tot. Gemeinsam gestorben mit den Opfern der Hinrichtung. Vielleicht hatte es noch eine winzige Chance gegeben, mich ins Leben zurückzuholen. Die war jetzt vorbei.

Abu Salman, mein Ehemann und Löwe, wegen dem ich nach Syrien gegangen war, machte stundenlang weiter. Er prügelte und trat, boxte und schlug jede einzelne Stelle an meinem Körper so lange, bis er zu erschöpft war, um sich noch weiter auf den Beinen zu halten. Ich flog in meinen Gedanken zu Mama und Kayla, gab keinen Mucks von mir, sondern ertrug die Schmerzen stumm und fragte mich, wie es sein konnte, dass ein Mensch mir so etwas antat.

Am Morgen schleppte ich mich in die Küche, wo die Mädchen bereits auf mich warteten. Als ich sie sah, kam es mir vor, als würde ich in einen Spiegel schauen. Ihre Gesichter waren übersät von blutverkrusteten Wunden, Blutergüssen und Schrammen. Ich musste ihre Körper unter den lumpigen Kleidern nicht sehen, um zu wissen, was er ihnen angetan hatte. Stumm holte ich Verbandszeug und eine kühlende Salbe aus der Kammer, dann versorgten wir uns gegenseitig.

Während der folgenden Tage verrichtete ich mechanisch meine Aufgaben, nach außen ruhig, gefasst und unterwürfig. Meine Gedanken rasten unentwegt. Ich wusste nur eines: Ich musste weg. Beim nächsten Mal würde er mich umbringen, eine Flucht war daher auch nicht riskanter, als weiter bei diesem kranken Typen in dieser furchtbaren Stadt zu bleiben.

Die Mädchen hatte ich mit einem langen Einkaufszettel zum Markt geschickt und ihnen eingeschärft, nicht eher zurückzukommen, bis sie alles hatten. Es war unwahrscheinlich, dass sie sämtliche Lebensmittel würden besorgen können. Nicht hier, nicht in Raqqa. Mir blieb also genug Zeit, mir einen Plan zurechtzulegen.

Ich wanderte in der Küche hin und her, setzte mich hin, verschränkte die Arme hinter dem Kopf, stand wieder auf und lief durch alle Räume. Wie sollte ich es anstellen, hier ungesehen wegzukommen? Das Haus würde ich verlassen können, das war vermutlich mein geringstes Problem. Aber was war dann?

Hatte ich je davon gehört, dass einem Mädchen die Flucht vor dem IS gelungen war? Ich hatte kein Geld und meine Papiere verwahrte Abu Salman in einer sorgfältig verschlossenen Kassette.

Zum ersten Mal traute ich mich, der Wahrheit ins Auge zu sehen. Ich war so naiv gewesen, so dumm. Ich war einem wildfremden Mann auf den Leim gegangen. Ein paar Chats, einige Telefonate, ein paar nette Worte, das war alles, was es gebraucht hatte. Komplimente, Fotos von Kindern, von Nutella-Gläsern und die Lüge, dass er Katzen mochte. Und ich? Ich hatte getan, was er wollte. Hatte funktioniert wie eine hirnlose Marionette. Verdammt, ich hatte verdient, was mir zugestoßen war.

Ich zermarterte mein Hirn nach jemandem, der mir helfen konnte. Aber hier in Raqqa gab es keinen, der dafür infrage kam. Nicht ein einziger Mensch in Syrien erschien mir vertrauenswürdig. In Berlin war meine Mutter. Wenn ich wenigstens mein Handy gehabt hätte, hätte ich sie angerufen, sie um Hilfe gebeten. Ihren Mail-Account nutzte Mama nur sporadisch, Facebook nahezu gar nicht. Würde sie mir überhaupt helfen? Ich hatte ihr nur einen Zettel geschrieben, bevor ich gegangen war. Und wenn ja, was konnte sie schon ausrichten?

Ich schloss meine Augen und faltete meine Hände.

Bitte, Papa, sag mir, was ich tun soll. Mama, bitte mach, dass mir etwas einfällt.

Mein Kopf sank auf die Tischplatte, und ich fragte mich, warum ich damals in Berlin nicht bemerkt hatte, was sie alles für mich tat.

Irgendwann hob ich den Kopf wieder und massierte meine Nasenwurzel, die noch immer von Abu Salmans Schlägen verschorft war. Kayla! Sie war meine einzige Hoffnung. Ich musste ihr eine Mail schreiben, musste ihr die Wahrheit berichten und sie um Hilfe bitten. Wenn jemand etwas aus dieser Entfernung für mich tun konnte, dann sie. Natürlich war es möglich, dass sie mit mir nichts mehr zu tun haben wollte. Aber sie hatte mir erst neulich geschrieben, das hieß immerhin, dass sie mich nicht vergessen hatte.

Es tat gut, einen Plan zu haben, auch wenn der auf ziemlich wackeligen Füßen stand und alles andere als gut durchdacht war. Allein der Gedanke, dass sich vielleicht irgendetwas zum Besseren ändern könnte, gab mir neue Energie.

Noch zwei Stunden blieb ich am Tisch sitzen und ging in Gedanken die Nachricht durch, die ich ihr schicken wollte. Ich war ständig unter Beobachtung, deshalb musste sie möglichst unverfänglich klingen, falls jemand mitlas. Ich beschloss, meine Botschaft so einfach wie möglich zu halten.

Als die Mädchen vom Markt zurückkehrten und mich unterwürfig um Entschuldigung baten, dass sie kein Lammfleisch aufgetrieben hatten, winkte ich ab.

»Keine Sorge, das ist nicht schlimm. Ich hatte gehofft, dass es das jetzt vielleicht endlich mal wieder gibt. Ich esse gerne Couscous mit Lamm, wisst ihr?«

Sie nickten eifrig und schienen erleichtert zu sein, dass ich sie nicht ausschimpfte.

Ich hatte Glück, denn Laiba und Habiya holten mich am Nachmittag zu unserem üblichen Besuch im Internetcafé ab. Dort zahlten wir am Eingang den Preis für eine halbe Stunde Internetnutzung, dann setzte ich mich auf den hinteren äußersten Platz und war erleichtert, dass die anderen in der Reihe neben mir keinen Platz mehr fanden. Natürlich wäre ich lieber allein gegangen, aber als Frau durfte ich mich auf gar keinen Fall ohne Begleitung auf der Straße bewegen.

Das Einloggen in meinen Mail-Account gelang mir erst beim dritten Mal, weil ich mich vor Aufregung immer wieder vertippte. Ich öffnete eine neue Mail, gab Kaylas Adresse ein und schrieb ein paar nichtssagende Worte sowie ein Rezept für ein kompliziertes Gericht mit Kichererbsen, an das ich anfügte: ›Ich brauche deine Hilfe!!!‹ Sie würde wissen, dass es mir nicht ums Kochen ging. Das hoffte ich jedenfalls und klickte auf Senden.

Dann konnte ich nichts weiter tun, als nervös auf ihre Antwort zu warten. Hoffentlich war sie jetzt, am Nachmittag, online. Und hoffentlich kam nicht jemand, der mich hier vom Stuhl zerrte und abführte.

Kayla antwortete nicht, und ich beobachtete auf der Monitoruhr, wie die Minuten meiner Nutzungszeit langsam verstrichen. Irgendwann gab ich es auf und verließ mit Laiba und Habiya das Café.

Wenn Abu Salman herausfand, was ich getan hatte, würde er mich zur Rechenschaft ziehen. Aber im Grunde war es egal. Er würde mich früher oder später sowieso mit einem Fußtritt töten.

Das Haus erdrückte mich, und ich nahm jede Gelegenheit wahr, in den Garten hinauszugehen und ein wenig frische Luft zu atmen. Immer wieder ging ich in Gedanken Kaylas Tagesplan durch. Jetzt saß sie in der Schule, jetzt war sie auf dem Weg nach Hause. Jetzt, vielleicht genau in diesem Moment, schaltete sie den Computer an und antwortete auf meine Mail.

So ging das mehrere Tage, die zäher dahinflossen als Sirup. Ich starrte in den Himmel und fragte mich, ob ich es tatsächlich bis in ein Flugzeug schaffen konnte, das mich zurück nach Deutschland brachte. Deutschland. Berlin. Unsere Wohnung in Spandau. Wenn ich wenigstens die Fotos auf meinem Smartphone hätte anschauen können, wäre alles leichter zu ertragen gewesen. So aber schien alles so weit weg zu sein, als wäre ich aus einem anderen Universum hierhergekommen.

Einen Schritt nach dem anderen, ermahnte ich mich, wenn die Panik wieder wie eine Welle über mir zusammenschlug.

Erst mal musste ich nur bis nach Istanbul kommen. Von da aus dann weiter. Schritt für Schritt. Kilometer für Kilometer. Aber wie, um Himmels willen, sollte ich das schaffen? Ich hatte kein Handy und kaum Geld. Abu Salman gab mir nur wenig Bares für Einkäufe. In manchen Augenblicken stand ich kurz vor dem Durchdrehen. Dann dachte ich an Habiyas Worte: Ich durfte nicht auffallen, keinen Verdacht erregen. Nur so konnte ich mir Zeit verschaffen.

Wenn ich bloß hätte sicher sein können, dass Kayla meine Nachricht verstanden hatte und irgendeine Lösung kannte, um mich aus dieser Hölle zu holen. Am liebsten wäre ich jeden Tag ins Internetcafé gelaufen, um meine Mails zu checken. Aber das ging nicht. Wenn Abu Salman davon hörte und Verdacht schöpfte, war mein Fluchtplan gescheitert. Das Risiko war mir zu groß, jetzt, wo ich auf einmal Hoffnung hatte, dass es vielleicht gelingen konnte.

Mehr als eine Woche musste ich warten, bis Abeera und Laiba vorbeikamen und fragten, ob ich Lust hätte, sie ins Internetcafé zu begleiten. Den Weg dorthin verbrachte ich wie in Trance, aus der ich erst erwachte, als ich auf den Bildschirm starrte.

›Alles wird gut!!!‹, las ich, und die Worte brannten sich in meine Netzhaut. Auf einmal wusste ich wieder, wie sich Vorfreude anfühlte. Vorsichtig schaute ich nach links und rechts, aber niemand schien mich zu beobachten. Ich las Kaylas Satz noch Dutzende Mal durch und ließ den stillen Klang der Worte in meinen Ohren nachhallen. Ja, wenn Kayla das sagte, dann würde tatsächlich alles gut werden. Ich vertraute ihr, sie war immer für mich da gewesen und absolut verlässlich. Was sie sagte, hatte Hand und Fuß, daran wollte ich nicht eine einzige Minute zweifeln.

Natürlich hatte sie nicht geschrieben, wie die Lösung aussehen sollte, und mir blieb nichts anderes übrig, als weiter geduldig abzuwarten, um Abu Salman und die anderen IS-Typen nicht misstrauisch zu machen.

Doch der erste Schritt nach Hause war getan.

FLUCHT

Das Warten fiel mir jeden Tag schwerer, aber ich hielt durch. Weil ich keine andere Wahl hatte. Weil alles andere immer unerträglicher wurde.

Ich hatte mir wieder angewöhnt, mit Abeera und Habiya regelmäßig auf den Markt zu gehen, und tat erneut so, als wäre es noch immer das Wichtigste für mich, Abu Salman zu verwöhnen. Tatsächlich aber mied ich ihn, wann immer es nur ging. Zunächst hatte ich mir Sorgen gemacht, dass ihm das auffallen würde, aber es schien ihm nicht das Geringste auszumachen. Mir kam es vor, als hätte er das Interesse an mir völlig verloren, denn er verbrachte nun regelmäßig die Nächte im Zimmer der jesidischen Mädchen.

An einem Montag im März lief ich auf dem Rückweg vom Markt an einem parkenden Auto vorbei, in dem zwei schwarz angezogene Männer saßen. Ich wunderte mich nicht darüber, sondern warf einen raschen Kontrollblick auf meinen Niqab und die Handschuhe. Sicherheitsleute und Sittenpolizei, die die Einhaltung der Kleidervorschriften überprüften, waren überall in Raqqa unterwegs. Erst als sie mich zu sich winkten, wurde ich nervös und überprüfte hektisch, ob auch mein Gesichtsschleier richtig saß. Schon kleine Vergehen wurden mindestens mit Stockschlägen bestraft.

Langsam ging ich zu dem Auto, dessen Scheiben verdunkelt waren und bückte mich.

»Morgen holt dich eine Frau ab. Folge ihr. Sie bringt dich in Sicherheit«, raunte mir einer der Männer zu.

Wie erstarrt blieb ich stehen und spürte das Knirschen meiner Zähne, als ich die Kiefer fest aufeinanderpresste. Wie hatten sie mich im Niqab erkannt? Ich traute mich nicht, die Freude in mein Herz zu lassen. Was, wenn das ein Test war? Was, wenn Abu Salman Verdacht geschöpft hatte und mich prüfen wollte? Was, wenn gar nicht ich gemeint war?

Kühl nickte ich dem Mann zu und ging zurück zu den anderen Frauen, die auf mich warteten.

»Was war denn los?«, fragte Habiya aufgeregt.

»Meine Handschuhe waren runtergerutscht. Sie haben mich noch mal davonkommen lassen.« Ich hoffte, dass sie mir die Erleichterung in der Stimme abnahmen.

In dieser Nacht wälzte ich mich von einer Seite auf die andere. War das tatsächlich meine Chance zur Flucht? Ich musste es jedenfalls versuchen. Was konnte mir schon passieren? Den Wahnsinn in Raqqa würde ich ohnehin nicht mehr lange überleben. Mir war klar, dass ich nichts mitnehmen konnte. Mit einem Koffer über die Straße zu laufen, wäre viel zu auffällig.

Am nächsten Morgen hatte ich Glück, denn Abu Salman musste schon früh aus dem Haus. Nachdem er weg war, rief ich die jesidischen Mädchen.

»Ihr könnt gehen. Lauft, so schnell ihr könnt«, sagte ich und wedelte mit den Händen, um meine Worte zu unterstreichen. Die Mädchen sahen mich ungläubig an und bewegten sich nicht von der Stelle. Noch einmal nickte ich ihnen zu. »Ich lasse euch frei. Macht schnell, bevor mein Mann zurückkehrt. Wisst ihr, wohin ihr gehen könnt?«

Jilan nickte. »Unsere kurdischen Brüder sind mittlerweile überall in Raqqa und kämpfen gegen den IS. Sie werden uns helfen.«

»Dann los. Passt auf euch auf.« Ich öffnete die Tür und die Mädchen liefen hinaus.

Falls Abu Salman wiederkam, bevor ich in Sicherheit war, würde er mir mit eigenen Händen den Kopf abschlagen, sobald er begriff, dass ich die Mädchen freigelassen hatte. Wenn die Frau heute also doch nicht kam oder etwas anderes Unvorhergesehenes passierte, war ich geliefert.

Plötzlich klopfte es an der Tür. Jetzt entschied es sich. Entweder waren das IS-Leute oder meine Fluchthelferin.

Mit bebenden Fingern öffnete ich und keuchte vor Erleichterung, als eine verschleierte Frau vor mir stand. Sie gestikulierte stumm, ich solle ihr folgen.

Die Frau lief mit schnellen Schritten durch die Straßen und sagte kein Wort. Nicht ein einziges Mal hatte ich einen Blick zurück auf das Haus geworfen, das ich mit Abu Salman bewohnt hatte. Ich schaute nur nach vorn und beeilte mich hinterherzukommen. Wir hasteten durch Straßen und Gassen, überquerten Plätze und Kreuzungen, die Zeugen der Zerstörung durch den Krieg waren. Irgendwann wusste ich nicht mehr, wo wir uns befanden, und mir wurde klar, dass ich nie wieder den Weg zurückfinden würde. Aber das wollte ich auch nicht. Auf gar keinen Fall.

Dann blieben wir vor einem kleinen Laden stehen, dessen Schaufenster seltsamerweise nicht einmal einen Sprung aufwies, und gingen hinein.

Ein Mann in dunkelblauer Arbeitsmontur winkte uns zu einem Innenhof, in dem ein Jeep mit zwei schwarz gekleideten Männern wartete. Der Fahrer sprang aus dem Auto und riss die hintere Tür auf.

»Schnell, kauere dich auf den Boden«, rief er auf Englisch.

Ich befolgte seine Anweisung, ohne darüber nachzudenken, ob es eine Falle sein könnte, und er verdeckte meinen Körper mit einem kratzigen Tuch, das nach Benzin roch.

Mit quietschenden Reifen fuhr der Wagen los. Ich hatte keine Ahnung, wie viel Zeit vergangen war, als wir wieder hielten. Es hätten Minuten, aber auch Stunden sein können.

Ich hörte, dass die Tür geöffnet wurde. Ein Mann fragte etwas und der Fahrer antwortete in kurzen Sätzen. War das etwa bereits einer der Kontrollpunkte, die um die Stadt herum verteilt waren? Noch während ich mir ausmalte, was geschehen würde, wenn sie uns nicht passieren ließen, hörte ich auch schon wieder den Motor, und der Jeep schaukelte über die Straße. Vorsichtig richtete ich mich ein Stück auf, um einen Blick aus dem Fenster zu riskieren, wurde aber sofort wieder hinuntergedrückt.

»Bleib bloß unten und keinen Mucks. Wir haben es noch nicht geschafft.«

Es fühlte sich so an, als würden wir eine Ewigkeit über Geröll und Schotter fahren. In der gebückten Haltung tat mir jeder einzelne Knochen im Leib weh und meine Nerven waren zum Zerreißen gespannt. Jedes Mal wenn das Auto langsamer wurde, kauerte ich mich tiefer hinter den Sitz. Und immer wenn einer der beiden Männer auch nur etwas schärfer einatmete, erstarrte ich vor Angst. Anfangs hatte ich noch versucht, die Panik wegzuatmen, aber es war zwecklos, und so ließ ich mich in sie hineinfallen und hieß sie willkommen wie eine alte Freundin. Ich spürte weder Hunger noch Durst, dachte nichts mehr und konzentrierte mich nur darauf zu überleben. Nichts anderes war mehr wichtig. Ich musste hier lebend rauskommen. Ich wollte einfach nur Kayla und Mama in die Arme schließen, sie um Verzeihung bitten und ihnen sagen, wie sehr ich sie liebte.

Plötzlich fuhren wir langsamer und hielten schließlich an. Der Fahrer stieg aus und öffnete die Tür, hinter der ich kauerte.

»Komm raus«, sagte er. »Wir bleiben hier über Nacht.«

Unbeholfen kletterte ich aus dem Jeep und konnte mich nicht einmal gerade aufrichten. Wie ein neugeborenes Fohlen stolperte ich hinter dem Fahrer zu einer Baracke.

»Hier hast du was zu trinken und später gibt's auch was zu essen. Wir wollen dich doch in gutem Zustand abliefern.« Er reichte mir eine kleine Flasche Wasser, die ich in einem Zug leerte. »Deine Familie wartet schon auf dich. Die haben es sich ganz schön was kosten lassen, dass wir dich aus diesem Höllenloch rausholen. Wenn alles gut geht, bist du morgen in Sicherheit.«

Ich war zu schwach, um zu schluchzen, aber ich spürte heiße Tränen in meinem Gesicht.

»Jetzt weine nicht«, sagte der Mann. »Du hast bis hier durchgehalten, da wirst du den Rest auch noch schaffen.«

Nach Einbruch der Dunkelheit versammelten sich mehrere Männer in Uniformen und mit Gewehren um ein Lagerfeuer. Auch meine Retter waren dabei. Es roch köstlich nach gegrilltem Fleisch. Sie winkten mir, mich zu ihnen zu setzen, und reichten mir einige Stücke Fleisch.

Hungrig biss ich hinein und kümmerte mich nicht darum, dass der Bratensaft auf meine Kleidung tropfte.

Beim Essen schaute ich in die lodernden Flammen und genoss das Gefühl, dass eine gewaltige Last von mir abfiel.

Der Beifahrer, der neben mir saß, redete im Plauderton, als würde er von einer herrlichen Urlaubsreise schwärmen: »Wir sind so was wie eine Guerillatruppe. Wir gehören zur kurdischen Volksbefreiungseinheit, der Yekîneyên Parastina Gel, kurz YPG.« Er schien sehr stolz darauf zu sein. »Wir treten dem IS gerade gehörig in den Arsch. Hoffentlich ist es bald ganz vorbei mit denen.«

Die Müdigkeit riss an mir und lähmte mich so sehr, dass ich nur stumm nicken konnte. Wenn ich wieder bei Kräften war, würde ich mich bei ihnen bedanken. Jetzt aber wollte ich nichts anderes als schlafen.

Am nächsten Tag ging die Fahrt durch die Geröllwüste weiter. Allerdings durfte ich jetzt endlich auf der Rückbank sitzen, ohne von einer stinkenden Decke verhüllt zu sein. Die Landschaft zog an mir vorbei, und ich wunderte mich darüber, dass ich jemals Sehnsucht nach der Fremde empfunden hatte.

Am Nachmittag kamen wir an ein Häuschen und stoppten vor einer Gruppe Männer, die davor zu warten schienen. Die meisten trugen Uniformen und starrten neugierig ins Auto. Einer winkte. Ich sah in seine Richtung und rang nach Luft. Da stand Yassin, Kaylas Bruder. Wie war das möglich? Meine Finger waren zu taub, um die Tür zu öffnen, aber er half mir und reichte mir seine Hand, damit ich hinausklettern konnte. Dann warf ich mich in seine Arme.

RÜCKWEG

Während wir mit einem anderen Jeep in Richtung türkische Grenze fuhren, klammerte ich mich an Yassins Arm und bestürmte ihn mit Fragen.

Über mehrere Stationen erreichten wir schließlich Istanbul, und es kam mir so vor, als hätte ich Yassins Ärmel die ganze Zeit über nicht losgelassen. Er schien die Verbindung zu meiner Heimat zu sein. Er war gekommen, um mich zu retten, und ich ließ mir immer wieder aufs Neue von ihm erzählen, was genau passiert war.

Irgendwann lachte er genervt, berichtete aber bereitwillig: »Deine Mutter rief ganz aufgeregt bei uns an, du wärst nicht vom Schulausflug zurückgekommen. Sie wollte wissen, ob Kayla schon zu Hause war.«

»Die Ausrede mit dem Schulausflug hatte ich mir einfallen lassen, damit ich es bis in die Türkei schaffe, bevor sie anfängt, mich zu suchen.«

»Jedenfalls hat Kayla deiner Mutter gesagt, dass ihr gar keinen Schulausflug gemacht habt.«

Ich nickte betreten, weil mir schon wieder durch den Kopf ging, welche Dummheit ich begangen hatte.

»Deine Mutter hat dann völlig die Nerven verloren. Ihr war sofort klar, dass etwas Schlimmes passiert sein musste. Wir sind zu ihr gefahren, um zu überlegen, was wir tun konnten.«

»Und dann? Sag mir noch mal ganz genau, was ihr dann gemacht habt.«

Spielerisch boxte er mich in die Seite. »Meine Mutter hat ihr geraten, sofort zur Polizei zu gehen. Sie hatte den richtigen Instinkt, dass du diesen Terroristen vom IS nachgelaufen sein könntest. Dein Niqab hatte sie schon vorher beunruhigt.«

»Ja, ich weiß. Kayla hat mir in Berlin noch erzählt, wie sehr sie sich darüber aufgeregt hat.«

»Die Polizei hat deiner Mutter nicht viele Hoffnungen gemacht. In der Türkei seist du schon so gut wie verloren. Dann kam auch prompt deine WhatsApp-Nachricht.«

Ich nickte. Da hätte ich noch abhauen können und alles wäre anders gekommen.

»Deine Mutter hat das Auswärtige Amt und alle möglichen anderen Stellen eingeschaltet. Das hat aber alles nichts gebracht. Mein Vater schlug schließlich vor, dass ich in die Türkei fliegen sollte, um von dort aus zu versuchen zu helfen. Ein kurdischer Kommilitone hat mir den Tipp mit den Freiheitskämpfern gegeben. Die haben schon andere Mädchen wieder zurückgebracht, sogar aus dem Irak.«

»Der Fahrer hat mir unterwegs erzählt, dass das viel Geld gekostet hat.« Je mehr Zeit verging und je sicherer ich mich fühlte, umso peinlicher wurde mir die ganze Sache.

»Klar, diese Jungs riskieren nicht umsonst ihr Leben. Ich habe mich mit einem kurdischen Mittelsmann in Istanbul getroffen und ihm vierzigtausend Euro gegeben«, erzählte Yassin.

»Vierzigtausend Euro? Woher hattest du denn so viel Geld?«

»Deine Mutter hat eine Hypothek auf die Wohnung aufgenommen. Sonst hätte es nicht geklappt.«

Das verschlug mir die Sprache. Mama ... Wie sollte ich ihr jemals wieder unter die Augen treten? Brennende Scham füllte meinen Bauch.

Aber sie war meine Mutter, sie würde mich trotz allem lieben. Das hoffte ich jedenfalls. Ich würde mich bei ihr entschuldigen und das irgendwie wiedergutmachen. Ich keuchte, als ich mir in Erinnerung rief, was sie alles durchgemacht hatte wegen mir.

Yassin fasste nach meinen Schultern und zog mich zu sich heran. »Heute Abend fliegen wir nach Berlin zurück. Alle werden froh sein, dass du wieder da bist.«

»Danke, Yassin«, sagte ich und drückte ihn. »Ohne dich wäre ich niemals da rausgekommen.«

»Du bist doch meine kleine Schwester. Die lasse ich doch nicht im Stich.« Er strahlte mich an. »Ich wünschte, du hättest früher mit mir geredet.«

»Das hätte ich machen sollen und auch mit Kayla. Ich weiß selbst nicht, was mit mir los war und wie ich das alles wieder in Ordnung bringen kann.«

»Lass uns nach vorne schauen. Das wird schon alles wieder gut.«

»Das hat Kayla auch geschrieben.«

EIN SCHWERER NEUANFANG

Auf dem Rückflug nach Berlin bereitete Yassin mich darauf vor, dass ich bei der Ankunft im Flughafen verhaftet werden würde. Ich hatte das Gefühl, dass ein Presslufthammer auf meine Brust traf. Verhaftet? War das sein Ernst? Dafür war ich doch nicht aus Raqqa geflohen. Damit hatte ich nicht gerechnet. Ich war doch keine Kriminelle.

»Wenn du Glück hast, ist es nicht für lange«, sagte Yassin. »Man will nur sichergehen, dass du dort keine Attentäterin geworden bist.«

In Berlin-Tegel wurde ich bei der Ankunft vom LKA erwartet und in ein Untersuchungsgefängnis gebracht. Ich war so erschöpft, dass ich nicht viel mitbekam. Nur dass wieder Türen hinter mir zugingen und ich in einem Gebäude eingeschlossen war, in dem ich kaum atmen konnte.

Jeden Tag wurden mir immer wieder dieselben Fragen gestellt, und ich musste im Detail berichten, was ich in Syrien erlebt hatte. Natürlich beantwortete ich alle Fragen der Beamten, auch wenn es mir schwerfiel und ich die Erlebnisse am liebsten nur noch vergessen wollte. Ich erzählte, was ich über Abu Salman und die anderen IS-Kämpfer wusste und wie sie mich nach Syrien gelockt hatten. Diesen Typen sollten nicht noch mehr Mädchen auf den Leim gehen.

Hin und wieder blitzten Erinnerungen an die Sonnenuntergänge am Staudamm auf und wie wir in der Anfangszeit abends lachend mit den anderen Paaren zusammengesessen hatten. Diese Bilder wollte ich nicht, und so schob ich sie sofort zur Seite, wenn sie sich in mein Gedächtnis drängten.

Nach zwei Tagen durfte Mama mich endlich besuchen. Das Treffen fand im Besucherraum des Gefängnisses unter Aufsicht eines Vollzugsbeamten statt. Vorher wurde mir eingeschärft, dass Umarmungen oder anderer Körperkontakt nicht erlaubt waren.

Während ich wartete, beobachtete mich der uniformierte Beamte die ganze Zeit über von der Tür aus. Ich fragte mich, was er wohl von mir hielt. Was würden die anderen über mich denken? Kayla, meine Mutter, die Schüler aus meiner Klasse? Würde ich je wieder ganz normal mit ihnen in einem Raum sitzen und mich darüber ärgern, wie langweilig der Unterricht war? Allein diese Gedanken fühlten sich unwirklich an. Alles schien so weit weg zu sein, als wäre es in einem anderen Leben passiert. Einer anderen Person, mit der ich nichts mehr zu tun hatte.

Als mir bewusst wurde, dass ich meinen Blick gesenkt hielt, ganz so, wie es sich in Syrien für eine Frau gehörte, straffte ich die Schultern und schaute geradeaus. Nein, ich war dieser Hölle entkommen. Das hier war echt. Hier war ich wieder Anna. Man würde mich zur Rechenschaft ziehen für das, was ich getan hatte, aber ich musste keine Angst haben. Keine Todesangst jedenfalls. Ich war in Deutschland, in Sicherheit. Endlich!

Für einen Moment war ich wieder in Gedanken versunken gewesen und hatte nicht bemerkt, dass die Tür sich leise geöffnet hatte. Der Beamte räusperte sich und schob eine Frau in meine Richtung.

Mama. War sie schon immer so klein gewesen? So zierlich und zerbrechlich?

Ich wollte aufstehen, auf sie zustürzen, ihr in die Arme fallen, aber ich konnte nicht. Wie festgeklebt blieb ich sitzen und starrte sie an.

Dann endlich stützte ich die Hände auf die Stuhlkanten und kämpfte mich hoch. Wie in Zeitlupe breitete meine Mutter die Arme aus und ein Lächeln huschte über ihr müdes Gesicht. Sie strahlte mich an und kam einen Schritt nach dem anderen auf mich zu, als könnte sie nicht glauben, dass ich tatsächlich vor ihr stand.

»Anna, mein Liebling«, rief sie. »Gott sei Dank, Anna, dir geht es gut.«

Ich flog förmlich auf sie zu und wollte mich in ihre Arme werfen. Doch der Beamte an der Tür schüttelte den Kopf und hob warnend die Hand. »Kein Körperkontakt bitte, tut mir leid.«

Abrupt blieb ich stehen. Mamas schmaler Körper bebte, sie schluchzte.

»Es tut mir so leid, Mama. Es tut mir alles so verdammt leid«, flüsterte ich und atmete tief ihren Duft nach Lavendel und Vanille ein, der den Raum erfüllte. Dann wischte ich mir mit dem Handrücken die Tränen vom Gesicht. »Bitte verzeih mir. Ich habe riesengroßen Mist gebaut und überhaupt nicht darüber nachgedacht, was ich dir damit antue.«

Sie schaute mich an. Lange. »Ich liebe dich, mein Kind. Das darfst du nie vergessen. Auch dann nicht, wenn wir uns vielleicht irgendwann wieder nicht ganz so gut verstehen. Versprichst du mir das?«

Der Klang ihrer Stimme raubte mir den Atem, und es dauerte eine ganze Weile, bis ich überhaupt begriff, was sie gesagt hatte.

»Ich liebe dich auch, Mama«, flüsterte ich.

Meine Hände zuckten und ich hätte so gerne die Arme um sie gelegt.

Mama schien zu ahnen, was in mir vorging, und hob hilflos die Schultern. »Das müssen wir jetzt aushalten. Vielleicht dauert es eine ganze Weile. Aber irgendwann ist es vorbei. Wir werden das schaffen, Anna. Wir fangen noch einmal ganz neu an.«

Ich nickte.

Danksagung

Dieser Roman wurde inspiriert vom Schicksal junger Menschen, die sich von islamistischen Extremisten ködern und in die Kampfgebiete des Nahen Ostens locken lassen. Der erste Fall, von dem ich hörte, war der australische Teenager Jake Bilardi. Jake reiste ohne Wissen seiner Familie in den Irak und beging dort ein Selbstmordattentat. Wie ist das möglich? Warum machen Jugendliche so etwas, die bis dahin kaum etwas vom Islam gehört haben? Die materiell gut versorgt sind? Ich recherchierte und fand heraus, dass die Seelenfänger des Islamischen Staates (aber auch anderer extremistischer Organisationen) eine perfide Propagandastrategie anwenden, die gezielt auf junge Menschen ausgerichtet ist. Besonders gerne fischen sie im »Netz« nach Jugendlichen, die Antworten suchen auf die Fragen des Lebens und sich Freunde oder Liebe wünschen.

Um dieses Buch schreiben zu können, benötigte ich eine Fülle von Informationen über den Islam, die Anwerbung und den Ablauf der Reisevorbereitung, sowie darüber, wie das Leben unter dem Islamischen Staat aussieht. Ich bin allen sehr dankbar, die mir diese wertvollen Informationen zur Verfügung gestellt und mich unterstützt haben: Mohammed Ale Hosseini, Hamideh Mohagheghi, Prof. Jürgen Mahnemann, Younes Serrakh, Liana Dahdouh, Amer Matar, Uwe Binias und Markus Walter vom Niedersächsischen Innenministerium sowie Hanno Hille vom Auswärtigen Amt.

An der Entstehung eines Buches sind viele Menschen beteiligt. Ich bedanke mich insbesondere bei meiner Agentin Silke Weniger, bei Claudia Pietschmann und Silke Kramer sowie bei allen Mitarbeitern des Thienemann-Esslinger Verlages für das Vertrauen in mich und die gute Zusammenarbeit.

Ich bedanke mich bei Frank Griesheimer, Nora Linnemann und Max Hegewald für ihr hilfreiches Feedback. Hajo Glimm danke ich für seine freundschaftliche Unterstützung.

Sollte ich jemanden vergessen haben, so habe ich das nicht absichtlich gemacht und möchte das hiermit an dieser Stelle tun: Herzlichen Dank an alle!

Claudia Rinke
Dezember 2017

Beratungsstellen zur Deradikalisierung

Das BAMF – Beratungsstelle Radikalisierung
Kontakt:
www.bamf.de
beratung@bamf.bund.de

Violence Prevention Network
Kontakt:
www.violence-prevention-network.de
post@violence-prevention-network.de

HAYAT-Deutschland
Kontakt:
www.hayat-deutschland.de
info@hayat-deutschland.de

ufuq.de
Kontakt:
www.ufuq.de
info@ufuq.de

Eine Liste weiterer Modelle zur Radikalisierungsprävention finden Sie auf der Internetseite des Bundesministeriums für Familie, Senioren, Frauen und Jugend:
www.demokratie-leben.de/mp_modellprojekte-zur-radikalisierungspraevention.html#t-1